빛
의

시
간

빛의 시간

정빛그림
소설집

차례

빛의 시간

지금은 아니지만 그림을 그리는 사람이 되려고 했던 때가 있었다. 되겠다고 해서 다 될 수 있는 분야가 아니었으므로 지금 다른 일을 하는 것이 이상할 것은 없다. 다만 한번씩, 그림을 왜 그만두었냐는 질문을 받을 때, 어쩌다가 그랬지? 왜 그런 결심을 했더라? 하는 생각을 해보는 것뿐이다. 사실 이런 질문을 받을 때마다 떠오르는 기억은 매번 같은데 해주와 함께 레지던시 생활을 했던 여름, 그 여름의 오후가 떠오른다. 왜 하필 그때일까.

그해 여름, 해주와 나는 커피 회사가 주관하는 레지던시 프로그램에 합격했다. 우리는 상암동에 위치한 스튜디오에 입주해 세 달을 함께 보냈다. 여름이 끝나면 여행을 가기로 약속했기 때문에 아르바이트를 열심히 했던 기억이 난다. 내가 했던 아르바이트는 레지던시 건물 옆에 있는 전시관의 안내 데스크에서 오디오를 대여하는 일이었다. 처음엔 입주 작가 모두가 투입되었던 일이지만 자연스럽게 돈이 필요한 사람만 남게 되었다. 일은 단순했다. 로비에 있는 데스크에서 오디오를 대여해주고, 관람이 끝난 뒤에 반납 받았다. 주말엔 관람객이 몰려 힘들었지만 한가한 날엔 책도 읽고 작업 노트도 끼적일 수 있었다. 해주는 손님이 없는 한가한 오전 시간을 두고 '빛의 시간'이라 불렀다. 빛의 시간이란 존재하지 않았을 시간으로 뭔가가 어긋나면서 생겨난 우연의 순간을 말했다. 그 시간은 아무도 모르는 순간 지나가고 아무도 모르기 때문에 부질없지만 그 순간에 운명이 변화를 일으키기 때문에 아주 중요하다고 했다. 뭐가 바뀌는데? 내가 물었을 때, 해주는 뭐가 바뀌는 게 중요한 게 아니라 그런 순간이 존재하는 것 자체가 중요하다고 말했다.

*

로비를 지나던 염 큐레이터가 내게 알은척을 했다. 공모전 합격 작가 중 한 명이 개인적인 사정으로 빠지게 되었을 때 추가 합격자로 해주를 추천한 여자였다.

"오늘 좀 한산하죠?"

"네, 그런 편이네요."

나는 그렇게 대답을 하고 기다렸다. 물어보겠지, 작업은 잘 되냐고. 도록에 실을 사진은 올렸냐고. 작가 노트와 비평문은 쓰고 있냐고. 염큐는 내가 우물쭈물 대답하는 모습을 즐기며 투자할 만한 가치가 없다는 걸 넌지시 알리고 싶었을 것이다. 철두철미한 성격이니까. 그런데 그때 오디오를 반납하려는 관람객이 다가왔다.

"언제 왔어? 들어갈 땐 널 못 본 것 같은데."

오디오에서 이어폰을 분리하던 여자는 날 보고 대뜸 그렇게 물었다.

"아깐 여기 없었지?"

나를 잘 아는 듯 다정한 말투였다. 나는 어리둥절한 표정으로 오디오를 받았다. 예쁜 얼굴이었지만 모르는 여자였다. 여자는 내게 할 말이 있는 것처럼 쳐다보았다. 염큐가 눈인사를 하고 로비를 빠져나갈 때까지. 염큐가 나가자마자 여자는 웃으면서 자신을 소개했다. 이름만 얘기하면 단박에 자길 알아보리라 확신하는 말투였다.

"나 나영이야! 한나영."

나영. 나영이라. 모르는 여자였다. 그런데 그 순간 이상하게도 나는 나영을 모르는 사람으로 결론 짓고 싶지 않았다. 나영은 예뻤고 예쁜 여자와 잠깐 말을 주고받는 것이야말로 우연을 비집고 들어온 빛의 시간일지 모르니까.

"너 아직 그림 그려? 상수동 살지?"

나영은 마치 나를 잘 아는 사람처럼 말을 시켰다. 나는 애매하게 웃으면서 그렇다고, 작업실은 뺐지만 집은 거기 있다고 대답했다. 나영은 "그래? 그렇구나" 하면서 고개를 끄덕였다. 그러다가 아주 잠깐, 우리 사이에 굉장히 어색한 침묵이 흘렀는데 그때 불쑥 "그런데 정연이가 너 때문에 죽었어?"라는 이상한 질문을 던졌다. 정연이가 너랑 왔어? 하고 묻는 것처럼 가벼운 말투였다. 그게 다였다. "뭐? 누구?"라고 되묻는 내게 처음으로 심란한 표정을 짓는가 싶더니 "아냐. 아닌가. 사람을 잘못 본 것 같아요"라고 말하고 인사도 없이 미술관을 나가버렸다. 정연이가 죽었다니. 그것도 나 때문에. 정연이가 누구길래. 그런데 정연이가 진짜로 죽었다면 그런 질문은 할 수 없지 않았을까.

나영이 가고 얼마 지나지 않아 염큐가 다시 들어왔다. 염큐는 누군가와 전화 통화를 하고 있었다. 통화를 마치고 내게 오더니 해주의 작품이 판매된 것 같다고 말했다. 염큐의 표현처럼 '기쁜 소식'이었지만 내 머릿속에는 온통 나영이 누구더라? 정연인? 하는 생각뿐이었고 작업실에 돌아가서도 그 생각을 멈추지 못해 해주와 다투기까지 했다.

"왜 사람을 잘못 봤다고 딱 자르지 못해?"

해주가 생각하기에 중요한 것은 대화의 내용이 아니라 모르는 여자와 대화를 나누었다는 것 자체였다. 해주는 길쭉한 나사를 구멍 뚫린 나무상자에 돌려 넣다가 내려놓았다.

"그럴 때가 있다며."

나도 드릴을 내려놓았다.

"의지가 개입할 틈도 없는 짧은 순간. 네가 작가 노트에 여러 번 쓴 말이잖아."

내 말에 해주가 어이없는 표정을 지었다.

"그게 딴 여자랑 얘기하는 거랑 무슨 상관이야. 넌 기쁘지도 않아? 우리 작품을 사겠다는 사람이 나타났는데?"

나는 대답을 하는 대신 책상에 어지럽게 널려 있는 얇은 피복 전선을 만지작거렸다. 해주의 작품에 조그만 조명을 연결하느라 며칠째 끙끙거리며 쥐고 있던 것들이었다. 나무로 만든 서른 개 남짓한 집들에 전선을 연결하고 전구를 다는 작업은 단순한 것 같으면서도 시간이 오래 걸렸다. 내 손이 많이 간 건 사실이지만 엄격히 말해 '우리의 작품'은 아니었다. 해주가 생각하고 설계한 해주의 작업이었고 나는 그저 어시스트일 뿐이었다.

"이것 좀 잡아줘."

잠시 후 해주가 네모 모양의 집을 들어 올렸다. 나는 다시 조명을 달기 시작했다. '움직이는 집들'이란 제목의 설치 작품은 지난주에 있었던 오픈 스튜디오에서 많은 인기를 얻었다.

"3차원 공간밖에 모르는 우리가 어떻게 4차원 공간을 상상할 수 있을까요? 시간이 2차원인 세계도 그렇고요. 어쩌면 우리가 인지하고 있는 세계는 진짜 존재하는 세계의 일부에 불과할지도 모릅니다. 과거나 현재, 미래가 공존하는 총체적 세계에선 무의미할 수 있어요. 저는 우리가 도달할 수 없는 공간을 한곳에 표현함으로써 예전에 놓쳐버린 어떤 것, 빛의 시간이나 만질 수 없는 공간을 집으로 표현하고자 했습니다."

나로선 전혀 흥미가 돋지 않았던 해주의 설명이 사람들의 이목을 끌었다. 큐레이터뿐 아니라 관객에게도 반응이 좋았고 다른 작가들도 재미있는 작업이라며 해주를 격려했다. 게다가 오늘은 그 작품을 사겠다는 사람까지 나타났으니 나무로 만들어진 모형 집은 존재 가치가 확고해진 셈이었다.

"칠을 한 번 더 해야겠어. 1번 집이 2번 집보다 연해 보이지 않아?"

해주가 물었다. 내 눈엔 거의 같아 보였다. 그래도 나는 그런 것 같다고 대답했고 해주는 물감을 사러 간다며 앞치마를 벗고 나갈 준비를 했다. 부스럭거리는 소리에 옆에서 자고 있던 뮤(해주가 키우는 고양이였다)가 부스스 몸을 일으켰다.

"갈 거지?"

해주가 물었지만 나는 그냥 있겠다고 했다.

"그림 좀 그려야지."

내 말투 때문인지 해주도 더 조르지 않았다.

그림 앞에 앉고 보니 오랫동안 작업을 못한 사실이 실감 났다. 색감이나 구도는 괜찮지만 그림에 힘이 전혀 없다고, 힘이 없는 그림은 아무것도 아니라고. 우연히 들은 방문객의 거친 평가에 나는 단단히 옭매어 있었다. 그런 말은 신경 쓰지마. 넌 형태 감각도 있고 묘사도 훌륭하니까. 차라리 인물을 그리는 건 어때? 진짜처럼. 해주의 말처럼 인물을 똑같이 그리는 작업이 그나마 내 재능을 부각시키는 거라는 건 알고 있었다. 그러나 나는 사람의 머리카락이나 땀구멍을 파는 것보다 좀 더 근사한 작업을 하고 싶었다. 소용돌이든 고요함이든 특정한 분위기를 오롯이 담아 절제된 색감으로 힘 있게 표현하는 것. 현란한 기교마저 한발 물러나 보이게 만드는 압도적인 색의 조화……

그러나 색을 어떻게 섞어보아도 원하는 느낌이 나지 않았다. 게다가 이름 모를 방문객의 목소리가 정신을 더 흐트러뜨려 그림 앞에 앉으면 이런 말만 튀어나왔다. 젠장. 어쩌라고. 머릿속에서 맴돌던 말이 입 밖으로 튀어나오면 감정은 말하기 전보다 훨씬 복잡해졌다. 슬픔과 짜증과 노여움이 한곳에 뒤섞여 날뛰다가 결국엔 비참해지는 기분. 그러면 나는 붓을 내려놓고 해주의 소파로 가서 쉬었다. 소파에 앉아 이것저것, 이를테면 자투리 나뭇조각이나 나사, 점토 같은 걸 가지고 심심풀이로 장식을 만들곤 했다. 나중에 해주가 돌아와, 오 이런 것도 만들었네 하며 제대로 배치하기도 하고 이건 좀 아니다 하며 떼어내기도 했던 것들. 그야말로 재미 삼아 만들어진, 해주조차도 이걸 작품이라 해도 될지 모르겠다고 고민하던 작업이 어떻게…… 어떻게 이럴 수 있지? 나는 벌떡 일어나 주먹을 꽉 쥐었다. 불현듯 해주가 만든 집을 걷어차버리고 싶은 충동이 일었다.

만약 뮤가 다가오지 않았다면 주먹을 내리칠 수도 있었을까. 뮤는 어슬렁어슬렁 내 쪽으로 걸어왔다. 매일 졸고 있던 고양이가 눈을 동그랗게 뜨고 나를 보는 게 섬뜩했지만 그래도 그 순간 뮤가 온 것은 다행이었다. 뮤는 내 발에 딱 붙어 앉았다. 평소에는 잘 하지 않는 행동이었다. 철저하게 해주만 따르던 녀석. 심지어 나에겐 적대적인 포즈를 취할 때가 많아 우리는 서로 경계하는 사이였는데, 그런 뮤가 말을 걸듯 나를 보고 있었다.

이런 게 해주가 말한 뮤의 말하기 방식인가?

"뮤가 말을 해. 소리가 나는 건 아니야. 눈으로 하거든."

해주는 뮤의 등을 쓰다듬으며 내게 얘기해보라고 권하곤 했다. 쉽다고. 그냥 눈을 들여다보기만 하면 된다고. 하지만 뮤는 내가 다가가면 멀쩡히 놀다가도 엎드려서 눈을 감았고 불러도 일어나지 않았다. 한번은 등을 쓸어주려는데 앙! 소리를 내며 손이 닿지 않는 곳으로 올라간 적도 있었다. 그런데 웬일로? 나는 소파에 벌러덩 누웠다. 고양이의 표정까지 읽을 수는 없는 노릇이었다. 그런데 순간 뜻밖의 이름이 머리를 스쳤다.

정연.

그런 이름을 가진 애가 있었구나 하면서 처음 든 생각은 나영은 누굴까 하는 것이었다. 정연과의 추억을 떠올리다 보면 나영도 기억날까 했지만 정연과 나는 추억을 갖고 말고 할 사이가 아니었다. 정연이 전학을 오고 한 달 정도 짝을 한 것이 전부였으니까. 그 애는 전학을 오자마자 다시 전학을 갔다. 전학을 밥 먹듯이 다니네. 누군가 그런 말을 했던 것도 같은데 나는 아니었다. 전혀 관심이 없었다. 지금 기억해낸 것도 정연이 아니라 그 애의 고양이니까.

정연은 뮤와 비슷한 회색 고양이를 키웠다. 조그만 고양이를 매우 용의주도하게 교실에서 키웠다. 고양이도 주인만큼이나 조심스러워 교실에서 고양이의 존재를 알아챈 사람은 짝인 나뿐이었다. 나조차도 딱 한 번, 시계를 잘못 보는 바람에 한 시간이나 일찍 등교했던 날 살짝 본 것이 전부였다. 고양이는 가방이나 책상 서랍 안에 숨어 지내는 것 같았는데 지금 생각해도 신기한 것은 수업 시간 내내 낑 소리 한 번 내지 않았다는 것이다. 나는 정연에게 고양이에 관해 몇 번이나 물었는데 그때마다 정연은 무슨 고양이 말이냐고 되물었다. 그런 태도는 내 의구심을 키웠다. 기필코 확인을 해봐야겠다 싶을 정도로. 그래서 나는 일부러 연필 한 자루를 떨어뜨리고 그것을 줍는 척하며 몰래 서랍 안을 들여다보았다. 서랍은 텅 비어 있었다. 고양이 따윈 없었다. 당황한 나는—그럴 것까진 없었는데—그 애를 밀쳤고 격렬하게 서랍을 뒤지다가 중심을 잃고 바닥으로 꼬꾸라졌다. 반 아이들이 일제히 내 쪽을 돌아보았다. 선생님도 어이가 없다는 표정을 하고 나를 보았다. 모든 시선이 나에게 집중되면서 교실은 조용해졌다. 그리고 그 순간, 작은 고양이 한 마리가 창틀에 놓여 있던 정연의 책가방에서 기어 나왔다. 고양이는 창틀 위를 살금살금 걸어가다가 아이들이 우르르 다가가 손을 뻗자 그대로 아래로 떨어졌다.

나는 몸을 벌떡 일으켰다. 뮤는 여전히 같은 자세로 나를 보고 있었다. 눈동자는 미묘하게 바뀌어 있었는데 좀 전의 견고함은 사라지고 금방이라도 상대를 공격할 것 같은 사나움이 담겨 있었다. 나는 기분 나쁜 표정이라고 생각하다가 서랍에 처박아두었던 담배를 꺼냈다. 담배에 불을 붙이고 창문을 활짝 열었다. 미지근한 여름 공기가 안으로 훅 들어왔다. 나는 해주의 소파에 앉아 천천히 담배를 피웠고 담배를 피우면서 나영을 생각했다. 나영은 누구더라…… 뮤는 그런 내 모습을 빤히 보고 있었다. 평소에는 사람들로 북적이는 공동 작업실에 그날따라 나 혼자뿐이었다.

뮤가 없어진 것을 알게 된 건 이튿날이었다. 그것 때문에 나는 해주와 조금 어색했는데 어쩌면 그건 순전히 내 기분 탓인지도 몰랐다. 여행이고 뭐고 다 그만두고 싶었지만 그런 말은 꺼내지도 못하다가 돌연 뮤가 사라지면서 해주의 기쁨이

산산조각 나자 마음이 관대해진 것이다. 해주는 작업도 뒤로 하고 뮤를 찾아다니기 바빴고 나는 그런 해주를 달래느라 많은 시간을 썼다. 마음은 나쁘지 않았다. 두근거린다고 해야 할지 울렁거린다고 해야 할지, 말로 설명하기가 어려웠다. 그런 묘한 기분은 의외로 기분을 전환시키는 힘이 있어서 전보다 기꺼운 마음으로 해주를 돕게 했다. 해주 대신 미술관 일을 하고 작품 마무리도 하고 나중에는 해주의 작품을 사겠다는 사람과 직접 통화해 가격도 조정했다. 해주는 아무것도 안하고 뮤만 찾아다녔다. 가족보다 소중히 여기던 뮤가 없어졌으니 그럴 수 있었다. 그렇게 사흘이 지났을 때 옆자리를 쓰는 동양화 작가가 해주에게 말을 걸었다.

"고양이가 안 보이네?"

동양화 작가는 작업실에 자주 오지도 않으면서 뮤가 없는 건 단번에 알아차렸다.

"어디 갔어? 예쁘게 생긴 놈이던데."

인사치레로 하는 말에 해주가 난데없이 울음을 터트렸다. 또 시작이구나. 나는 조금 피곤해졌다. 나와 달리 동양화 작가는 해주를 자기 자리로 데려가 조곤조곤 위로의 말을 건넸다. 고양이를 세 마리나 키운다는 동양화 작가는 이층이라도 창문을 열어두면 안 된다고 충고하며 도움이 될 만한 고양이 사이트를 알려주었다. 해주는 고개를 끄덕이면서 요즘 밖이 너무 더워서 창문을 열어둔 적도 없는데 너무 이상하다고 중얼거렸다. 그날 해주는 밤새도록 고양이 카페를 뒤졌고 나는 그림을 그렸다. 밤새도록 그림을 그린 건 오랜만이었다.

다음 날, 싫다는 해주를 억지로 끌고 아침을 먹으러 갔다. 해주는 밥에 손도 안 대고 휴대전화만 보더니 퉁퉁 부은 얼굴로 고양이를 찾아준다는 탐정 이야기를 했다.

"작품은 어쩌려고 고양이만 찾고 있어?"

"하루라도 빨리 수색해야 가능성이 있다는데 연락이 되는 사람이 없어."

"그 사람들이 고양이를 어떻게 찾는다고 그래. 다 사기꾼들이지."

내 말에 해주는 실망한 표정을 감추지 않았다.

"지금 중요한 게 뭔지 생각해보라는 말이야."

나는 작품을 파는 문제야말로 지금 해주에게 가장 필요한 일이라는 걸 짚어주고 싶었다.

"오늘 작품 설치해주기로 했잖아. 거기가 어디라고 했지? 성북동 무슨 카페라고?"

해주는 아무 대답도 하지 않았다. 우리는 식은 밥을 앞에 놓고 한참을 앉아 있다가 작업실로 돌아왔다. 나는 돌아오자마자 해주의 작품을 포장했고 해주는 고양이 탐정과 긴 통화를 했다.

"같이 갈 거지?"

전화를 끊자마자 해주가 물었다. 나는 그 말을 못 들은 척

해주의 작품을 챙겼고, 네가 걱정된다고, 별것 아닌 것 때문에 중요한 시기를 흘려보내지 않았으면 한다고 말했다. 진심이었다. 고작 잃어버린 고양이 때문에 중요한 것과 덜 중요한 것을 구분하지 못한다면 남는 건 후회뿐일 테니까.

"별것이 아니라고?"

해주가 되물었다. 목소리가 날카로웠다.

"뮤가 사라졌는데, 너한테는 이 상황이 별게 아니란 말이야?"

해주의 말에 나도 모르게 한숨이 나왔다.

"뮤가 중요하지 않다는 게 아니야. 더 중요한 일이 줄줄이 있다는 거지."

"더 중요한 일? 뮤보다 중요한 게 뭔데?"

상황이 상황이니만큼 해주를 이해해야 한다고 생각했는데도 내 입에서는 한숨이 새어 나왔다. 그랬지 뮤가. 우리가 함께 키우려고 주워 온 고양이긴 했었지. 털이 축축하게 젖은 새끼 고양이가 위험한 도로에서 덜덜 떠는 모습을 불쌍히 여기기란 쉬운 것이지만 그 고양이를 덥석 안아서 집으로 데려가는 것은 쉬운 일이 아닐 것이다. 삼 년 전, 나는 고양이가 불쌍하다는 생각만 하는 사람이었고, 해주는 고양이를 덥석 안아서 집으로 데리고 간 사람이었다.

"지금은 네 작업을 운반하는 게 중요해."

나는 성북동까지 택시를 타고 갈지, 버스를 타고 갈지 물었고 해주는 우울한 표정으로 나를 보더니 혼자서라도 뮤를 찾으러 가겠다고 대답했다.

카페는 버스에서 내려서 한참을 걸어야 하는 애매한 위치에 있었다. 동네는 깨끗했지만, 인적이 드물어 장사가 잘될 것 같지는 않았다. 나는 염큐가 준 약도를 확인하며 복잡한 길을 오르내렸다. 땀을 줄줄 흘리며 미로처럼 구불구불한 언덕길을 걷고 있자니 마치 해주가 말한 공간과 공간, 그 사이에 존재하는 과거와 미래가 공존하는 가상의 공간에 온 기분이었다. 끊임없이 나타나는 목조 건물과 파스텔톤 색깔을 가진 귀여운 지붕은 해주가 만든 집과 닮은 구석이 있었다. 카페도 그런 집 중 하나였다. 미색 페인트가 깔끔하게 칠해져 있는 건물은 카페라기보단 오래된 가정집 같았다. 나는 동그란 금속 손잡이를 돌려 문을 열고 안으로 들어갔다. 스무 평 남짓한 공간에 테이블은 제멋대로 놓여 있었고 의자는 뒤집힌 채 테이블에 올라가 있었다. 손님은 한 명도 없었다.

"누구세요?"

안쪽 바에 있던 유니폼을 입은 젊은 여자가 고개를 쏙 빼고 물었다. 여자는 누군가와 통화를 하고 있었는지 한 손에 커다란 수화기를 들고 있었다. 지금은 잘 쓰지 않는 자주색 무선 전화기였다.

"잠깐 기다려도 괜찮죠?"

여자가 그렇게 물어서 나는 괜찮다고 했다. 그녀는 내게 아무 테이블에나 앉아도 된다고 말하고 얼음물 한 잔을 바 앞으로 밀어주었다. 나지막이 음악이 흐르고 있었다. 어떤 곡인지 집어낼 수는 없었지만 익숙한 선율의 피아노곡이었다. 모차르트인가? 슈베르트? 나는 음악을 들으면서 물을 마셨다. 한 모금씩, 한 모금씩 여러 번 나눠 마셨다. 물을 다 마신 후에는 얼음을 한 알씩 씹어 먹었다. 얼음이 잘 깨지는데다 깨질 때마다 바드득 소리가 나서 기분이 좋았다. 나는 마지막 얼음까지 부숴 먹고 남은 물을 쭉 들이마셨다. 그러다가 얼룩을 발견했다. 유리잔에 묻어 있는 지저분한 손자국. 유난히 겹쳐 있는 손자국들은 나만의 것이 아니었다. 지문의 크기도 서로 다를뿐더러 많게는 네다섯 겹까지 겹쳐 보였다. 더럽다거나 지저분하다거나 하는 생각보다는 오래전 해주가 했던 이야기가 떠올랐다. 차분한 얼굴로 조곤조곤 말하던 시간에 관한 이야기.

그때 해주는 공모전에서 낙방했지만, 상심에 잠겨 있지는 않았다. 기회는 또 있으니까, 네 작업 점점 좋아지고 있어, 작품이 중요하지, 그런 말을 한 사람도 해주였다. 나는 해주의 말을 멍하니 듣고 있다가 우연히 커피 잔이 더럽다는 것을 발견하고 버럭 짜증을 냈다. "여긴 컵도 안 닦나?" 유리잔에는 손자국과 립스틱 자국이 연하게 묻어 있었다. 나는 당장 따질 기세로 컵을 들고 일어났는데 해주가 그런 나를 붙들었다. 잠깐 잠깐. 해주는 차분한 목소리로 그런 흔적은…… 과거하고 미래를…… 하면서 평소에도 자주 하던 말을 했다. 지금은 하도 들어서 지겨운 얘기지만 한때는 나도 그런 말을 좋아했었다.

여기에는 백 개도 넘는 컵이 있잖아. 이 컵들은 사람들의 손을 돌고 돌아. 종업원은 그 흔적을 열심히 지우고 없애지. 그런데 과연 그걸 완전히 지우는 게 가능할까? 흔적을 지운다고 해도 그 순간에 존재했던 시간까지 없어지는 건 아니잖아. 존재하고 있는 지나간 순간, 지나갔지만 존재하고 있는 순간. 이런 걸 보면 그런 게 생각나. 흔적이 지워진다고 모든 것이 사라지는 것은 아니다. 지워지지 않은 과거의 순간은 아무 때고 튀어나와 현실에 개입한다, 뭐 그런 거. 그러니까 그냥 마시자.

며칠 후에 해주는 레지던시 프로그램에 합류했다. 생각지도 못했던 추가 합격이었다. 운이 좋았대. 나는 그렇게 말하는 해주를 꼭 안아주었다.

"설치가 복잡해요?"

내가 집을 조립하는 동안 여자는 홀을 청소했다. 빗자루를 들고 왔다 갔다 하면서 테이블 앞으로 걸어와 작품이 흥미로운 듯 유심히 들여다보기도 했다.

"왜 이렇게 오래된 나무집을 만든 거래요?"

"이걸 벽에다가 박는다는 말이죠?"

"지붕 색은 좀 유치한 거 아닌가요?"

여자가 불만에 가까운 말을 툭툭 내던질 때마다 나는 어깨만 으쓱거렸다.

설치가 끝날 무렵 청소도 대충 마무리되었다. 여자가 음료 두 잔을 만들어 테이블로 가지고 왔다. 그때야 나는 여자의 얼굴을 제대로 보았다. 내가 자기 얼굴을 보고 놀란 표정을 짓자 여자는 웃으면서 "왜요?" 하고 되물었다. 나는 이름을 물으려다가 그만두었다.

"집이요. 여기 주인이 좋아하게 생겼어요."

여자가 음료를 마시면서 말했다.

"주인이 따로 있나 보죠?"

"주인은 여기 잘 안 와요. 근데 생각보다 오래 걸리네요? 한 시간이면 끝날 거라고 했는데."

"다른 건 다 끝났는데, 한 집에 불이 안 들어와서."

"불? 불이요?"

여자는 셔츠의 앞주머니를 뒤져 담배를 꺼냈다.

"불이야 붙이면 되는 거 아닌가요?"

쉬운 말이었다.

"그럼 되는데…… 잠깐 이것 좀 들어주실래요?"

나는 여자에게 1번 집의 바닥이 될 네모 모양의 강철판을 들도록 했다. 여자는 담배를 입에 물고 그걸 두 손으로 받아 들더니 "생각보다 무겁네요?"라고 말했다. 나는 몸을 숙이고 바닥에 연결해놓은 전선을 꼼꼼하게 살폈다. 1번 집에 불이 들어오면 도미노가 넘어가듯 저절로 해결될 문제인데……
그러나 잘못된 지점을 찾을 길이 없었다. 끙끙거리고 있을 때 해주한테 전화가 왔다. 여자는 판을 내려놓고 담배를 마저 피우더니 카페의 문을 활짝 열었다. 후덥지근하고 습한 공기가 가게 안으로 밀려 들어왔다. 소나기가 올 것 같은 날씨였다.

설치가 다 끝났냐고 묻는 해주의 말에 나는 아직 아니라고 대답했다. 해주는 다소 격앙된 목소리로 뮤를 찾은 것 같다고 했다. "어떻게 거기까지 갔지? 믿을 수가 없어." 놀라움과 반가움이 뒤섞인 목소리로 상수동 카페에서 연락이 왔다면서 같이 가보자고 했다. 상수동은 우리가 뮤를 처음 발견한 곳이기도 했다. 나는 알겠다고 말한 뒤 전화를 끊었다. 불은 끝내 들어오지 않았다.

"젠장. 어쩌라고."

내 입에서 그런 말이 튀어나왔다.

"애인이죠?"

여자가 웃으면서 물었다.

"지금 가야 하죠?"

여자가 다시 물었고 나는 그런 건 아니라고 했다.

"가봐요. 설치는 다음에 해도 되니까."

그냥 가보겠다고 해도 그만이었는데 나는 여자가 가져다준 음료를 한 모금 마시고 전선의 연결 상태를 다시 살폈다.

"어차피 장사도 안 되니까 아무 때나 와서 하세요. 다들 가게를 정리하라는데 주인이 말을 안 들어요."

여자가 말했다.

"장사는 잘될 때도 있고 안 될 때도 있고. 원래 그런 거 아닌가요?"

나는 장사를 해본 적도 없으면서 그렇게 대꾸했다.

"원래 그런 거라……"

여자는 중얼거리며 아까와 같은 동작으로 주머니를 뒤졌다.

"원래 그렇다……"

여자는 잔에 있던 음료를 단숨에 마셨다. 나 역시 그 음료를 다 마셨는데 다 마시고 나자 긴장이 풀리는 것처럼 느껴졌다.

"한 잔 더 줄까요?"

여자가 물었고 나는 들고 있던 전선을 내려놓고 여자를 따라 바의 스툴에 가 앉았다.

여자는 칵테일을 만들었다. 칵테일이라고 해봤자 보드카에 난도질한 레몬 조각을 섞는 게 전부였지만 신기하게도 몇 잔 마시자 기분이 좋아졌다. 여자는 자주 웃었고 나는 더 많이 웃었다. 웃을 때마다 여자의 얼굴이 가까워졌다. 처음엔 여자가 취했다고 생각했다. 그러나 진짜 취한 사람은 나였다.

"너 정연이지?"

그런 어이없는 질문을 확신에 찬 목소리로 했으니까. 여자는 아무 말도 하지 않았다.

　미로처럼 복잡한 골목을 내려가는 동안 소나기가 지나갔
다. 나는 비를 맞고 걸었다. 해주에게 전화가 왔지만 받지 않
았다. 여름밤인데도 암흑처럼 깜깜했다. 불을 켜둔 집이 하나
도 없었고 그 흔한 가로등도 없었다.

　누군가 말을 걸어온 것은 정신없이 걸어서 큰 도로에 거의
다다랐을 때였다. 뒤를 돌아보니 웬 아이 하나가 서 있었다. 체
구가 작은 남자아이는 교복 차림이었고 어딘지 낯이 익었다.

　왜 버리고 가요?

　그 애는 품에 안고 있던 뭔가를 내 앞으로 불쑥 내밀었다.

　뭐?

　왜 버리고 가냐고요.

　아이가 내민 것은 고양이였다.

　내가? 아닌데?

　아이의 품에 있는 고양이는 꿈쩍도 하지 않았다.

　버렸잖아요.

　아니라니까.

　사실을 말하는데도 께름칙한 기분이 드는 것이 이상했다.

　버린 건 맞잖아요.

　아니라니까! 그건 내 고양이도 아니야!

　진짜 아니에요?

아이는 내게 고양이를 자세히 보여주려는 듯 품에 있던 고양이를 고쳐 안았다. 묵직하고 딱딱해 보이는 게 꼭 죽은 것 같았다. 나는 내게 가까이 다가오려는 아이에게서 도망치듯이 언덕을 뛰어 내려왔다. 아이가 쫓아오더라도 무시하고 택시를 잡을 생각이었는데 아이는 따라오지 않았다. 다행히 택시는 금방 잡혔고 택시 안에서 언덕을 보았을 때 아이의 모습은 보이지 않았다. 집도 보이지 않았다. 어둠이 모든 것을 삼키고 있었다.

*

여름 끝에 해주와 나는 헤어졌다. 작가는 자신의 길이 아닌 것 같다던 해주는 움직이는 집을 시리즈로 만들어 두 차례나 공모전에 입상했고 나는 입주 작가 중 유일하게 전시를 펑크 낸 사람으로 소문을 탔다. 그룹 전시였으므로 갤러리나 작가들이 피해를 본 것도 아니었는데 입방아가 길었다. 구설수에 휘둘리며 긴 여름을 보내자 가을과 겨울은 빠르게 지나갔다. 그 후로 지금까지 네 번의 여름이 지났고 그림은 작년 여름에 그만두었다. 그런데 어째서, 이런 질문을 받을 때마다 그해 여름이 생각나는 걸까. 비슷한 집들이 붙어 있던 가파른 언덕과 더운 날씨, 제구실을 못하던 피복 전선과 진한 담배 연기 같은 것이. 홀리듯 나타났던 나영과 섬뜩한 분위기를 풍기던 아이. 그리고 죽은 것처럼 꿈쩍 않던 고양이. 해주는 결국 뮤를 찾았다. 다행히 카페 주인이 잘 보살피고 있었다고 했다. 멀리도 갔네. 돌아온 뮤를 보고 내가 한 말은 그게 다였다.

뮤는 알았을까. 내가 오랫동안 그해 여름에서 놓여나지 못할 거라는 걸? 아무 때고 불쑥 말을 걸어오는 어린 소년의 눈빛 때문에 과거에서 한 발짝도 떼지 못하고 내가 할 수 있는 건 아무것도 없게 되리라는 걸. 심지어 이렇게 사소한 질문에 답을 하는 것조차 횡설수설하리라는 걸. 알았을까. 나는 생각한다. 내가 저지른 실수에 대해. 고양이를 밖으로 내던진 것에 대해. 그 일을 누군가에게 털어놓을 수 있으면 좋겠다고 생각한다. 그게 정연이라면 좋겠다고. 그러나 정연은 죽었고 그렇기 때문에 다시는 만날 수 없다. 그 사실은 여전히 나를 비참하게 만든다.

눈 속의 늑대들

그해 겨울 해주는 특별히 하는 일이 없었다. 안경이 운영하는 '안'—북정마을의 단층집을 개조해 만든 윈도 갤러리—에서 세미나를 기획하고 전시를 준비하고 안경이 나가는 시위에도 따라다녔지만 지속적으로 몰두하진 않았다. 서른하나. 이렇다 할 성과도 없이 삼십대가 되었다며 속상해하는 게 해주의 일이었다. 내 눈에는 해주가 조급한 것처럼 보였다. 독일에서 아무 결과도 내지 못한 것에 대하여. 뮌헨까지 가서 그룹 전시 한 번 못하고 돌아온 것과 대학원 졸업을 포기한 것에 대해서도. 습관처럼 후회와 반성의 말을 했고 독일에서 겪은 사소한 일들을 늘 입에 달고 다녔다. 안에 오는 사람들 대부분이 그러는 것처럼.

매주 토요일, 안에서는 '예술의 난해함을 이해하기 위하여' 라는 이름의 세미나가 열렸다. 국가를 초월하여, 연대기에 상관없이, 관심 있는 미술 작품이나 작가를 선정하고 그에 관한 의견을 나누는 모임이었다. 다들 하고 싶은 말을 했고 주제와 상관없는 얘기라도 상관없어 했다. 특히 해주가. 뮌헨의 레지던시에서 만난 사람들로 구성된 모임에는 값비싼 물감을 내키는 대로 쓰는 속 편한 작가들과 박사과정을 위해 졸업논문이 필요해진 게으른 석사 수료생(본인들의 표현이었다)이 섞여 있었다. 그중에는 학위가 다섯 개나 되는, 작가이자 미디어 전문가이자 미술 평론가 겸 큐레이터인 올리브도 있었다. 그는 겸손한 어조로 유럽에선 구 개월이면 학위를 딴다고 했다.

"준우 씨는 어때요?"

내가 처음 모임에 나간 날, 올리브가 물었다. 나는 뭐가 어떠냐는 건지, 유학인지 학위인지 그런 것과는 상관없는 내 일상인지, 그가 묻는 게 정확하게 무엇인지 모른 채로 대답했다.

"거지 같아요."

"다들 그렇죠. 가구 디자이너라고요?"

올리브는 내가 하는 일에 관심을 보였다.

"유럽엔 그런 거 되게 많은데. 빈티지 퍼니처."

내가 아무 대답도 하지 않자 해주가 끼어들었다.

"얘 작가야. 조각 해."

해주의 말에 대화는 다른 국면으로 활기를 띠기 시작했다.

조각과 조각가. 오브제와 레디메이드. 조각의 한계와 조각의 매력. 제이콥 엡스타인에서 시작해 헨리 무어를 지나 키키 스미스로 이어지는 방대한 이야기. 나는 맥 빠진 표정으로 해주를 쳐다보았다. 학비 때문에 학부도 졸업 못한 내가 조각가라니? 나는 조각가도 아니고 조각가인 적도 없지만 잠자코 앉아 파리에 있는 스핑크스—오스카 와일드의 무덤에 있는 석회암 조각—의 성기가 파손되었다는 얘길 들었다. 나로선 그게 최선이었고 해주도 그랬을 것이다. 어설프게 봉합된 우리 관계는 조금만 잘못 건드려도 손쉽게 쪼개질 조악한 장식품과도 같았으니까. 나는, 어쩌면 해주도, 그 사실을 알았지만 슬그머니 외면했고 마치 우리가 단단하게 붙은 것처럼 친밀하게 굴었다. 이유는 모르겠다. 해주는 불안했고 나 역시 마찬가지여서? 우리는 '상대의 불안이 더 크지 않을까' 하는 생각에 위안을 얻는 것 같았다. 그런 생각이 상황을 나아지게 하는 것도 아니었는데 서로의 존재가 꼭 필요한 것처럼 붙어 다녔다.

어쩌다 보니 '난해함' 세미나는 우리에게 중요한 일과가 되었다. 특별한 일이 없으면 꼬박꼬박 참석하는 정기적인 만남. 실제로 특별한 일이 있었던 토요일은 딱 한 번, 같이 일하는 선배의 가구 드로잉 전시 오프닝이 있던 금요일뿐이었다. 나는 선배의 전시에 해주를 데려가 사람들로부터 너희 뭐니? 또 시작이니? 지겹지도 않아? 하는 말을 들었다. 해주와 나는 다음 날 세미나가 있음에도 평소보다 많은 술을 마셨고 술자리가 끝난 뒤에는 해주의 작업실로 자리를 옮겨 계속 마셨다. 예전처럼 해가 중천에 뜰 때까지 마시진 않았지만 몽롱한 기분으로, 합칠까? 옮길까? 우린 앞으로 어떻게 될까? 하는 말들을 나누었고 전과 달리 그런 말을 하는 사람은 해주였다. 앞날을 누가 아느냐며 내 애길 무시하곤 했던 해주가 전에 없이 진지하게 구는 게 우스웠지만 나는 웃지 않았다. 웃는 대신 해주를 끌어당겨 키스를 했다. 놀라울 정도로 부드러운 캐시미어 니트를 벗기고 해주의 가슴에 얼굴을 파묻으며 두 사람의 몸을 지탱할 만한 공간을 찾았다. 커다란 작업용 책상을 벽으로 밀어붙이자 몸을 기댈 수 있었다. 책상에 있던 상자들이 넘어지면서 튜브형 물감과 붓 따위가 바닥으로 굴러 떨어졌다. 그러든지 말든지 나는 해주의 몸에 집중했다. 작업실 메이트가 들어오면 어쩌나 하는 소심한 마음도 없었다. 기능이 시원찮은 미니 히터와 선풍기형 난로가 난방 시설의 전부였는데 춥다는 생각도 들지 않았다. 타오르는 열망, 뜨거운 뭔가, 간절하게 바라는 그 어떤 것이 좁은 공간을 강하게 에워쌌다. 그게 뭘까. 사랑은 아닌데. 섹스를 하는 동안 벽에 붙은 다이앤 아버스의 사진 속 인물과 여러 번 눈이 마주쳤다. 어둠속에서 그들의 눈은 마치 살아 있는 것처럼 기묘하게 반짝거렸다.

해주는 그날 세미나에 오지 않았다. 집으로 돌아가 옷만 갈아입고 나오기로 했는데 마음이 바뀌었다고 했다. 왜냐고 묻는 내 문자에 해주는 '추워서'라고 간단한 답장을 보냈다. 그게 당연하다는 듯이.

날이 춥긴 했다. 골목마다 눈을 치우는 사람들이 나와 있었고, 안에서는 보일러가 얼어붙어 수리공을 불렀을 정도니까. 임주미 씨를 제외한 나머지 사람들은 제시간에 오지도 않았다.

임주미 씨는 안경이 보일러 수리공과 지하실에 있을 때 들어왔다. 현관에서 자주색 목도리를 풀며 내게 인사를 하고 갤러리 안쪽에 있는 화장실로 들어가 눈을 털고 나왔다. 자리에 앉은 후엔 실내가 춥다고 느꼈는지 풀었던 목도리를 다시 둘렀다. 안경을 찾는다거나 다른 사람들은요? 묻는 것도 없었다. 임주미 씨는 최근에 합류한 사람이었다. 독일 멤버는 아니고 올리브가 '어쩌다가' 알게 된 사람이라고 했다. "어쩌다가?" 내가 궁금해하자 해주는 관심 없다며 입을 다물었다. 나는 그게 좀 신기해서 웬일로 새 멤버한테 관심이 없냐, 놀리듯 물었고 해주는 아무 말 않고 있다가 그게 좀 이상하다고 느꼈는지 "몰라. 그냥. 이질적이라서?"라고 덧붙였다.

나는 책장을 보는 척하면서 임주미 씨를 훔쳐보았다. 목을 둘둘 감싸고 있는 자주색 목도리와 브이넥 앙골라 니트. 깨끗한 피부 때문인지 처음 봤을 때보다 어려 보였다. 이질적이라는 건 무슨 뜻일까? 말을 해본 적은 없지만, 해주의 관심을 끌지 않는다는 점이 나의 관심을 끌었다. 안경은 지하 창고에서 수리공과 보일러를 고치는 중이라고 말을 붙이려는 찰나, 안경이 이를 덜덜 떨면서 올라왔다.

"좀 따듯해졌어? 아래는 입김이 다 나와."

안경은 소파에 있던 커다란 숄을 가져다가 둘렀다.

"그 정돈 아냐."

나는 목도리를 두르고 있는 임주미 씨를 쳐다보았다.

"주미 씨도 왔네?"

안경이 인사를 건넸다. 임주미 씨도 고개를 끄덕했다.

"보일러는 고쳤어. 심각한 건 아니고 날이 추워서 그렇대."

안경은 보일러 수리공이 올라오길 기다렸다가 나무 막대로 고정해두었던 지하실 문을 쾅 소리 나게 닫았다. 보일러가 고장 나지 않았다면 거기에 있는지도 몰랐을 지하실은 다시 카펫으로 덮였다. 나는 일어나서 수리공을 배웅하고 바깥문이 잘 닫혔는지 확인하고 돌아왔다. 수동 그라인더로 원두를 갈고 있던 안경이 내게 잘했다는 손짓을 했다. 임주미 씨는 여전히 창밖, 하염없이 쏟아지는 눈을 보고 있었다.

"그런데 오늘은 왜 그림이 없어?"

나는 그 사실을 전혀 모르다가, 눈길을 걸어가는 수리공의 뒷모습을 보고서야 알아차렸다. 창문에 걸려 있어야 할 설치 작품이나 조각, 하다못해 어린아이가 낙서하다 말고 죽죽 찢어놓은 것 같은 천 쪼가리라도 있어야 하는데 아무것도 없었던 것이다. 평소에는 윈도에 작품을 놓고 그 뒤에 임시 벽을 세워두기 때문에 밖을 볼 수 없는 구조였다.

"말도 마."

안경이 말했다.

"우울하다."

그라인더 소리 때문에 정확하게 들리지는 않았지만 그런 종류의 대답이었다. 그것 때문에 우울해 죽을 지경이야. 우울해. 우울해 죽어. 평소에도 자주 들을 수 있는 안경의 말버릇. 올리브의 전시는 다른 전시장에서 열릴 예정이라고 했다.

"차라리 잘됐어. 괜히 말 나오느니."

"무슨 말?"

내가 되물었지만, 안경은 아무 대꾸 없이 커피를 따르고 세 잔의 커피를 테이블로 가지고 왔다.

"고맙습니다. 잔이 예쁘네요."

임주미 씨가 흰 도자 머그잔을 두 손으로 감싸 쥐었다. 나는 문득 임주미 씨가 처음 온 날에도 비슷한 말을 한 적이 있다는 사실을 깨달았다. "나뭇결이 좋네요. 이런 나무 책상은 어디에서 사요?" 안경은 임주미가 한 말을 한참 생각하다가 "어디요? 나라? 브랜드?" 하면서 오래돼서 기억이 안 난다고 했다. 다른 때 같으면 가구 디자인이나 브랜드에 대해 누구라도 한마디씩 했을 터인데 그날은 이야기가 그런 식으로 흐르지 않았다. 대화가 뚝 끊어져 분위기가 어색했고 올리브도 해주도 말이 없었다. 그건 부자연스러운 일이었다. 특히 해주가. 누가 무슨 말을 해도 반갑게 수다를 떠는 해주가 그날은 어쩐 일로 가장 먼저 책을 폈다.

"이 잔은 어디에서 샀는지 기억난다. 여름에 파리 갔을 때 샀어. 네 개들이 세트로 샀는데 한 개는 트렁크 안에서 깨졌더라고." 안경이 말했다.

나는 할 말이 없었다. 그래서 커피를 마셨다. 오 분 정도. 조용히 창밖을 보는 시간. 끝도 없이 눈이 내렸다. 하얗고 크기만 할 뿐 아무런 목적도 없는 얼음 결정체. 그건 생명도 뭣도 아니고 지면에 닿는 순간 없어지는 차가운 액체일 뿐이었지만 보고 있으면 기분이 이상해지는 묘한 힘이 있었다.

"다들 안 오네. 이래서 무슨 공부를 하겠다고."

안경이 자리에서 일어났다. 해주의 말대로, 그리고 내가 보아온 대로, 안경은 가만히 앉아 누군가를 기다리는 걸 못 견뎌했다. 부유한 집에서 잘 자란 사람답게 꼬인 구석이 없는데도 우울하다는 말을 입에 달고 살았는데 해주의 말에 의하면 그것은 안경이 음악 하는 남자와 연애를 했기 때문이었다. 그게 무슨 상관이냐는 내 물음에 해주는 어깨를 으쓱하며, "상관이 없어? 난 있는 것 같은데"라고 말했다.

안경은 뱅쇼를 만들었다. 임주미 씨와 나는 레몬 향이 진하게 나는 뱅쇼를 홀짝이면서 안경의 이야기를 들었다. 2000년대 초반에 화려하게 등장했다가 흔적 없이 사라진 대안 공간을 부활시키겠다는 포부와, 경력이 미미한 작가들이 성취를 거둘 수 있도록 돕겠다는 계획 비슷한 다짐의 말들이었다.

"그러니까 올리브가 그런 작가란 말이지?"

내가 물었다. 안경은 내 물음에 대답하는 대신 임주미 씨를 봤다.

"주미 씨, 그거 진짜예요? 올리브가 사진을 몰래 찍는다는 거? 왜, 예전 올리브 몸 시리즈에 주미 씨도 있다면서요?"

잔을 쥐고 있는 임주미 씨의 손에 힘이 들어가는 것이 보였다.

"그러니까…… 내 말은, 주미 씨는 알죠? 올리브 작업이 약간 그런 식으로…… 아는 여자들한테 애매하게 시켜서…… 말 나오겠다 싶으면 평론 하나 써주고……"

임주미 씨는 대답이 없었다.

"무슨 얘기야?"

나는 또 끼어들었다.

"됐다. 우리끼리 얘기해봤자 소용도 없지."

안경은 고개를 젓더니 주방으로 가서 호두와 아몬드를 꺼내왔다.

무슨 얘기인지 짐작이 가지 않았다. 이번 달 안의 전시가 올리브의 사진전이었다는 것과 그 사진이 여자의 몸을 소재로 한다는 건 알았지만 거기에 어떤 '문제'가 있는지는 몰랐다. 거기에 대해선 해주가 아무 말도 하지 않았으니까.

"재밌는 얘기나 하자. 웃긴 얘기 없어?"

안경은 그렇게 말하더니 진지하게 덧붙였다.

"내가 위로가 필요해서 그래."

나는 피식 웃었다. 나도 모르게 그랬다. 이런 상황에 위로라니. 설사 엄청나게 웃긴 얘기를 한다고 해도 안경을 위로할 수는 없을 터였다. 안경은 나와 다른 사람이었다. 공통점이라곤 고작 일 년, 그것도 십 년 전에 같은 학과에 속해 있던 것이 전부였다. 이것은 내가 해주에게, 해주가 나에게 느끼는 거리감 혹은 불만 아니면 낯섦과도 같은 것이었고 그 중심에는 '형편'이라는 분명한 차이가 있었다. 그들은 경제적인 어려움이 없지만 나는 있었고, 그들은 하고 싶은 일을 하면서 어쩌다 일이 마음대로 안 풀릴 때만 우울했지만 나는 아니었다. 이질감. 누군가는 그렇게 표현할 수도 있을 것이다.

"주미 씨 작업은 봤어? 주미 씨도 사진 한다며?"

내가 불쑥 물었다. 안경이 무슨 뜻이냐는 눈빛으로 나를 보았다.

"포트폴리오 있어요? 홈페이지나 인스타 아이디 있으면 알려줘봐요."

내 말에 임주미 씨는 당황하면서도 자주색 목도리를 풀어 의자에 내려놓고 가방에서 검은색 파일을 꺼냈다. 그런 다음 메모지를 찾아 자신의 홈페이지 주소를 적었다. 마른 식물처럼 앉아 있던 주미 씨가 갑자기 생기 있게 행동하는 것이 나는 좀 놀라웠는데 더 놀라웠던 것은, "사진은 어떻게 찍게 된 거예요?"라는 내 질문에 뜬금없는 이야기를 시작한 것이었다. 갑작스럽고 엉뚱한 얘기. 대학 새내기 때 겪은 이야기였다.

"처음엔 우울한 날이라고 생각했어요."

얼마나 자연스럽게 이야기를 시작했던지 안경도 나도 처음 엔 그 얘기가 그렇게 뜬금없다고 생각하지 못했다.

"머리…… 때문이었던 것 같은데요."

임주미 씨의 이야기는 머리로 시작했다.

─너 머리가 왜 그러니.

그날 임주미 씨는 그런 말을 들었다. 머리가 왜 그래? 무슨 일이야? 동기들과 선배들, 임주미 씨를 조금이라도 아는 사람은 모두 그렇게 물었다. 뭐야, 그 머리. 머리가 왜 그래. 허리까지 닿았던 머리를 싹둑 자르고 갔으니 무슨 일이 있나 했을 것이다. 임주미 씨는 그런 말이 듣기 싫어서 오후 내내 아무도 없는 동아리방 책상에 엎드려 있었다. 엎드려서 숨을 쉬었다. 쉬익─ 쉬익─ 숨소리에 집중하다 보니 다른 생각은 나지 않았다. 머리 왜 그래, 무슨 일이야, 무슨 일 있지? 뭔데 그래? 신경을 꺼버렸다.

그때, 안경이 끼어들었다.

"머리를 얼마나 짧게 잘랐는데요?"

안경은 궁금하다는 듯 "세미 단발? 커트?" 하면서 귀 옆으로 손을 가져가 흔들었다. 그러자 임주미 씨는 "그건 중요하지 않아요"라고 대답하고 하던 얘기를 이어 나갔다. 안경이 기분 나쁘다는 식의 사인을 보냈지만, 나로선 임주미 씨의 얘기를 막을 생각이 없었으므로 조용히 안경의 잔을 채워주었다.

그날 동아리방에 끝까지 남은 사람은 세주라는 친구였다 (여기서 나는 '세주'를 '해주'로 잘못 알아들었는데 이야기를 끊고 싶지 않아서 잠자코 앉아 있었다).

—머리를 왜 잘랐니.

세주가 말했다.

—남자처럼 되고 싶어서.

주미 씨가 말했다.

—그렇게 자른다고 남자가 되니.

—남자가 되겠다는 게 아니라 남자처럼 되겠다는 거야.

—그러지 말고 얘기를 해봐. 무슨 일인데?

세주는 책상에 엎드린 주미 씨의 까칠까칠한 뒤통수를 매만지며 괜찮아 괜찮으니 말해봐 하고 위로했다. 세주의 손길은 생각보다 따뜻했다. 그래도 주미 씨는 올리브가 자신을 작업실로 데려갔었다는 얘기는 하지 않았다. 책상 아래 숨겨져 있던 조그만 카메라와 올리브가 살짝살짝 몸을 만지며 포즈를 고쳐주었던 순간. 움찔하면서도 그 상황이 이상하다는 생각보다는 예술의 세계에 들어섰다는 낯선 기분을 느꼈던 복잡한 감정에 대해, 그땐 아무렇지도 않았는데 지금 와서 후회된다는 말을 하고 싶지 않아서였다.

"그런데도 소문은 퍼지더라고요."

주미 씨가 말했다.

"무슨 소문이요?"

안경이 재빨리 물었다.

"둘이 잤다는 소문."

잠깐의 침묵이 흘렀다.

"잘 모르겠어요. 지금 생각해보면, 꼭 그렇게까지 해야 했나 싶고."

임주미 씨가 말했다.

무엇을? 머리를? 사진을? 내가 묻지 않아도 주미 씨는 말을 이어갔을 테지만 늦는다고 연락했던 사람들이 한꺼번에 몰려드는 바람에 이야기가 끊겼다. 시계를 보니 오후 세시가 넘어가고 있었다.

"어서 와! 여기 따듯한 것 같아? 아까 보일러가 고장 났었어."

안경은 여느 때보다 반갑게 그들을 맞이했다. 사람들은 날씨가 왜 이러냐며 "이러다 눈사태 나겠다!" 호들갑을 피우며 들어왔다. 눈은 거의 잦아들어 싸락눈 정도로 변해 있었다. 그들은 테이블에 놓인 와인 병을 가리키며 웃고는 각자의 잔을 챙겨 앉았다. 잔을 채운 다음에는 저마다 늦은 이유에 대해 이야기했다. 누군가는 택시 기사가 눈 쌓인 언덕을 오를 수 없다고 해서 싸우다가 늦었다고 했는데 그 말에 사람들이 가장 많이 웃었다. "얼마나 벌벌 떨던지 나는 내가 융프라우 가자고 한 줄 알았네." 융프라우. 변덕스러운 날씨와 하얀 눈으로 덮인 산봉우리. 다들 한마디씩 스위스에서의 경험담을 꺼내놓기 시작했다. 그러는 동안 주미 씨의 이야기는 사라졌다. 순식간은 아니지만 그와 비슷하게. 술이 금세 바닥나 안경은 와인을 두 병이나 더 꺼내 왔다.

"이거 볼래? 데미안 와인하우스다? 괴팅겐."

안경은 라벨이 잘 보이도록 병의 아랫부분을 사람들에게 보여주었다.

"괴팅겐이라고? 거짓말!"

라벨에는 데미안 와인하우스라고 적혀 있었다. 나는 그게 왜 우스운 건지 간파하지 못하다가 사람들이 "괴팅겐? 그때 그 얼어 죽을 뻔한 괴팅겐?" 하면서 웃음을 터뜨렸을 때야 비로소 해주가 들려준 이야기를 떠올렸다. 해주가 그 이야기를 들려준 건 무더운 여름이었다. 나는 땀을 뻘뻘 흘리면서 책상 상판으로 쓸 나무를 대패로 밀고 있다가 느닷없이 해주를 맞았다. 그런 식으로 다시 만나리라고 생각하지 않았는데 빨강 니트 캐미솔에 짧은 바지를 입은 해주가 거짓말처럼 눈앞에서 말을 걸고 있었다.

"너 괴팅겐이라고 알아? 네가 좋아할 만한 곳인데."

괴팅겐은 해주가 독일을 떠나기 전에 마지막으로 간 도시였다. 안경의 애인이 초대한 공연을 보기 위해 친구들 세 명과 함께 세 시간 넘게 기차를 타고 갔다. 날씨가 엄청 추웠는데 기차역에 도착해서야 공연이 취소된 걸 알았고 다들 당황했다. 안경의 애인은 전화도 받지 않았다. 해주와 일행은 안경의 애인에게 욕을 퍼부으며 거리를 헤매다가 '데미안 와인하우스'라는 작은 술집을 발견하고 그리로 들어갔다. 그들은 거기에서 아침까지 술을 마셨다. 당연히 취했고 술집에 있던 모든 사람과 말을 섞었고 술집 주인의 이름이 '데미안 와인버그'라는 것까지 알게 되었다. 그때부터, 긴 토론이 시작되었다. 데미안 와인버그가 에이미 와인하우스와 관련이 있다 없다, 에이미와 데미안이 관계가 있다 없다, 데미안이랑 에이미가 관계를 가졌다 아니다, 영업이 끝난 술집에 앉아 실컷 떠들어댔다. 그들에게는 각자 알고 있는 에이미와 데미안이 있었고 이야기는 무궁무진했다.

"그날 우리가 버틸 수 있었던 건 말 때문이었을 거야. 밤새도록 말이 이어져서. 공연은 봐도 그만 안 봐도 그만이지만 그런 얘기는…… 재밌잖아."

나는 대패를 내려놓았다. 아무런 상의도 없이, 헤어졌다는 확실한 선을 긋지도 않고 떠났다가 이 년 만에 돌아와서 하는 말이 겨우 이런 거라니. 화가 났고 머리로 뜨끈한 불덩이가 올라오는 것을 느꼈지만 가만히 해주의 눈을 마주보았다. 해주는 선글라스를 벗고 내게 다가와 톱밥으로 범벅이 된 내 손에 자신의 손을 포갰다. 그게 너무도 자연스러워 얼음처럼 굳어버린 내가 이상할 정도였다.

사람들은 '괴팅겐산' 와인을 마시며 각자의 추억에 젖어 들었다. 일요일마다 1유로를 들고 돌아다닌 미술관…… 알테 피나코텍과 노이에 피나코텍, 브란트호스트와 렌바흐하우스…… 거기에서 본 유명 작가의 작품 제목을 끝없이 나열했다. 이어지고 또 이어지는 말의 밤. 말을 하지 않는 사람은 나와 임주미 씨뿐이었다. 조금 뒤에 임주미 씨가 자리에서 일어났다. 나는 술을 홀짝이면서 임주미 씨가 조용히 가방을 챙기고 외투를 걸치고 "저는 그만 가볼게요" 인사하는 모습을 지켜보았다. "벌써 가시게요?"라고 묻지만 전혀 아쉬워하지 않는 사람들의 표정도. 창 너머로 임주미 씨의 뒷모습을 바라보다가 바닥에 떨어져 있는 자주색 목도리를 주워 들고 그곳을 빠져나왔다.

*

해주와 나는 올리브의 전시에 초대받아 이화동에 있는 '멀티미디어문화콘텐츠센터'에 가는 중이었다. 안경도 같이 가기로 했는데 아침에 마음이 바뀌었다며 문자를 보냈다.

'올리브를 보고 싶지 않아. 오후에 시위도 나가야 하고.'

안경의 태도가 워낙 단호해서 설득하고 말고 할 것도 없었다. 적당히 둘러대도 그만이었는데 그렇게 직접적으로 얘기한 건 우리도 거기 가지 않았으면 좋겠다는 뜻이었을까. 나는 해주가 어떤 생각을 하는지 궁금했지만 묻지 않았고 해주 역시 아무 말 하지 않았다.

"이해가 안 가. 도대체 무슨 생각이었대? 왜 그런 행패를 부린 거래?"

대신 해주는 다른 걸 궁금해했다. 어제 무슨 일이 있었는지에 대해.

"행패는 무슨."

내가 말했다.

"그게 행패지. 누가 다치기라도 했으면 어쩔 뻔했니?"

"다친 사람 없어."

"어쨌든 아늑한 분위기를 망쳐놨잖아. 그것도 무례한 거야."

해주는 그렇게 말하고서 휴대폰 지도 앱으로 전시장까지의 거리를 확인했다. 그러더니 걷기엔 너무 멀다며 택시를 타자고 했다. 그러나 택시가 한 대도 없었다. 하는 수 없이 우리는 이화동 방향으로 느릿느릿, 미끄러지지 않도록 조심하며 걸었다.

"날도 추운데."

해주가 중얼거렸다. 마로니에공원 한쪽에 카메라 모양의 피켓을 머리띠처럼 착용하고 외투 색을 맞춰 입은 사람들이 모여 있었다. 불법 촬영 편파 수사를 규탄하는 소규모 시위대였다. 해주는 그들에게 무관심했다. 한때 시위에 참여했다는 게 믿기지 않을 정도로. 그러나 해주도 여름에는 분명 그들과 함께 있었다.

"꽃 사 가야겠다."

해주가 골목길에 있는 하얀색 꽃집 간판을 가리켰다.

겨울이라 꽃 종류가 별로 없는데도 해주는 클레마티스니 히아신스니 퐁퐁소국이니 하는 꽃집에 없는 꽃들만 찾다가 결국 주인의 권유대로 붉은 계열의 다알리아와 장미를 샀다.

"근데 넌 왜 나간 거야?"

주인이 꽃 포장하는 걸 지켜보던 해주가 불쑥 물었다.

"어딜?"

"주미 씨 따라갔다며."

"목도리 갖다 주려고."

"아. 목도리."

"더 있다 가라고 말하고 싶기도 했고."

"아."

안 그런 척했지만 해주는 그날 있던 일에 온 관심이 쏠려 있었다. 나는 그걸 알았다. 어쩌다가 와인 병이 산산조각이 난 건지 궁금해 죽겠다는 표정. 올리브가 모임을 그만둔 이유가 임주미 씨 때문이라고 믿는 표정. 주인이 포장된 꽃을 내밀었다. 꽃 값은 육만오천 원이었다.

우리는 다시 걸었다. 조금씩 눈발이 날리기 시작했다. 그날 내린 눈에 비하면 아무것도 아니었지만 생각해보면 그날도 처음부터 그렇게 큰 눈이 내린 것은 아니었다. 올리브가 기타를 치고, 사람들이 노래를 따라 부르고, 눈발이 점점 굵어졌지만 보일러가 잘 돌아가고 있었기 때문에 '안'은 하나도 춥지 않았다. 촛불, 음악, 웃음, 소곤거림. 분위기는 좋았다. 임주미 씨가 아몬드를 집어 던지기 전까지는. 와인이 쏟아지고 병이 깨지고 올리브가 주미 씨를 억지로 끌고 나가기 전까지는 해주의 말처럼 아늑한 분위기였다.

"엄밀하게 말해서 주미 씨 잘못은 아냐."

내가 말했다.

"뭐가?"

해주가 눈을 크게 뜨고 되물었다.

"병. 다 같이 깬 거지."

"어떻게?"

"말로."

"뭐래."

해주는 금세 시들해지더니 다른 걸 물었다. 호기심 가득한 표정으로.

"그것도 들었어?"

"……"

"임주미 씨."

"……"

"올리브한테 당한 척하고 다닌다며."

나는 걸음을 멈추고 해주의 얼굴을 바라보았다. 추운지 코가 빨갰다.

전시장에 먼저 도착해 있던 사람들이 우리에게 손을 흔들었다. 그 순간 나는 불현듯 내가 그들을 오래전부터 알아왔고 비슷한 대화를 지겨울 정도로 자주 나누었다는 착각이 들었다. 해주가 먼저 전시장으로 들어가 내게도 얼른 오라고 손짓했다. 모두 처음 보는 사람들이었는데 해주는 자연스럽게 무리로 스며들었다.

밖에서 관람하게 되어 있는 화면 속에는 여자들이 있었다. 거실 창틀에 걸터앉은 여자. 흐트러진 침대에 누워 있는 여자. 고개를 숙인 채 욕조에 쪼그려 앉은 여자. 신디 셔먼의 사진을 연상시키는 장면들이 차례로 흘러나왔다. 다른 점이 있다면 영상 속 여자들은 속옷만 입거나 아무것도 입고 있지 않다는 점이었다. 몇 번이고 되풀이되는 영상을 계속 보았다. 그러는 동안 나도 모르게 어둑한 화면에서 임주미 씨의 얼굴을 찾고 있었다.

눈발이 굵어지기 시작했다. 놀랄 것도 없었다. 아직 겨울이었으니까. 겨울에 눈은 시도 때도 없이 오니까. 잔뜩 내리고 쌓이고 얼어붙었다가 마침내 녹아서 더러워지다가 한순간에 사라지는 게 눈이었다. 그것도 봄이 와야 말이지만. 나는 갑자기 걷고 싶어졌다. 큰 도로까지 걸었을 때 손에 꽃다발이 들려 있다는 걸 알았지만 그냥 계속 갔다. 마로니에공원 쪽으로 방향을 잡고 뛰기 시작하자 붉은 꽃잎 몇 장이 걸음보다 앞서 날렸다.

기억하는 마음

방학이 시작된 학교는 평소보다 고요하여서 불현듯 울린 문자 소리는 종소리만큼이나 크게 들렸다. 행정실에 혼자 남아 있던 국주에게 그랬다는 말인데 그녀는 심장이 내려앉을 만큼 놀랐으면서도 문자를 바로 확인하지 않고 식재료 일지의 빈 곳에다가 양파와 당근 같은 야채 모양을 끼적거렸다. 움직일 때마다 볼펜에서 크고 작은 똥이 묻어났다. 누굴까, 하는 잠시의 기대. 정말 똥 같은 습관이라고 생각했다.

문자를 보낸 사람은 재균이었다. 웃음을 여러 번 찍어 보낸 문자에는 약속 장소와 시간, 오늘 보게 될 공연에 대한 간단한 정보가 담겨 있었다. 국주는 차갑게 식어버린 커피를 마시면서 방금 그린 낙서를 내려다봤다. 당근, 오이, 양파…… 브로콜리? 동글동글하게 그려진 야채 중에 브로콜리가 있었다. 뽀글뽀글한 브로콜리의 머리 부분에 볼펜 심이 종이를 파고 들 정도로 세게 눌러 색을 칠했다. 그리다가 문득 손을 멈추고 지우개를 찾았는데, 동시에 지우개로는 볼펜을 지울 수 없다는 당연한 사실을 깨달았다. 수정테이프를 꺼내야지. 국주는 책상 서랍을 열었다. 서랍에는 스냅 사진이 한 장 놓여 있었다. 버스 정류장에 앉아 멍하니 허공을 바라보는 국주. 일년 전부터 쭉 같은 자리를 지키고 있는 사진을 볼 때마다 국주는 궁금해졌다. 사진이 뭘까, 왜 함부로 버리지 못할까, 사진이 뭔데? 수정테이프를 꺼내려 했던 것도 잊고 서랍을 탁 닫았다. 그리고 재균에게 답장을 보냈다.

출발합니다.

재균은 언니의 남자 친구였다. 천성이 다감한 사람으로 국주에게 일이 생기면 언니인 국화보다 더 마음을 썼다. 국주가 실연을 겪은 뒤론 더 그랬는데, 재균은 국주가 이런 시기—남자한테 차이고 울적해하는—를 겪는 것에 막대한 책임을 느끼는 것 같았다. 자신이 모든 일의 근원이라고 생각하는 것처럼. 아무래도 내 잘못인 것 같아. 촬영장에 데리고 가는 게 아니었는데. 후회가 담긴 말을 버릇처럼 했고 국주에게 우울증이라는 진단을 내린 뒤로는 더 자주, 심각하게 대놓고 걱정을 했다. 병원에 가야 할까. 약을 먹어야겠지? 집에만 틀어박혀 지내는 거, 그게 다 증상이야. 어쩌다 국주를 만나면 재균은 안절부절못했다. 좀 그냥 둬. 알아서 하겠지. 국화가 아무리 말해도 재균은 이럴 때일수록 도움의 손길이 필요하다며 국주를 혼자 두려 하지 않았다.

국주는 그들의 반응에 신경 쓰지 않았다. 자신이 극복해야 할 문제가 사랑하는 남자가 떠나버린 슬픈 상황이라는 것을 직시했기 때문에 시간이 필요하다는 것만 알았다. 시간이 아주 많이 흘러서 남자의 존재 자체를 잊어야 끝나는 문제였다. 필요한 처방은 망각이었다. 완전한 망각. 그러나 국주는 남자를 잊지 못했고 잊고 싶지 않았고 잊기는커녕 더 많은 걸 기억하고자 했고, 하루의 대부분을 남자에 대한 기억을 헤집는 데 썼다. 기억은 신비로운 구석이 있어서 파면 팔수록 새로운 장면이 떠오르면서 가슴을 찌르르 울리는 신기한 경험을 선사했다. 때가 오겠지. 잊을 수 있는 때가 와. 그렇게 생각하면서도 마음 밑바닥에서는 정반대의 소망이 움터 올랐는데, 그건 남자를 **다시 만나고 싶다**는 생각이었다. 딱 한 번이라도 좋으니 직접 보고 싶다는 생각. 그럼 더 자연스럽게 대할 수 있을 텐데. 더 솔직한 마음을 내보일 수 있을 텐데. 뭐든 더 잘할 텐데.

국주가 남자를 만난 것은 지난봄, 어느 단편 영화 팀이 국주가 일하는 중학교에서 촬영을 하면서였다. 우연찮게도 연출을 맡은 사람이 재균의 친구였던 터라 국주는 촬영장을 구경할 수 있었다. 영화에 관심이 있는 건 아니었지만 촬영 현장이 가까이 있고 주연을 맡은 배우가 유명하다니까 얼굴이나 한번 보자 싶었던 것이다. 그러나 국주가 촬영장에 갔을 때 주연 배우는 도착하지 않아서 볼 수 없었고 대신 대기 중인 조연 배우들과 엑스트라들을 보았다. 그들은 자신의 역할에 몰두해 있다가 컷! 하는 외침과 함께 깨어났다. 국주에게는 그럼 깨어남의 순간도 연기의 연속으로 보였고 연기와 현실 사이의 경계는 감독의 컷! 소리가 아니라 배우 스스로 마음을 정하고 끝낸다는 것도 알게 되었다. 남자는 그런 연속적인 장면을 사진으로 기록하는 사진작가였다. 스틸 사진을 찍는 거라고 했다. 촬영장을 어슬렁거리면서 배우들의 자연스러운 모습을 포착하는 역할. 당연히 스크린에는 등장하지 않았다. 그러므로 재균이 남자에 대해 모르는 것도 이상할 게 없었다. 국주랑 연애한 남자가 거기서 사진을 찍었다며? 국화가 물었을 때, 재균은 거기에 그런 사람이 있었다고? 스틸 사진을 담당한? 하고 되물을 정도였으니까. 나중에는 작정하고 수소문을 해보았지만 남자의 존재는 오리무중이었다. 누구는 단정적으로 그런 사람은 모른다고 했고 누구는 A인가 a인가 헷갈려 했다. 유령이야 뭐야. 국화는 잠깐 호기심을 보이다가 실연은 극복하기 나름이라며 관심을 끊어버렸다. 그러나 재균은 아니었다. 건너, 건너, 건너서 아는 사람이라도 자신이 뭔가 해야 한다는 의무감에 사로잡혔고 남들은 그것을 오지랖이라고 부를지언정 본인은 진지하게 최선을 다했다. 오늘의 만남 역시 재균의 오랜 고심 끝에 나온 결론이었다. 국주의 마음과는 여전히 멀긴 했지만.

*

"주주, 국주! 전화기는 또 왜 꺼놨어."

재균이 반갑게 손을 흔들며 다가왔다.

광흥창에서 대학로까지 버스를 타고 오는 동안 국주의 휴대전화는 꺼졌다. 국주는 그 사실을 재균을 만난 후에야 알았다. 조명팀에서 일하는 재균은 촬영장에서 입는 작업복 바지에 영화 제목이 프린트된 헐렁한 후드집업을 입고 있었다. 몇 년 전에 국화와 함께 작업한, 그들이 했던 영화 중 유일하게 십만 관객을 넘은 「사랑의 기억」이라는 영화였다. 영화가 개봉할 당시 국화와 재균은 만나기만 하면 싸웠다. 활짝 열려 있는 영화의 결말 때문에 침을 튀기며 격렬하게 싸웠는데 두 사람의 의견은 속편을 준비 중인 지금까지도 합의되지 않은 채 남아 있었다. 롱테이크로 찍힌 마지막 장면—주인공이 바닷가로 서서히 걸어가는 뒷모습—을 두고 재균은 해피엔딩이라고 우겼고 국화는 비극이라고 맞받아쳤다. 그들은 은근슬쩍, 그러나 집요하게 국주가 누구의 편인지 떠봤지만 국주는 결말이 어떻든 영화는 영화일 뿐이 아닌가 생각했고 실제로 그렇게 말해 두 사람을 더 싸우게 만들었다.

"언니는요?"

"금방 올 거야. 그 옷 잘 어울리는데?"

재균은 국주가 입고 온 꽃무늬 핀턱 원피스를 칭찬했다. 국화처럼 피부가 하얀 것도, 팔다리가 긴 것도 아니어서 뭘 입어도 맵시가 나지 않았는데 재균의 말처럼 국화가 만든 원피스에는 사람을 달라 보이게 하는 뭔가가 있었다.

"언니가 버린 옷이에요. 다시 만들어야 한다고 욕을 바가지로 하면서."

"아. 그게 이 옷이구나? 욕을 진짜 바가지로 하더라."

"언니가요?"

"아니, 의상팀에서."

"왜요?"

"참견한다고."

재균은 그렇게 말하더니 시간이 애매하니까 일단 저기로 들어가자며 건너편 카페를 가리켰다. 신호등이 바뀌길 기다리는 동안 재균은 요즘 어때? 하고 가볍게 안부를 물었고 국주는 딱히 할 말이 생각나지 않아 희미하게 웃었다. 이제 전화기 안 버릴 거지? 라는 물음에도, 그 옷 입으니까 꼭 영화배우 같은데? 라는 농담에도 그냥 웃었다. 아픈 만큼 성숙한다거나 사랑은 사랑으로 잊힌다는 맹물 같은 조언을 하며 "네가 변했다고 국화가 속상해하더라"라는 말을 덧붙였을 때도 그냥 웃고 말았다.

"설마요."

국화가 속상해하지 않았다 해도 국주가 변한 것은 사실이었다. 국주는 모든 일에 흥미를 잃었다. 수돗물을 틀어놓고 멍하니 있을 때가 많았고, 일을 할 때도 조리사 아주머니가 하는 말을 한번에 알아듣지 못해 "네?" 하고 되묻는 경우가 빈번했다. 그러면서도 문자나 전화 소리에는 지나치게 민감했는데 혹시나 하면 재균, 아니면 국화여서 스트레스가 극에 달한 어느 날에는 전화기를 버려버렸다. 진짜로 버린 것은 아니고 서랍 깊숙한 곳에, 그게 거기 있다는 것은 알지만 열어보지 않으면 없다고 생각할 수도 있는 곳에 처박아두었다. 그러다가 문득, 연락이 왔을지도 모른다는 생각이 들면 초조한 마음으로 전화기를 꺼냈다. 전원이 켜지는 동안에는 오직 한 가지 생각에만 골몰했는데 그 생각은, 남자가 죽은 건 아닐까? 죽었는데 내가 모르는 게 아닐까? 어쩌면 아무도 남자가 죽었다는 사실을 모르는 게 아닐까? 같은 우울한 것들이었다.

신호등이 바뀌고 두 사람은 건너편 카페로 들어갔다. 재균은 카푸치노를, 국주는 스팀 우유를 주문하고 이층 창가에 자리를 잡았다. 카페는 만석이었는데 운이 좋게도 그들이 올라갔을 때 마침 한 커플이 일어나 자리가 생겼다. 국주는 창밖으로 고갤 돌렸다. 방금 국주가 서 있던 자리에 교복을 입은 학생들이 있었다. 학생들은 신호가 바뀌기를 기다리는 동안 휴대전화로 여러 차례 셀카를 찍었다. 찍힌 사진을 보려고 머리를 맞대고 모였다가 동시에 깔깔 웃으면서 고갤 들기도 했다.

"오늘 내가 후배를 하나 불렀어."

재균이 망설이듯 입을 열었다.

"이놈이 하도 공연을 보고 싶어 하기에 오라고 했어. 불쌍한 놈이거든. 외롭다는 말을 달고 살아. 소개팅은 아니지만…… 싫으면 얘기해도 돼."

"왜 싫어요. 안 싫어요."

국주의 대답에 재균이 화색을 띠었다.

"그래? 안 싫어? 방금 오케이 한 거지?"

재균은 기다렸다는 듯 자세를 바로 하며 "사실은 개가 있지," 하고 운을 뗐다. 그때 한 남자가 쿵쿵 소리를 내며 계단을 올라오더니 손을 흔들며 재균이 있는 쪽으로 걸어왔다. 재균은 무슨 말을 더 하려다가 한마디만 했다.

"시간 하나는 잘 지켜. 칼이야."

후배는 키가 컸다. 펄럭이는 흰 셔츠에 딱 붙는 검정 스키니를 입고 무거워 보이는 갈색 워커를 신고 있었는데 꽤나 잘 어울렸다. 자기가 잘생겼다는 사실을 아는 사람이 자신 있게 멋을 낸 차림이라고 해야 할까. 멋 부림의 절정은 그가 쓴 모자였다. 70년대에나 유행했을 법한 챙이 넓은 모자는 요즘 사람이라면 잘 쓰지 않는 복고풍 디자인이었다. 국주는 둥근 물결 모양의 라인이 두드러지는 연극용 소품같이 생긴 와인색

모자에 눈길이 갔다.

"어서 와! 잘생긴 건 여전하네?"

후배는 재균과 악수를 나누고 자리에 앉더니, 앉자마자 국화를 찾았다.

"형, 국화 누나 언제 와요? 저 여기 오는 거 알아요?"

"국화는 바빠." 재균이 말했다.

"누나 또 싸웠다면서요?"

"국화 아니야."

"누나 아니에요? 그럼 누구지? 희진인가?"

후배는 갑자기 희진의 안부를 물었다. 국주는 모르는 사람이었다. 후배는 재균과 희진이 함께 작업한 졸업 영화에 관해 말했는데 영화의 내용보다는 엔딩크레딧에서 누구의 이름이 먼저 나왔느냐 하는 것이 궁금한 것 같았다. 국주는 우유를 마셨다. 우유는 고소했다.

조금 뒤 재균이 일어났고 후배와 국주, 둘만 남게 되었다. 그러자 후배는 기다렸다는 듯 큰 소리로 인사를 건넸다.

"안녕하세요! 저는 재균이 형 후뱁니다! 반갑습니다!"

"네 저는 국화 언니 동생이에요."

두 사람은 서로의 나이를 확인하고 사는 곳이나 취미, 지금하는 일에 관하여 이야기했다. 국주는 이런 상황에서 말을 잘하는 편은 아니었지만 그래도 나이가 스물아홉이다 보니 뭐가 됐든 입에서 말이 나오긴 해서 대화는 그런대로 흘러갔다.

애기를 주도하는 쪽은 후배였고, 국주는 질문을 한다거나 새로운 소재를 던진다거나 하는 적극적인 호응을 보이지는 않았지만 그렇구나 몰랐네 하는 적당한 반응을 보이며 자연스러운 분위기를 유지했다. 사실 국주는 후배의 이야기보다 후배의 표정과 행동이 더 흥미로웠다. 뭐랄까. 맡은 배역에 최선을 다하는 연기자 같다고 해야 할까. 이상한 모자를 쓰고 막 떠들다가 남의 카푸치노를 마시면서 틈틈이 손목시계를 보는 사람. 후배는 자연스러움을 연기하는 배우처럼 의식하지 않으면서 자연스러운 분위기를 이끄는 재주가 있었다.

"자, 그럼. 우리 이제 공연 보러 가볼까요?"

후배는 시간을 확인하더니 다 마신 컵을 들고 자리에서 일어났다. 공연 시간까지는 정확히 이십 분이 남아 있었다. 국주는 창 너머를 쳐다보았다. 사진을 보며 웃던 학생들의 모습이 정지된 순간처럼 머물러 있었다. 스쳐 감이 남기는 고유한 감정. 세상에 고유하지 않은 순간은 없고 고유한 순간에 존재하는 것들은 다 소중하다. 남자가 그런 말을 했던가? 사진을 찍는 이유에 대해서. 과거에 멈춰 있을지라도 존재는 거기에 있고 기억은 존재를 있게 한다고, 그런 말을 했던 것 같은데. 남자 생각을 하지 않으려고 해도 그게 마음처럼 되지 않았다.

*

그들은 통로 쪽 두 자리를 비워놓고 앉았다. 국주는 입구에서 가져온 브로슈어를 훑었다. 엽서 형태로 만들어진 손바닥만 한 브로슈어에는 가수의 약력과 공연에서 부를 노래, 이틀 동안 진행되는 공연의 컨셉이 적혀 있었다. 후배는 볼록하게 튀어나온 모자의 윗부분을 만지작거리면서 "이 노래 알아요? 이 노래는요?" 하며 국주 앞으로 노래 제목을 들이밀었다.

"몰라요."

국주는 고개를 저었다.

"몰라요?"

"몰라요."

"모르시는구나. 저도 몰라요. 이 가수 하나도 안 유명하잖아요."

국주는 여전히 후배가 연기를 하는 것 같다고 생각했지만 마주 보고 앉아 있지 않아서인지 커피숍에서보단 그런 생각이 덜 들었다.

"이 모자, 누가 썼던 건지 알아요? 어디서 많이 본 것 같죠?"

후배가 불쑥 모자에 대해 물었다.

"아니요."

국주가 대답했다.

"아니요? 아니라고요?"

후배는 모자를 벗어서 무릎 위에 올렸다. 땀 냄새가 훅 끼쳤다.

"이거 죽은 사람 모자예요. 「사랑의 기억」에서요. 국화 누나가 만든 거잖아요."

국주는 처음 보는 모자였다.

"이 모자 쓸 때마다 죽은 사람이 된 기분이 들거든요. 묘해요, 기분이. 그래서 가끔 써요. 자주는 아니고 가끔. 나 죽었다, 생각하고 싶을 때 있잖아요. 없어요? 그럴 때?"

국주는 할 말이 생각나지 않았다.

"이런 공연 자주 보세요? 공연 좋아하신다면서요?"

후배는 금세 화제를 바꾸었다. 국주는 여전히 대답할 말이 떠오르지 않은 채로 내가 공연을 좋아했던가? 하는 생각을 하고 앉아 있었다.

"저는 별로거든요."

후배가 말했다.

"좁고 불편하고, 그리고 여기는 공연장이 지하에 있잖아요? 지하는 불을 딱 켜는 순간 벌레들이 보이거든요. 무섭지 않아요? 걔네들 엄청 빨리 기어 다니는데."

후배는 과장되게 몸을 떨었다.

"그런 게 무서워요?"

국주가 물었다.

"네?"

"벌레들이 무서우시냐고요."

"그럼 무섭지, 안 무섭습니까? 국주 씨는 안 무서워요?"

후배는 약간 인상을 썼다가 이내 표정을 바로 하고 다른 이야길 했다.

"국주 씨는 공연을 자주 보니까 어둠에 익숙한가 보구나. 전 극장도 무섭더라고요."

엄밀히 말하면 그렇지 않았다. 공연은 남자와 처음 보았고 공연장 역시 남자 때문에 알게 된 것이었으니까. 혼자서는 음악도 영화도 심지어 드라마도 보지 않았다. 그럼 취미가 뭐냐고, 혼자 있을 때 즐겨 하는 일이 있을 거 아니에요? 남자가 물었었을 때 국주는 아무 말도 못했다. 말을 했으면 어땠을까. 한마디라도 했으면 뭐가 달라졌을까? 그건 아닐 테지만 무슨 말이라도 할 걸 그랬다는 생각이 오래도록 들었다.

"없어요?"

후배가 물었다. 국주는 순간적으로 무슨 애길 하고 있었는지 잊어버려서 의아한 표정으로 후배를 쳐다봤다.

"좋아하는 가수요. 이 밴드 말고 또 어떤 가수 좋아하냐고요."

"……"

"없어요?"

"브로콜리?"

국주는 그렇게 말해놓고 스스로 더 놀랐다. 그런 가수가 있다는 것을 처음 알았던 때처럼. 가수 이름이 브로콜리예요,

라고 남자가 말했을 때처럼. '브로콜리'와 '너'와 '마저'가 합쳐져 밴드의 이름이 될 수도 있다는 것에 어리둥절했던 그때처럼 놀랐다.

"브로콜리? 브로콜리 너마저? 그 밴드는 좀 다른데……흠, 그걸 뭐라고 설명해야 하나?"

후배는 뭘 생각하는가 싶더니 잠깐, 하고 국주 쪽으로 몸을 휙 돌렸다.

"혹시 설마 작년 봄? 그때 브로콜리 공연 보러 갔었어요?"

후배는 그렇게 물어놓고 혼자 함박웃음을 지으면서 아 그때, 아 그때 그때, 하면서 노래 정말 괜찮았지, 멤버들이 어쩌고 목소리가 어쩌고 연습이 어쩌고 했다. 자세히 들어보면 재미있는 얘기였을지도 모르겠으나 국주는 이미 딴생각에 빠져버렸기 때문에 후배의 목소리는 저만치 멀어졌다.

브로콜리는 자동으로 남자를 떠올리게 만드는 몇 개의 사물 중 하나였다. 브로콜리 때문에 한바탕 소동이 있었던 날, 남들이 들으면 웃겠지만, 국주는 그날 상한 브로콜리 때문에 혼이 쏙 빠질 정도로 고생을 했다. 조리실 아주머니 일곱 분을 포함하여 영양사인 국주, 급식 업체의 사장까지 교장실로 불려가 고개 숙여 사죄를 했고 아이들의 배탈 때문에 사장이 물어준 손해배상비(병원비는 학교의 보험이 해결했지만 일부 학부모는 정신적 피해보상 명목으로 비용을 청구했다)의 일부를 국주의 월급에서 제하기로 했으며 식재료의 유통경로를 일지에 기록해야 하는 또 다른 업무를 떠안았다. 국주는 아직도 그때의 브로콜리 맛을 확실히 기억한다(고 확신한다). 멀쩡하네, 라고 했던 여러 아주머니들의 말도. 같은 음식을 먹고도 전혀 이상이 없던 더 많은 학생들도. 그런데 왜? 도대체 어쩌다가? 무슨 수로 멀쩡한 반찬이 일부의 학생들에게만 탈을 냈을까. 그날 일을 마치고 집으로 가는 길에, 국주는 친구에게 전화를 걸어 브로콜리 사건에 대해 이야기하다가 서러움에 복받쳐 울음을 터뜨리고 말았다. 브로콜리 때문에 흐흐흑 브로콜리가 흐흐흑. 국주는 자신이 예측할 수도, 예측을 했다고 해도 달라지는 것이 없는 고약한 일에 휘말려든 기분이었다.

남자가 언제 그 장면을 봤는지 국주는 알지 못한다. 촬영장을 구경하는 중에 우연히 남자의 발을 밟았고 그걸 계기로 말을 주고받았고 얘기가 잘 통해 믹스커피를 함께 마셨을 뿐. 학교 촬영이 끝나던 날, 남자가 선물이라며 건넨 한 장의 사진 속에 있는 자신을 보고서야 비로소 아 그때 버스 정류장에서 우는 모습을 봤나? 그 우스운 꼴을? 하필 왜 이런 모습을 찍었나 생각했다. 물론 그 사진 덕분에 밥을 한번 사겠다는 말을 입 밖으로 낸 것이지만, 사진에 대해 자세히 물어볼 생각은 못했다. "누가 저도 모르게 제 사진을 찍어준 건 처음이에요." 그 사진에 대해 국주가 한 말은 그게 다였고 그 말은 진심이었다. 남자는 자상하게 웃으면서 좋은 사진이 되어

줘서 고맙다는 말을 했고, 그 말은 생각지도 못할 만큼 국주를 설레게 만들었다. 국주로서는 이미 사랑에 빠져버렸기 때문에 남자가 어떤 말을 했어도 설렜을 것이다. 그러니 남자가 함께 밥을 먹던 중 반찬으로 나온 브로콜리 한 조각을 들어 올리며 이 가수 공연 보러 갈래요? 하고 물었을 때, 이제 브로콜리 이야기해도 괜찮아요? 안 울 거죠? 하면서 자상하게 웃어 보였을 때 무슨 생각을 할 수 있었겠는가.

남자를 생각하면 일 년이 다 되어가는 지금까지도 생생한 질문들이 솟구쳤다. 질문만 솟구쳤다. 도대체 왜? 라는 질문이. 그밖에는 달리 할 말도 없었다. 왜 사진을 찍었지? 왜 밥을 먹는다고 한 거야? 공연은 왜? 그래놓고 왜 갑자기 사라졌지? 왜?

문제는, 질문이 시작되면 답을 생각하는 것 외엔 아무것도 할 수가 없다는 것이었다. 몸은 이곳에 있지만 정신은 먼 곳을 헤매는 상태. 왜지? 답을 찾는 동안에는 생각에 너무 골똘한 나머지 주변의 소리—언니의 부름이나 학생들의 시끄러움, 아줌마들이 그릇을 거칠게 다루는 소리 같은 것—가 들리지 않았다. 같은 이유로 그녀는 공연이 시작되는 것도 몰랐다. 오프닝 곡은 물론이고 두번째 세번째 곡이 끝날 때까지도 멍하니 앉아 옛 기억만 파고 있었다.

"안녕하세요. 우리 인사 좀 할까요?"

밴드가 연주를 멈추고 보컬이 인사를 했을 때야 국주는 불현듯 정신이 돌아왔다. 허둥지둥이라도 스스로 헤쳐 나온 것이 아니라 누군가 깜깜한 동굴을 통째로 들어 올린 느낌으로. 이런 식으로 현실로 돌아올 때마다 국주는 허무하면서도 불안했는데 그것은 질문의 습격이 언제 다시 찾아와 곤경에 빠지게 할지 알 수 없었기 때문이었다.

"눈치채셨나요?"

검정, 노랑, 하양. 세 가지 색깔이 이번 공연의 컨셉이라고 보컬은 말했다. 보컬은 자신의 옷을 한번 훑어본 뒤에, 오늘은 노랑이겠죠? 라고 했다. 악기를 다루는 네 명의 멤버들도 모두 노란색 혹은 레몬색 혹은 그것과 비슷한 톤의 의상을 입고 있었다.

"여러분은 노랑 하면 뭐가 떠오르나요? 병아리? 개나리?"

보컬은 허스키한 목소리로 씩씩하게 물었지만 객석에서는 별 반응이 없었다.

"또 뭐가 있을까요. 떠오르는 게 있나요?"

처음보다는 조금 가라앉은 목소리로 다시 물었지만 객석은 여전히 조용했고 그래서인지 보컬은 "그냥 노래나 할까요?" 라고 했다. 객석에서 작은 웃음이 터졌고 보컬은 노래를 시작했다.

거짓말 같던 사월의 첫날
모두가 제자리로 돌아가고 있는데

나만 가야 할 곳을 모르고 있네*

공연이 끝날 때까지 그들은 그런 노래만 불렀다. 잔인한 깨
달음이라든가 깨어진 약속이라든가 하는. 보컬은 그런 가사
의 노래를 부른다기보다는 시를 읊는구나 싶은 느낌으로 불
렀는데 보컬의 얼굴이 슬프면서도 꽤 비장해서 국주는 공연
이 끝날 때까지 그 얼굴을 진지하게 바라보았다.

"잊지 않음으로써 존재하는 누군가가 있다면 기억하는 것
이 의미가 있다는 말이겠죠."

허스키한 보컬의 마지막 멘트가 국주의 마음에 깊이 와닿
았다.

*

원래 그럴 계획이었는지 모르지만 재균과 국화는 오지 않
았다. 후배는 공연장 앞에서 재균에게 전화를 걸어 "어떻게
된 거예요? 어디? 어디라고요?"라는 말을 몇 번 하다가 전화
를 끊었다. 국주는 여전히 후배가 연기를 하고 있다는 생각이
들었는데 전화를 끊자마자 시간을 확인하면서 "이제 우리 저
녁 먹으러 갈까요?" 하고 물었기 때문이다.

---

* 브로콜리 너마저, 「잔인한 사월」 중에서

"보자, 뭐가 맛있더라. 이 근처에 나만 아는 신기한 돌판 고깃집이 있을 텐데."

국주는 밥 생각이 전혀 없다가 후배의 입에서 '신기한 돌판 고기'라는 말이 나와 멈칫했다.

"나만 아는 신기한 돌판 고기요?"

"체인이잖아요. 여의도랑 대학로, 두 군데 있던데?"

후배는 국주 옆에 딱 붙어 서지 않고 앞서거니 뒤서거니 적당하게 거리를 두면서 편안하게 걸었다. 걸어가면서는 자꾸 뭘 물었다. ……를 좋아해요? ……봤어요? ……같지 않아요? 국주는 토막 난 질문들을 제대로 알아들을 수 없어 옆으로 왔다가 뒤로, 다시 앞으로 가는 후배를 쳐다보기만 했다.

"여긴가?"

후배가 손가락을 들어 간판을 가리켰다. 나만 아는 신기한 돌판 고기. 간판은 마치 오늘 새로 단 것처럼 쨍하고 환했다. 국주는 오색찬란한 간판 빛을 보며 남자를 생각했다. 여기에서 조금만 더 가면 남자와 갔던 밥집이 나온다. 여기는 일찍 문을 닫지만 거기는 밤새 문을 열어둔다. 어두침침한 가게에서 우리는 뜨거운 국물을 같이 먹었는데…… 국주는 선명하게 기억나는 남자의 얼굴을 떨치기 위해 서둘러 후배를 뒤따라 들어갔다.

"아까 국주 씨가 브로콜리 공연 봤다고 했을 때, 저 사실

깜짝 놀랐어요."

주문을 마치자마자 후배가 입을 열었다. 하필이면 브로콜리 이야기라서 물을 따르던 국주는 정신을 다잡기 위해 노력해야 했다.

"사실 그 공연 저도 봤거든요. 마지막 곡, 최고였죠? 저 울었잖아요. 안 그랬어요?"

국주는 당연히 그랬다고 맞장구를 치고 싶었지만 후배가 말하는 마지막 곡이 어떤 곡인지 알지 못했다. 마지막까지 공연을 보지 않았으니 그럴 수밖에.

"그 곡이 의미심장한 곡이었잖아요. 공연 분위기도 그렇고. 뭐 결과적으로 봤을 때 그렇다는 말이지만."

"의미심장했다고요?"

국주가 되물었을 때 종업원이 그들의 테이블로 음식을 날라 왔다. 홀쭉한 남자 종업원은 여러 개의 반찬을 차례차례 내려놓고 돌판 위에 2인분의 고기를 올렸다. 그 옆에는 김치랑 콩나물이랑 마늘을 올리고 계란도 하나 깨뜨렸다. 종업원의 손놀림이 아주 능숙해서 그들은 자연스럽게 종업원이 하는 모양을 지켜보게 되었는데 그러는 동안 애기는 잠시 끊어졌다. 종업원은 계란이 흘러내리지 않을 만큼 익을 때까지 기다렸다가 지글거리기 시작한 삼겹살 위에 후추와 소금을 살살 뿌렸다. 그런 다음 고기가 눌어붙지 않도록 가운데 부분을 살짝 들어 올려 김치가 있는 쪽으로 기름을 흘려보내고 집게를 후배에게 넘겨주었다.

"맛있겠는데요?"

후배는 연기가 올라오는 돌판 쪽으로 고개를 들이밀었다.

"저는 기억이 가물가물해요."

국주가 말했다.

"뭐가요?"

후배는 그렇게 물어놓고 국주가 뭐라 대답하기도 전에 무슨 말인 줄 알겠다는 듯이 아, 소리를 냈다. "그게 그새 가물가물해요? 좋아한다면서?" 후배는 장난스럽게 말하고 고기를 뒤집었다. 국주는 뒤집어진 고기가 익어가는 것을 보다가 사실은 공연을 끝까지 보지 못했다고 솔직하게 털어놓았다. 그 말에 후배는 갑자기 집게를 탁! 소리 나게 내려놓고 "세상에, 그랬어요?" 하면서 펄쩍 뛰었다. 과장되어 보이는 말과 행동은 후배의 오랜 버릇일까 궁금해하며 국주는 말없이 집게를 집어 가만가만 마늘을 굽고 김치를 자르고 손을 들어 종업원을 불렀다.

"여기 소주 한 병 주세요."

후배는 국주의 행동에 놀라는가 싶더니 돌연 흥미진진하다는 투로 말했다.

"오홍. 뭔 사연이 있나 보네."

국주는 가위와 집게를 들고 노릇하게 익은 고기를 반듯하게 잘랐다.

무슨 일이 있었더라. 노동절이었으니 서늘했을 법한데도 꼭 여름처럼 기억되는 날, 국주는 동교동에서 남자와 공연을 보았다. 어둡고 좁은 공간에 많은 사람들이 모여 있어 어색했지만 금세 공연에 빠져들었다. 남자가 공연장을 들락날락해도 크게 신경 쓰지 않았다. 곧 오겠지, 안 오면 나중에 연락을 하면 될 테지 하는 마음이었다. 그리고 문자가 왔다. 공연이 절정에 이르렀다가 고요히 막바지를 향해 갈 무렵에. 광화문에 갈 일이 생겨서 먼저 갑니다. 문자를 확인하자마자 국주는 공연장을 뛰쳐나왔다. 남자가 보낸 짧은 문자를 국주는 지하철을 타고 가는 내내 들여다봤다.

광화문은 원래 사람이 많은 곳이지만 그날따라 더 많은 사람이 모여 축제의 밤처럼 보였다. 오가는 사람들의 손에는 풍선이나 부채, 휴지나 전단지 같은 것들이 들려 있었다. 한쪽에는 작은 피켓을 든 사람들의 행렬이 있었다. 그 사람들은 풍선이나 부채를 든 사람들과는 달리 엄숙한 표정으로 도로의 가장자리에 일정한 대열을 갖춰 서 있었다. 피켓에는 잊지 않겠다는 글귀가 인쇄되어 있었다. 여기에서 사진을 찍으려고 했나? 이렇게 작은 규모의 집회 같은 것을? 국주는 스무 번 정도 남자에게 전화를 걸다가 포기하고 청계천을 걸었다. 뭔가를 지키려면 힘이 필요해요. 그래서 저는 광화문이나 용산에 자주 갑니다. 사진을 찍기 위해서요. 남자는 사진으로 누군가를 도울 수 있다고 믿는 사람이었다. 사진은 기억의 탯

줄이니까. 정지되었던 시간을 역류하게 만드는 힘이 있으니까. 스쳐 감이 남기는 고유한 감정. 세상에 고유하지 않은 순간은 없고 고유한 순간에 존재하는 모든 것은 소중합니다. 그래서 사진이 특별하지요. 사진은 한 존재의 한순간을 영원히 붙들고 있으니까. 남자는 슬픔을 간직한 채로 살아야 하는 사람을 위해 사진을 찍는다고 했다. 잊을 수 없는 마음들을 위해. 국주는 그런 사진이 어떤 사진인지 알지 못했다. 먹먹함을 느끼면서도 그냥 그런 게 있으려니, 남자는 그런 것에 의미를 두는 사람이려니 생각했었다.

"광화문에서 그런 축제가 있었다고요? 작년에?"

후배는 고개를 갸웃거렸다.

"아닐 텐데."

후배는 기울어진 모자를 바로 세우며, 궁금해서라기보다는 국주가 틀렸다는 것을 바로잡기 위해서라는 듯 휴대전화를 꺼냈다.

"이날, 맞죠? 제가 광화문에 자주 가서 아는데, 그날은 그런 축제 없었어요."

후배는 휴대폰의 액정을 국주의 얼굴에 들이밀었다. 어두운 화면에는 청계천을 배경으로 브이자를 그리며 웃는 커플이 있었다. 주변이 너무 캄캄해서 그들의 얼굴은 알아볼 수 없고 하얀 치아만 겨우 보였다.

국주는 앞에 놓인 소주를 들이켰다. 후배보다 훨씬 빠른 속도로 술을 마신다는 것을 알았지만 조절하겠다는 생각은 들지 않았고 그렇게 마시는데도 정신은 멀쩡했다. 그날도 국주는 술을 많이 마셨다. 자정이 넘도록 광화문에서 종로로, 종로에서 청계천을 따라 걷다가 친구를 불러내 엄청난 양의 술을 먹고 취했다. 취하고 보니 언니의 구두를 신고 나와 종일 불편했던 마음도, 공연을 볼 때 느꼈던 벅차오름도, 남자한테 스무 통이 넘는 전화를 거는 동안 느꼈던 무안함도 싹 사라졌다. 공연을 보기 전에 남자가 다른 말도 했던가. 이거 끝나고 밥 먹으러 가요. 신기한 돌판 고기. 지난번에 못 먹었잖아요. 그런 말 말고 또 무슨 말을 했더라. 분명히 뭔가 놓친 말이 있을 텐데.

"동교동 공연장이었으면…… A 선배한테 물어볼까."

후배가 콩나물을 한 젓가락 먹으면서 말했다. 국주는 반사적으로 몸을 세웠다.

"a요? 혹시 영화 스틸 사진 찍는 a 말하는 거예요?"

"국주 씨가 A 선배를 안다고요?"

국주는 잔을 채웠다. 후배는 자신이 아는 선배는 영화 쪽이 아니라 음향 일을 한다고, 같은 사람은 아닐 거라고 했다. 그 형이 사진도 찍었나? 후배는 기억이 안 난다고 하면서도 '그럴 수도 있겠다'는 여지를 두었다.

"그 선배가 이것저것 소문이 많아요. 하는 일이 많아서 그런가. 오해를 불러일으키는 캐릭터야."

오해. 국주의 귀에는 한 단어만 들어왔다. 사람은 누구나 오해를 주고받으니까. 남자도 여러 사람의 오해 속에 존재하는 인물이었다. 재균은 기억을 더듬더니 학교 다닐 때 남자를 본 것도 같다고, 청강생이었는데 유학을 간 뒤로 소식을 못 들어서 까맣게 잊고 지냈다고 했다. 국화는 그런 사람은 없었다고, 유학을 마치고 온 선후배를 다 동원해 찾아봐도 모르더라면서 이 바닥은 두 다리만 건너면 알게 마련이고 특히 유학파는 모를 수가 없는데 남자를 아는 사람은 없다고 했다. 급하게 다큐멘터리 팀에 들어가서 한국을 떠났을지도 몰라. 국주가 말했을 때, 재균은 그럴지도 모르지, 라고 했고 국화는 웃기고 있다며 콧방귀를 뀌었다.

국주가 모르겠는 것은 남자의 진심이었다. 절대로 알 수 없는 진실 때문에 날마다 술을 마셨다. 처음에는 소주 반병만 먹어도 비틀거리면서 들어와 먹은 술을 다 게우고 나서야 잠이 들었는데 그것도 자꾸 하다 보니 반병을 먹어서는 어지럽지도 비틀거리지도 않게 되었다. 대신 만나는 사람마다 자신의 정황에 대해 넋두리를 늘어놓고 어떻게 생각하세요? 하고 묻는 새로운 버릇이 생겼다. 잠깐 본 것까지 합치면 다섯 번 만났고요, 영화 스틸사진을 찍는 사람이었어요. 일은 그랬는데 본인이 진짜 하고 싶은 건 다큐멘터리를 찍는 거라고 했어요. 도움이 필요한 곳에 가서 보탬이 되겠다고 했는데 실제로 캄보디아 어디, 깜뽕꼬? 그런 마을에서 찍을 프로젝트를 계획하고 있다고 했어요. 그래서 떠날지도 모른다는 말을 한 건가. 그런 말을 했나. 그게 문젠데…… 마지막으로 만났던 날? 그날은 공연을 봤는데 그게 중요해? 끝까지 다 본 건 아니고 중간에 나갔는데……

"손은? 손은 잡았어요?"

거기까지 말하면 사람들은 물었다. 대부분 같은 질문이었다. 손이요? 무슨 손? 국주는 이 손이요? 하면서 통통한 손을 쫙 펼치고 뒤집었다 엎었다 하며 자기 손을 처음 보는 사람처럼 유심히 보다가 고갤 저었다. 그러면 사람들은 '그거 네' 하는 표정으로 국주의 이야기에 흥미를 잃어버렸다. 국주가 발끈하며 손은 안 잡았지만 얘기는 많이 했어요, 공연도 두 번이나 같이 봤고요, 말해도 소용없었다. 여의도에서 광흥창까지 걷고 광흥창에서 동교동까지 걸으면서 얘기를 하고 또 하고 얼마나 많은 얘기를 했는데, 손이 중요해? 겨우 손이?

"중요합니다. 손은 중요하죠."

다른 사람들과 마찬가지로 후배의 대답도 그것으로 끝이었다.

후배는 모자를 벗고 본격적으로 밥을 먹었다. 찌개에 소라가 들었다면서 국주에게도 먹어보라고 권했다. 된장찌개를 떠먹는 후배의 이마에 동글동글 땀이 맺혔다. 후배는 밥그릇을 깨끗하게 비우더니 정확히 아홉시가 되자 자리에서 일어났다.

"진짜 어이없죠?"

지하철역으로 가는 길에 후배는 얼마 전에 갔던 치킨집 얘기 해주었다. 거기에서 본 황당한 손님에 대한 얘기였는데, 빠드득 소리를 내면서 뼈까지 씹어 먹었던 손님이 어쨌다는 것인지 국주는 궁금하지 않았다. A는 누구일까. 후배가 말한 A가 a일까. a는 A랑 어떤 관계일까. a는 정말로 있었을까. 지금은 어디 있을까. 질문의 습격이 국주를 에워싸는 동안 밤공기는 서늘해졌고 국주는 후배와 어떻게 인사를 나누었는지도 모른 채 집으로 돌아왔다.

*

국주가 현관문을 열었을 때 국화는 옷을 만들고 있었다. 벌써 며칠째 같은 작업이었다. 국화가 속해 있는 미술팀은 크랭크인 하기 전, 소품이나 의상을 준비하는 프리 작업 시기에 더 바빴는데 영화의 속성에 따라 바쁜 정도나 하는 일이 달랐다. 이번 영화에서는 입는 옷에 따라 성격이 확확 바뀌는 여자가 주인공이었다. 짝사랑하는 남자 앞에서 늘 같은 스타일의 옷만 입던 주인공이 어느 날 다른 사람의 원피스를 입게 되면서 벌어지는 사랑 이야기를 다룬 로맨틱 코미디. 마지막에는 옷과 인생이라는 두 가지 요소를 결합시켜 결국 인생이란 옷을 갈아입는 것과 마찬가지로 매 순간 새로운 존재로 다른 역할을 하며 사는 것이라는 유치한(국화의 표현이었다) 주제를 담은 영화였는데 내용에 비해 소품이 거창하다고 국화는 불평했다.

"문제는 그 옷들을 직접 만들어야 한다는 거야. 가지가지 하는 거지."

국화는 국주가 입은 원피스를 앞뒤로 살피다가 그제야 생각났다는 듯 물었다.

"참. 재균이가 무슨 후배를 불렀다며? 만났어?"

"다 알면서 그래. 이상한 모자 쓰고 다니는."

"아, 걔일 줄 몰랐네. 여기 좀 잡아봐."

국화는 새롭게 만들고 있는 원피스의 어깨 부분을 반듯하게 접어 국주가 잡도록 했다. 국주가 두 손으로 소매와 어깨를 잡자 국화는 핀으로 그 부분을 고정시키면서 "걔는 나한테 걸리면 죽사발인데" 하는 이상한 말을 했다. 왜? 하고 묻자 국화는 잠깐 뜸을 들이다가 이야기를 시작했다. 그놈이 하도 졸라서 소품을 하나 훔쳐다 줬다는 이야기, 그것 때문에 미술팀이 발칵 뒤집어졌다는 이야기, 그게 그 이상한 모자라는 이야기, 그런 것까지 챙겨가는 팀장은 없는데 자기는 꼭 이상한 사람한테만 걸린다는 이야기. 국화는 이번 감독이 좀 별스럽다는 이야기를 하며 좁은 거실에 어질어진 원단 사이에서 노련하게 특정한 모양의 단추와 그에 맞는 진주를 골랐다.

"그쪽 팔에 일자로 붙여. 하나씩 번갈아 가면서 이렇게."

국화는 진주와 단추가 반반 섞인 상자를 국주 옆에 놓아주고 자신도 진주와 단추를 박았다. 바느질은 아니었고 스티커처럼 진득한 액체를 묻혀 꾹 눌러 붙이면 되는 거라 몇 번만 하면 저절로 속력이 붙는 일이었다. 국주가 어깨 부근까지, 국화가 팔목까지 작업했을 때 재균에게 전화가 왔다. 국화는 자연스럽게 머리와 어깨 사이에 전화기를 끼우고 일정한 속도로 손을 놀렸다. 괜찮지, 할 만해, 들어왔어. 통화를 하면서도 손놀림은 전혀 느려지지 않았기 때문에 국화가 맡은 왼쪽 팔은 금세 완성되었다. 국화는 완성된 팔을 이리저리 살펴보다가 "알았어. 알았어." 귀찮은 듯 내뱉고 자신의 방으로 들어갔다.

거실에 남아 있던 국주는 국화가 골라놓은 단추와 진주가 섞이지 않도록 조심하면서 국화와 재균이 통화하는 소리를 들었다. 작은집이었으니 엿들어야지 하지 않아도 다 들렸다. 괜찮아, 네가 생각하는 것만큼 그렇지 않다니까, 잊었겠지, 고마워해, 네 동생이나 신경 써, 같은 말들.

두 사람의 대화를 들으면서 국주는 이마가 서서히 뜨거워지는 것을 느꼈다. 뒤늦게 술이 오르나 싶다가도 그건 아닌데 그것도 아니고, 아니라는 말만 자꾸 튀어나왔고 자신의 이름이 언급될 때마다 이마는 더 화끈거렸다. 이마가 뜨거워질수록 국주의 손놀림은 어긋났다. 집중하려고 머리를 흔들어보았지만 단추는 자꾸 삐뚤어졌고 진주는 뒤집어졌다.

"아니야 아니라고. 없던 일이 아니라고!"

급기야 국주는 잡고 있던 드레스의 소매를 바닥으로 내동 댕이쳤다. 치마폭이 펄럭이면서 옆에 있던 단추 통을 살짝 스 쳤다. 아주 살짝 스쳤을 뿐인데 길쭉한 통은 자지러지듯 뒤집 어지더니 새끼손톱만 한 니켈 단추와 푸른색 반쪽 진주를 바 닥에 토해냈다. 국주는 멍한 표정으로 그 장면을 바라보았다. 하얀 치마폭에서 흩어지는 오묘한 빛의 단추와 진주의 뒤섞 임. 구슬은 생명이라도 부여받은 듯 이리 구르고 저리 굴렀 다. 국주가 치마를 헤집을수록 구슬은 더 제멋대로 돌아다녔 다. 국주는 에라 모르겠다 싶은 심정으로 치마 위로 푹 쓰러 졌다. 바스락거리는 망사와 도톰한 공단 천이 이마에 닿아 시 원했다.

"아 괜찮다니까. 시간이 지나면 다 잊게 되어 있어."

국화의 목소리가 들릴 때마다 국주는 더 힘차게 머리통을 흔들었다. 그리고 국주는 자신이 왜 그깟 사진 한 장을 버리 지 못하고 전전긍긍하는지 깨달았다. 사진은 주변 사람들로 부터 기억을 지켜주는 유일한 물건이었다. 한 존재의 어떤 순 간을 영원히 붙들고 있는 무엇. 국주는 몸을 벌떡 일으켜 가 방 안에 있던 사진을 꺼냈다. 사진 속에는 일 년 전 버스 정류 장에서의 그날이 선명하게 남아 있었다.

오해의 주변

세영이 오랜만에 연락해 "잠깐 방 좀 빌릴 수 있어? 너 요즘 에어비앤비 한다며?" 하고 물었을 때, 나는 그 일을 정식으로 하는 것도 아니면서 당연하게 대답했다.

"언제 필요한데?"

그런 즉각적인 반응은 순수한 호의에서 비롯된 것일 수도 있지만 어쩌면 다른 이유, 이를테면 세영의 부탁이 공짜일리 없다는 생각, 혹은 세영이 내게 줄 수 있을지도 모를 도움에 대한 은근한 기대 때문이었는지도 모른다. 계산적인 무의식이랄까, 무의식적인 계산이랄까. 그건 학교 사람이면 누구나, 특히 10학번 동기들은 첨예하게 의식했던 부분이었고 여름이 대놓고 말하는 점이기도 했다. 세영이 우리에게 뭘 해줄 수 있지? 하는 것. 여름만큼 솔직하게 말하는 사람은 없었지만 세영과 관계된 사람이라면 누구나 그 부분을 주요하게 의식했을 것이다.

세영은 돈을 썼다. 아주 잘 썼다. 돈을 써서 얻고자 하는 것도 분명했다. 친구들, 그리고 그들이 늘어놓는 찬사와 칭찬. 너 진짜 예뻐. 네가 진짜 부러워. 나도 너처럼 되고 싶다. 세영인 주연감이지.

그러나 그건 사실이 아니었다. 세영도 알았고 우리들도 알았다. 세영은 전혀 예쁘지 않았다. 주연감도 아니었다. 네모진 턱과 도드라진 광대뼈, 조그만 눈과 그 아래 촘촘하게 박혀 있는 주근깨. 세영은 꾀죄죄해 보였다. 그게 진실이었다.

대학교 2학년 어느 날, 기초 연기 과목을 가르치던 여자 강사가 수업 시간에 세영을 지목해 이런 질문을 한 적도 있다.

"학생은 왜 연기 전공으로 시험을 봤어요? 연출도 잘 맞을 것 같은데?"

그냥 지나가는 질문이었는지 작정하고 장난을 걸어 온 것인지 수강생 모두 어리둥절해하느라 강의실에는 침묵이 흘렀다. 질문을 받은 당사자는 호탕하게 웃었다. 아주 큰 소리로 웃었기 때문에 오히려 어색함이 도드라졌다. 조금 뒤 세영은 웃음기를 싹 거두어낸 얼굴로 "여기가 더 재밌을 것 같아서. 당신이 무슨 상관인데?" 하고 되물어 강의실 분위기를 싸늘하게 만들었다. 그날 세영은 일찍 집에 갔다. 수업이 끝나기도 전에. 세영과 붙어 다니던 여름이 불쑥 저녁을 먹자고 한 것도 그날이었다.

여름과 나는 학교 앞에 새로 생긴 패밀리 레스토랑으로 달려가 샐러드를 퍼먹으며 수업 시간에 있었던 일에 대해 이야기했다. 세영의 당찬 태도가 멋지다면서 그런 건 돈 주고도 살 수 없다고, 스물세 살이라 그런가? 하며 나이를 곱씹었다 (세영은 우리보다 두 살이 많았는데 언니라는 호칭을 싫어해서 친구처럼 이름을 불렀다). 우리의 대화에는 약간의 비아냥거림이 섞여 있었고, 나는 말끝에 진실의 낌새를 살짝 내비쳤지만 여름은 끝까지 동경에 찬 눈빛을 유지하면서 신중하게 말을 골랐다.

결과적으로 그날 이후 나는 세영과 친해졌다. 여름과 세영이 더 가까웠지만 그건 내가 일주일 내내 아르바이트를 하느라 함께할 시간이 부족했기 때문이었고 세영은 나를 좋아했다. 여름보다 더. 나도 세영이 좋았다. 새로 산 구두를 덥석 선물하고 나로선 상상도 못할 비싼 공연을 보여주어서가 아니라 기분이 좋으면 길에서도 춤을 추는, 내겐 없는 자유분방함 같은 것이 좋았다. 여름은 세영의 어떤 면에 끌렸는지 모르겠다.

"걔가 화나면 접시도 집어 던지잖아. 아무한테나. 우리가 더 잘해줘야 해."

여름은 많은 사람이 모인 자리에서 자기만 아는 세영의 성격을 은근슬쩍 누설했다. 나와 둘이 있을 때 절대 내보이지 않던 비꼬는 말투도 조심스럽게 흘렸다. 그러다 누군가 "조울증인가?" 하고 관심을 보이면 기다렸다는 듯 다정한 목소리로 말하는 것이었다.

"외로운 거지, 우리도 가끔 그렇잖아?"

조곤조곤 상대를 다독이는 말투는 부드러웠지만, 그 속에 감추어진 우월감, 혹은 권위적인 태도는 자잘한 가시처럼 돋아 있었다. 나는 여름의 그런 점이 가증스러웠다. 그것은 세영을 의식해서이기도 했지만 여름과의 관계에서 끝내 제거하지 못한 벽 때문이었을 것이다. 여름은 모든 생각이 투명하게 비칠 정도로 말을 많이 하는 성격이었는데도 결정적인 순간에 혼자만의 비밀을 만들고, 누구에게도 내보이지 않는 의외의 참을성이 있었다. 나는 여름의 그런 면이 싫고 불편했다. 잘 놀다가 발작적으로 접시를 집어 던진다는 세영보다도 무서웠다. 질투. 세영을 향한 질투. 세영과 나의 우정을 향한 질투. 꼭꼭 감추어져 있지만 언젠가는 뿜어져 나올 힘에 대한 막연한 두려움이었는지도 모른다. 나는 세영이 여름과 멀어지길 바라면서도 세 사람의 우정이 지속되었으면 하는 이중적인 감정이 있었다. 결과적으로 우정은 지속되었고, 그것은 우리가 셋이었기 때문이라고, 더 정확히는 두 사람 사이에 내가 있었기 때문이라고, 나는 오랫동안 그렇게 믿었다.

세영은 약속 시각에서 두 시간이 훌쩍 넘어서야 나타났다. 나는 멀찍이 앉아 빨간색 세단이 오래된 임대 아파트 주차장을 경쾌하게 가로질러 들어오는 걸 지켜보았다. 학교를 그만두지 않았더라면, 여름처럼 연기를 계속했다면 나 역시 세영의 도움을 받았을까 생각하면서. 졸업하고 한동안 힘들어하던 여름은 몇 년 전 세영의(남편 지인의) 도움으로 인지도 있는 뮤지컬 팀에서 조연을 맡게 됐다. 여름이 오랫동안 도전해왔던 브라운관 진출은 아니었지만 충분히 좋은 기회였다.

"안녕! 교은아!"

차에서 내린 세영이 손을 흔들며 걸어왔다. 작은 체구에 딱 붙는 청바지와 형광색 크롭티를 입은 모습이 십 년 전과 크게 다르지 않았다.

"어서 와."

"잘 지냈어? 여기 진짜 오랜만이다. 쭉 여기 산 거야?"

목소리도 여전했다. 원하는 게 분명하게 있고, 그걸 당연히 가져본 사람 특유의 활달함이 압축된 목소리. 처음 사랑에 빠졌다고 고백할 때도 세영은 그런 목소리로 외쳤다. "내가, 사랑에 눈이 멀었다! 그이는 세상에서 내가 젤 예쁘대! 심지어 내 발가락까지 너무너무 사랑한대!" 세영의 '그이'는 마흔일곱 살의 전도유망한 배우이자 감독이었다. 세영보다 스물한 살이 많고 기혼남에 자녀도 있었지만, 신속하게 이혼 절차를 밟고 세영과 결혼해 미국으로 떠났다. 샌프란시스코였나, 새

크라멘토였나.

"그래, 한국엔 언제 온 거야?"

막상 세영의 얼굴을 보자 생각했던 것보다 훨씬 반가웠다. 인스타그램에서 난임으로 힘들어하는 글을 읽어서인지 측은한 마음도 들었다. 그 글은 금세 지워지고 피드는 다시 구두와 샌들, 여러 종류의 부츠로 채워졌지만 나는 그 글에 댓글도 남겼었다. 세영아 힘내. 이백 족이 넘는 신발과 신발이 든 상자를 싹싹 닦아 깨끗하게 보관하는 일상 피드에는 한 번도 남기지 않았던 댓글이었다.

"나 어제 들어왔어. 그동안 어떻게 지냈어? 일은 계속 해? 우리 몇 년 만이지?"

"작년에 여름이랑 너한테 놀러 가려다 못 갔으니까……"

"요즘은 뭐 하고 살아? 바빠?"

나는 내 소식을 어디까지 말해야 할지 고민되었다. C시의 시립미술관 관할에 있는 조각공원에서 인턴을 하고 있다는 애길 해야 할까? 돈이 궁해서 하는 건 아니라고…… 그러나 세영은 내가 무슨 말을 하기도 전에 뒤돌아서서 차 문을 두드려댔다.

"안 내릴 거야?"

자세히 보니 뒷좌석에 사람이 앉아 있었다. 남편이랑 온 건가? 생각하는 찰나 뒷좌석에 구겨진 신문지처럼 앉아 있던 남자가 쏟아지듯 튀어나왔다. 키가 크고 잘생긴, 처음 보는 남자였다.

"인사해. 이쪽은 이자비. 오늘부터 주말까지 나흘 동안 있을 거야. 애는 교은이야."

"안녕하세요."

남자가 꾸벅 인사를 했고 나도 얼떨결에 인사를 건넸다.

"아…… 안녕하세요."

남자는 파란색 점프슈트에 끈을 꽉 조인 하늘색 발목 스니커즈를 신고 있었다. 옷에는 얼룩얼룩한 기름때가 묻어 있었고 운동화는 가시밭을 구르다 온 것처럼 여러 군데 찢겨 있었다. 피부는 하얀 편이었지만 거뭇거뭇한 콧수염이 불규칙하게 나 있는데다 머리카락이 지저분하게 길어서 (실제로 그런지도 모르지만) 가까이 가면 냄새가 날 것 같았다. 압도적인 지저분함! 그게 남자의 첫인상이었다.

남자는 인사를 하자마자 다시 차 문을 열고 안으로 들어가려고 했다.

"꺼낼 수 있겠어?"

세영이 물었다.

"잘 모르겠어."

남자가 대답했다.

"그걸 거기 넣은 사람, 피아노 맞지?"

세영이 다그치듯 물었지만 남자는 대꾸하지 않았다. 세영은 내게 미안하다고, 여기 오기 전에 문제가 좀 있었다고 말하면서 주머니에서 담배를 꺼냈다.

"아 진짜 미치겠네. 미안해, 교은아. 알지? 이런 부탁하는 것도 미안해. 그렇지만 다른 애들은 몰랐으면 좋겠어. 나 한국 온 거. 병원 때문이거든……"

세영은 담배를 피웠다. 불은 붙이지 않고 마른 담배만 뻑뻑 피웠다. 그러면서 그러기에 그걸 왜 그렇게 넣었냐, 누가 그렇게 넣었냐, 왜 그 차에 피아노를 태우냐 등등 혼잣말처럼 투덜거리다가 갑자기 버럭 소리를 질렀다.

"도대체 왜! 누구 마음대로!"

난데없는 짜증에 남자가 차 안으로 숙이고 있던 상체를 일으켜 세영을 쳐다봤다. 나는 뒤로 살짝 물러나 그들의 싸움에 관심 없는 척했다. 싸우는 건 그들 몫이니까. 문득 오래전 여름이 했던 말이 떠올랐다. 걔가 화나면 접시도 집어 던지잖아. 나는 세영의 그런 모습을 본 적도 없으면서 마치 여러 번 본 것처럼 선명하게 그리고 있었다.

세영이 화난 이유는 차에 낀 커다란 악기 가방 때문이었다. 보조석과 뒷좌석을 가로지르며 누워 있는 악기 가방이 차 안에 있던 뭔가에 걸려 옴짝달싹하지 않았다. 조수석 문이 열리면 그나마 쉬울 텐데 그 문은 차를 렌트한 첫날부터 고장 나 한 번도 열리지 않았다고 했다.

"그냥 나중에 빼자."

세영이 차 문을 세차게 닫았다.

"지금 빼야 돼."

남자가 말했다.

"내일 다른 차 빌리면 되잖아."

세영의 말에 남자는 아무 대답도 하지 않고, 다시 차 문을 열어 악기 케이스를 잡고 흔들었다. 케이스는 뭔가에 꽉 붙들린 것처럼 옆으로만 살짝 흔들릴 뿐이었다.

"나한테는 중요한 물건이라 그래요."

남자가 말했고, 세영은 그거야말로 서운한 말이라는 듯 "나보다 더?" 하고 되물었다. 본격적으로 싸울 태세로구나. 나는 싸움이 더 커지지 않기 바라면서도 그들이 맘 편히 싸울 수 있도록 아예 한쪽으로 물러나 주차장 화단에 걸터앉았다. 싸운다고 일이 해결되는 건 아니었지만 필요하다면 싸워야지. 그때 전화가 울렸다. 세영의 전화였다. 세영은 발신인을 확인하더니 전화기를 들고 차 안으로 들어가 문을 탁! 닫았다.

희한하게도 그 소리와 함께 사방이 조용해졌다. 마치 세영이 주변의 잡음을 제거해버린 것처럼. 나는 이제 남자가 뭘 어떻게 할까 궁금한 마음으로 지켜보았다. 흥미롭게도 남자는 낮은 허밍 소리를 내며 내가 있는 나무 그늘 쪽으로 걸어왔다. 남자의 목소리가 바람을 타고 내 귀에 전해졌다. 정신이 나갔다. 이 상황에 노래를 흥얼대다니. 그러나 나는 그들의 상황이 정확히 무슨 상황인지 몰랐고 미세먼지 없는 산뜻한 날, 노래하지 말란 법도 없었다. 아임유얼스. 나는 남자가 흥얼대는 단순한 리듬을 속으로 따라 하다가 나중에는 소리 내어 따라 불렀다. 남자가 그런 나를 보더니 살짝 웃었다. 나는 그와 같은 노래를 흥얼거림으로써 비현실적인 세계로 뚝 떨어지는 것을 경험했다. 그것은 노력한다고 얻어지는 종류의 경험이 아니었다. 저절로 오는 어떤 것, 당황스러우면서도 미묘한 저릿함이 몸을 강렬하게 휩쓰는 절대적인 느낌. Please don't Please don't Please don't…… This is our fate, 뚜뚜뚜뚜두, 뚜두두두두두두. 그런 기분을 느끼는 것이 나쁘지만은 않았다.

"미치겠다!"

마침내 세영이 전화를 끊고 차 밖으로 나왔다.

"되는 일이 이렇게도 없다니! 토요일엔 예약이 안 된대!"

"무슨 예약인데?"

내가 물었다.

"저놈의 콘트라베이비 때문에."

"뭐?"

"아니, 아니. 콘트라베이스. 콘트라베이스 껍데기."

세영은 모든 것이 콘트라베이스 때문이라고 말함으로써 내가 상황을 파악하기 더 어렵게 했다. 한 손으로 자동차 루프를 탁탁 치면서 금요일엔 공연을 보러 가니까 시간이 촉박하다고, 남편이 오면 상황이 귀찮아진다고 말했다. 나로선 그게 무슨 뜻인지 알 길이 없었다.

"금요일 저녁엔 여름이 공연 보러 가야 하잖아. 교은이 너도 가니?"

나로선 처음 듣는 이야기였다.

"글쎄…… 근데 저 친구는 누구야?"

나는 차 안으로 몸을 숙이고 있는 남자를 보며 자연스럽게 말을 돌렸다.

"저 친구?"

세영은 그렇게 되묻더니 지겹다는 표정으로 대답했다.

"사업 파트너."

남자는 결국 악기 상자를 차 안에서 빼냈다. 그는 콘트라베이스 가방과 여행 가방을 꺼내놓고 세영의 정수리에 입을 맞추었다. 그 행동은 자연스럽게 이루어졌다. 나는 넋을 놓고 있다가 그들이 포옹을 풀고 사랑스러운 눈으로 서로를 쳐다볼 때야 방금 두 사람이 내 앞에서 키스를 하고 포옹을 했구나 알아차렸다. 당황스러웠지만 그러지 않으려고 했다. 뭘 모르는 나이도 아니고. 이 정도는 아무것도 아니지. 파트너라잖아. 나는 남자가 메고 있는 커다란 악기 가방에 붙은 지저분한 수하물 스티커만 뚫어져라 쳐다보았다.

세영이 통화할 데가 있다고 해서 아파트 안에는 남자와 나둘이서만 들어갔다. 딱히 할 말이 없어 주의할 것들을 주저리주저리 설명했다. 다 쓸데없는, 침묵을 밀어내려고 하는 조잡한 말들이었다. 승강기가 없지만 이층이라서 다행이지 않느냐, 복도 폭이 좁으니 조심해라, 옆집 노인이 복도에 자주 나와 있는데, 그 모습이 유령 같아도 놀랄 것 없다, 그냥 거기에서 할 일을 하는 거다, 등등의 말을 건넸다. 남자는 고개만 끄덕거렸는데 아까와 달리 긴장한 모습이었다.

현관문을 열자마자 눈에 들어온 건 엄청나게 촌스러운 쟈가드 러그였다. 그다음엔 침대 위에 놓인 계절감에 맞지 않는 두꺼운 이불. 다이소에서 산 플라스틱 이단 서랍장과 독서용 스탠드도 거슬렸다. 혼자 있을 땐 몰랐는데 지금 보니 물건들이 전부 싸구려 티가 났다. 실제로 싸기도 했다. 남자는 신발을 벗고 터벅터벅 거실로 들어가 베란다 창문 앞에 악기 가방을 세워놓았다. 남자가 방을 둘러보는 동안 나는 하릴없이 찬장과 냉장고를 열어 안을 확인했다. 찬장에는 세간이 좀 있었지만, 냉장고는 텅텅 비어 있었다.

"생수는 사다 드셔야 해요."

내 말에 남자가 현관 쪽으로 오더니 내 눈을 똑바로 보고 대답했다.

"저도 알아요."

나는 그제야 우리가 불도 켜지 않고 방을 보고 있었다는 사실을 깨달았다.

"정문 앞에 마트가 하나 있어요. 거기 물건 괜찮아요. 토마토도 싱싱하고. 저도 거기에서 장 봐다가 잘 해먹어요. 스파게티도 해먹고……"

"스파게티 좋아해요?"

남자가 웃었다. 의외로 치아가 하얗고 깨끗했다. 나는 사람의 치아를 유심히 보는 편이었고 가지런한 이를 좋아했는데 남자가 딱 그런 타입이었다. 그런 사람이 웃는 걸 보고 있으면 경직된 감정이 와르르 무너지는 마법 같은 순간이 왔다. 세영의 정수리에 입 맞추는 모습을 보고도 이런 생각을 하는 게 괜찮을까. 검열하는 목소리가 들렸지만 마음은 이미 소용돌이치기 시작했고 한번 시작된 떨림은 멈추지 않았다.

"세영이랑 같이 지낼 거죠?"

나는 태연한 척 보이려고 애쓰면서 물었다.

"아니요. 저 혼자 지낼 겁니다."

"아, 그럼 열쇠는 하나만 줄게요. 이 집은 아직 열쇠를 사용해요."

나는 두 개의 열쇠 중 하나를 빼서 신발장 위에 올렸다.

"하나는 제가 가지고 있을게요. 비상용으로."

여기서부턴 내가 무슨 말을 했는지 설명할 길이 없다.

"이 집은 원래 아버지의 집이었지만 지금은 제 집이에요."

나는 그 말을 하자마자 얼굴이 뜨거워지는 것을 느끼며 서둘러 현관을 나왔다.

왜 그런 말이 튀어나왔을까. 그래서 뭐? 이 집은 원래 아버지의 집이었고, 지금은 내 집인데 곧 재개발이 될 거라서 뭐? 다 무너지게 생겼지만 사실은 알을 박고 있는 거라서 지금 이

순간에도 집값은 오르고 있어서 뭐? 그런 걸 말해서 뭘 어쩌겠다는 것이었을까. 그래봤자 수압이 변변찮은 주방과 화장실, 콘트라베이스 케이스로 꽉 차는 좁은 거실, 열두 평짜리 낡은 임대아파트일 뿐인데. 나는 후회하는 마음으로 어두컴컴한 복도에 섰다. 하필이면 이 타이밍에 옆집 노인이 폐지 꾸러미를 들고 걸어오고 있었다.

"저희 밥 먹으러 갈 건데, 같이 가요."

뒤따라 나온 이자비가 말했다. 나는 그의 말투에 약간의 머뭇거림이 묻어 있다는 생각을 하며 대답 없이 현관문을 잠갔다.

"교은 씨가 같이 가면 좋을 것 같아요."

그는 다시 한 번 말했고, 나는 열쇠를 쏙 뽑아 주머니에 넣으면서 슬며시 웃었다. 어느새 집 앞까지 걸어온 옆집 노인이 그런 나를 빤히 쳐다보았다. 나는 얼른 웃음을 거두고 인사를 건넸고 노인은 평소처럼 무뚝뚝하게 돌아서서 상자 꾸러미와 재활용품들을 정리하기 시작했다. 노상 하는 일이었다. 복도를 폐지와 재활용품으로 채우는 일. 나는 그 장면을 볼 때마다, 그럴 리가 없는데도 노인이 평생 그 일 하나만 해온 것처럼 느껴졌다.

샤브샤브 집에는 손님이 한 테이블밖에 없었다. 우리는 조용히 앉아 육수가 끓기를 기다렸다. 셋 다 말이 없었다. 그게 어색했고 어색하다는 걸 너무 의식한 나머지 어색함을 깨야 한다는 의무감에 사로잡힐 정도였다. 그때 마침 펄이 떠올랐다. 생긴 건 기막히게 잘생겼지만, 배변을 한 뒤에는 발작을 일으키듯 도망치는 치즈색 코숏. 세영이 결혼하기 직전에 내게 맡겼던 고양이였다. "불쌍하지 뭐니. 얘는 자기 몸에서 냄새나는 뭔가가 나온다는 걸 믿지 못하는 것 같아." 세영은 내가 당분간 그 '불쌍한 애'를 맡아주길 원했다. 나는 동물을 키워본 적이 없기 때문에 거절하려고 했지만 '당분간'이라는 말과 세영이 들고 온 사료 값에 마음이 흔들리고 말았다.

펄은 다른 고양이와 달리 모래를 끔찍하게 싫어해서 모래에는 발도 대지 않았다. 대신 미끈미끈하고 반질반질한, 누군가 닦아놓은 깨끗한 자리를 골라 일을 봤다. 화장대 위나 잘 닦인 방바닥, 아니면 큰맘 먹고 정리한 책상 위. 그러고는 자신의 몸에서 그런 게 나왔다는 사실에 깜짝 놀라 요란스럽게 도망쳤다. 아침마다 똥을 치우고 세탁소에서 씌워주는 얇은 비닐을 투명 테이프로 섬세하게 이어 붙여 바닥에 까는 것이 내 일이었다. 옷이나 신발은 물론이고 립스틱 하나까지 서랍 안에 집어넣고, 할 수 있는 한 최대한 넓게 비닐을 깔고 살았다. 다른 건 멀쩡했는데 왜 그렇게 배변을 못 가렸을까. 나는 여름 내내 펄의 똥 냄새가 밴 옷을 입고 다니다가 머리카락에서까지 냄새가 나는 것 같다는 생각이 들었을 때 세영에게 전화를 걸어 더 이상 펄을 믿을 수 없겠다고 말했고, 세영은 여름에게 데려다주면 된다고 했다.

"펄은 잘 있어?"

나는 펄 얘기를 꺼냈다. 펄이야말로 웃긴 이야기를 할 수 있는 유일한 소재였고 세영과 나, 둘만 아는 몇 안 되는 추억이었으니까.

"죽었어."

세영이 짧게 대답했다.

"아."

야채를 자르던 이자비가 가위질을 멈추고 "펄이 누군데?" 하고 물었지만 세영은 펄이 누구인지 가르쳐주지 않았다.

"넌 몰라도 돼."

세영의 쌀쌀맞은 말투 때문에 분위기가 싸늘해졌다.

"그런데 웬 조각공원이야? 거기 누구 아는 사람이라도 있는 거야?"

세영이 내가 있는 C시로 화제를 돌렸다.

"아 그런 건 아니고." 내가 말했다.

"거기가 예술 특구로 지정되면서 커다란 시설이 생겼거든. 공원도 있고 호수도 있고. 곧 골프장도 생긴다더라."

"예술 특구라면서 골프장은 왜?"

"몰라. 그래야 사람들이 오니깐?"

그렇게 말했지만 사실 C시에는 조각공원 말고 아무것도 없었다. 밤 아홉시만 넘으면 24시간 편의점도 문을 닫아서 도시 전체가 깜깜했다. 별은 잘 보였지만 별은 봐서 뭐 하나 싶은 게 내 생각이었다.

"나는 그냥 작품들이 좋아서 있는 거야. 전엔 몰랐는데 작품 보며 일하는 게 좋더라고. 나랑 잘 맞아. 다른 세계에 들어와 있는 느낌이랄까."

"한번 가봐야겠다. 네 휴무가 언제라고?"

"매주 월요일."

"월요일? 아. 그땐 일이 있구나. 알지, 자비? 우리 그날 병원 가야 해."

세영이 이자비를 보았다. 이자비는 부드럽게 미소 지었다. 그 순간, 이자비가 웃는 걸 보자 다시 한 번 이상한 감정이 솟구쳤다.

"근데 둘이 무슨 사업 해?"

내가 물었다.

"중요한 사업. 너도 알다시피 오빠가 나이가 좀 많잖아. 그래서 협의했어. 정자는 건강한 걸 받기로."

세영이 말했고 이자비는 야채를 뒤적이다가 "나중에 꼭 갈게요" 하고 뒤늦게 조각공원에 놀러 오겠다는 말을 했다.

"그래요."

내가 대답했다. 세영은 말없이 젓가락으로 얇은 등신 한 조각을 끊기 시작한 육수에 집어넣었다. 식사가 끝날 때까지 아무도 말을 하지 않았는데 희한하게도 그게 그렇게 어색하지는 않았다.

*

그날 밤, 나는 이자비에게 집을 넘겨주고 지옥으로 내려왔다. C시가 지옥이었다. 도시 자체는 깨끗하고 좋았지만 아직 홍보도 덜 된 조각공원에서 열성을 다하는 두 명의 인턴이 문제였다. 그들은 곧 제2공원으로 옮겨져 정규직으로 전환될 예정이었다. 그럴 만도 하지. 그들은 옷도 매일 바꿔 입고 화장도—마치 하지 않는 것처럼—자연스럽고 매끄럽게 했다. 완벽한 누드 메이크업. 나는 주눅이 들었다. 그들의 외모에, 영어 실력에, 작품을 보는 안목과 사수의 말을 받아치는 언어 감각에. 그들은 작은 것 하나까지 완벽했다. 이를테면 손톱 같은 것. 연한 분홍색 아니면 투명색, 뭐 하러 바꿔 바르나 싶은 별 차이도 없는 은은한 젤 네일이 일주일마다 새롭게 세팅되었다. 계약 연장이 안 됐다는 걸 알았을 때 처음 든 생각도 그런 것이었다. 작은 차이. 실금 같은 다름. 내게 낭패감을 주는 것은 늘 그렇게 손톱만 한 것들이었다.

비가 추적추적 내려서인지, 바이러스 문제가 심각해져서인지 관람객이 별로 없었다. 며칠째 줄줄이 이어지던 단체 관람객도 뜸했고 매일 아침 출근하듯 찾아와 영어로 말을 거는 노인도 오지 않았다. 이런 날은 다들 쉬는구나. 영어로 말을 거는 노인은 내부 전시는 보지도 않으면서 데스크에 있는 나에게는 꼭 와서 말을 붙였다. 처음엔 이런저런 이야기를 받아주었지만, 시간이 지날수록 노인의 존재가 귀찮게 느껴졌고, 옆집 노인이 떠오르면서 내 주변에 자꾸 노인들만 모이는 것 같아 일부러 피했다.

관리인들이 야외에 있는 조각 작품에 보호막을 설치하는 모습이 보였다. 봄 태풍이 온다고 했다. 주말엔 바람이 더 세게 불고 비도 많이 올 거라고 했다. 대여한 작품과 마모가 쉽게 되는 재질로 만들어진 몇몇 소장품을 제외한 대부분의 조각은 그냥 비를 맞았다. 주변을 짓누르는 것처럼 무겁게 느껴지는 쇳덩어리들. 야외 근무를 설 땐 가끔 들여다보기도 했지만 크게 관심이 가는 작품은 없었다. 그런데 얼마 전 로비에 새롭게 설치된 작품은 달랐다. 「내가 질투하는 것」. 아무것도 없는 흰 벽에 불룩하게 솟은 곡선은 다른 조각과 달리 내 눈길을 끌었다. 데스크에서 잘 보여서일 수도 있고 새로 설치된 작품이라 그럴 수도 있었지만, 무엇보다 제목이 마음에 들었다. 나는 전시 브로슈어에서 그 작품이 실린 페이지를 찾아보았다.

"무기물과 생명체의 결합. 생성의 상태(state of becoming)"라는 간단한 문구 옆에 흰 벽면 위의 흰 형상이 임산부의 배를 상징한다는 설명이 적혀 있었다. "나는 원형(原形)에 집착하고 임신이라는 개념을 사랑한다."* 작가의 말은 잘 이해가 가

---

* 아니쉬 카푸어(Anish Kapoor)가 인류 탄생의 근원과 그 공간인 자궁을 작업으로 구현하면서 한 말이다. 니콜라스 바움(Nicholas Baume)의 「Anish Kapoor: Past Present

지 않았지만 작품에는 마음이 갔다. 나는 텅 빈 로비를 지나 작품 가까이 갔다. 정면에서 볼 때 뿌옇게 보이던 곡선이 측면에서는 확실히 뚜렷하게 보였다. 약간의 차이. 흰 벽에서 흰 곡선 모양을 감별해내기 위해 한참 동안 벽 앞에 서 있었다.

여름에게 전화가 온 건 내가 막 형상을 구분해냈을 때였다.

"세영이 한국 온 거 알지?"

여름은 오직 그것만이 궁금한 사람처럼 인사도 없이 세영에 관해 물었다.

"어. 온다고는 들었지. 벌써 왔대?"

내가 모른 척 되물었다.

"며칠 일찍 왔대. 세영이 병원 다니잖아."

"아."

"누굴 데려왔다는데 누군지 모르겠네."

나는 이자비가 내 집에 와 있다는 말은 하지 않고 "누굴 데려와?" 하고 물었다.

"세영이 난자 냉동해놨잖아. 정자 구했대. 이건 비밀인데, 남편이 정자를 기증받으라고 했나 봐. 자기는 나이가 들어 싫다고. 근데 이거 핑계 같지? 둘이 삐걱거리나?"

여름은 그 말이 오래 할 말은 아니라는 듯 "토요일에 공연 올 거지?" 하고 물었다. 나는 못 간다고 했다.

Future」 참조.

"일해야지."

"그러지 말고 와. 세영이 남편도 온대."

"남편도 같이 나왔대?"

"아니, 갑자기 결정했나 봐."

"그럼 세영이랑 같이 있나?"

"얘는 왜 당연한 소릴 해. 공연이나 보러 와."

그 순간 내 머릿속에 새로운 계획이 세워졌다. 집에 가봐야 겠다. 아무도 없는 집에 가서 촌스러운 카펫을 치우고 와야겠 다. 물이랑 음료수도 좀 채워놓고 와야지. 돌연하게 솟구친 강렬한 욕구가 배를 꽉 채우는 느낌이었다.

토요일 저녁, 일이 끝나자마자 서울로 왔다. 지하철역 앞 에 새로 지어진 아파트와 달리 임대아파트의 불은 대부분 꺼 져 있었다. 나는 주차장에 서서 커튼 닫힌 이층 베란다 창문 을 멀찍이서 지켜보았다. 어둠을 뚫고 어떤 형상이 나타나길 기다리는 것처럼. 지금 이 시간, 세영은 남편과 함께 공연장 에 있을 것이다. 이자비도 같이 갔을까? 빠른 걸음으로 주차 장을 가로질러 계단을 올라가 한 번에 열쇠를 넣어 돌리고 집 안으로 들어갈 수도 있었지만, 어쩐지 그러고 싶지 않았다. 다른 사람에게 빌려줬다는 생각 때문인지, 빌려준 집에 몰래 들어가는 게 잘못됐다는 생각 때문인지 발길이 주춤했다.

그때 불이 켜졌다. 분명 내 방이었다. 나는 앞에 주차되어 있던 승용차 뒤로 몸을 숨겼다. 무슨 일인지 생각해볼 필요가 있었다. 이자비가 온 걸까. 혼자 왔을까. 세영과 함께 왔을까. 사업 파트너라면 아무 사이도 아닐까? 그런 생각을 하는데 실루엣이 보였다. 육중하면서도 육감적인 곡선을 가진 그런 악기가 들어 있는 케이스. 내가 미친 건지 그럴 수도 있는 건지 악기케이스의 실루엣이 에로틱해 보였고 그 순간 집으로 달려가 현관문을 쾅쾅 두드리고 싶은 충동을 느꼈다. 그리고 정말 그렇게 했다.

이자비는 당황한 표정이었다. 그러나 그건 아주 잠깐이었고 마치 내가 올 줄 알았다는 듯 들어오라고 말했다. 자신이 나를 초대한 것처럼.

"밥은 먹었어요? 누군가 오면 좋겠다고 생각했어요."

"왜요?"

"스파게티를 만들 참이거든요. 같이 먹으면 좋잖아요."

그 말이 내 안에 알 수 없는 기대감을 불러일으켰다.

이자비는 내가 안으로 들어올 수 있도록 옆으로 비켜섰다. 두 사람이 함께 서 있기에 주방이 매우 좁았기 때문에 나는 서둘러 거실로 들어갔다.

"앉아 계세요. 요리를 좀 하겠습니다. 불편하거나 뭐 그렇진 않죠?"

이자비가 냉장고에서 토마토를 꺼내면서 물었다. 내 집인데 그럴 리가. 나는 고개만 끄덕했다. 텅 비었던 냉장고는 생수와 맥주, 토마토로 채워져 있었다. 조리대에는 뜯지 않은 파스타 면과 유리병에 담긴 스파게티 소스가 있었다. 투명 플라스틱 상자에 든 방울토마토가 이렇게까지 탐스럽게 보였던 적이 있던가. 나는 이제 스파게티를 먹게 될 것이다. 그게 어쨌다고 심장이 두근거렸다. 조도가 낮은 은은한 스탠드 빛 아래서 보니 쟈가드 카펫도 나쁘지 않았다.

침대 옆에 있는 책상은 간소하게 어질러져 있었다. 옷과 양말, 면도기가 있었고, 책상 아래는 캐리어가 세워져 있었다. 『브람스를 좋아하세요?』. 캐리어 위에는 책이 한 권 놓여 있었는데 내 책은 아니었다. 나는 책을 집어 들다가 캐리어 옆에 떨어져 있는 검은 모자를 하나 발견했다. 'made in Italy' 조그만 라벨이 붙은 앙증맞은 모자는 여성용인 것 같았다. 세영의 물건인가. 나는 이유 없이 그 모자를 한번 써보고 싶은 충동이 일었는데 다행히 그 욕망을 잘 참아 누르고 책으로 손을 뻗었다.

"제겐 그럴 권리가 있습니다. 제겐 당신을 사랑할 권리가 있고, 할 수만 있다면 그에게서 당신을 빼앗아 올 권리가 있습니다."

아무 곳이나 중간쯤 되는 곳을 폈을 때 눈에 들어온 부분이었다. 앞뒤 맥락이 어떻게 되는지도 모르면서 그 문장이 대번에 좋아졌다. 조금 더 읽자 남자 주인공이 두 손에 얼굴을 묻고 "내겐 저 여자가 필요해. 그녀가 필요해"라고 중얼거리는 장면이 나왔다. 사랑의 고통에 몸부림치는 남자. 사랑은 누구에게나 고통스러운가? 세영은 일찍이 사랑 때문에 남의 가정의 울타리를 깨부수고 한국을 떠났고 여름은 작년 겨울 내내 운명적 사랑과 현실적인 여건에 대한 열변을 토했다. 나로선 경험해보지 못한 사랑의 리듬. 사랑의 고통을 폭탄처럼 끌어안고 사는 삶이란 어떤 걸까. 나는 문득 요리하는 이자비의 뒷모습을 보았다. 지금 이 마음이 그런 리듬과 뭐가 다른가. 사랑이 원래 이렇게 터무니없이, 함정에 빠지듯이 불쑥 찾아오는 거라면. 나는 갑자기 그런 모험을 단 한 번도 경험하지 못한, 그게 축복인지조차 몰랐던 과거의 나에게 동정이 일었다.

"다 됐습니다."

이자비가 들어와 베란다 창문 앞에 세워져 있던 악기 가방을 가져다가 거실 한가운데 눕혔다. 실루엣만으로 웅장하고 우아하고 에로틱해 보이던 악기 가방은, 그 안에 악기가 없다는 사실이 드러나는 순간 품위를 잃어버렸다. 이자비는 케이스 위에 얇은 천을 깔고 이 인분의 스파게티와 오이 피클, 깨끗하게 씻은 방울토마토가 담긴 그릇을 올렸다.

"오이가 좀 쓰긴 하지만 못 먹을 정도는 아니에요. 같이 드세요."

"잘 먹을게요."

1인 식당에 온 것 같았다. 이자비는 쉐프고 나는 손님. 약간의 눈짓과 미세한 뉘앙스가 오가면 얼마든지 깊은 대화를 나눌 수 있는 사이. 브람스를 좋아하세요? 우리는 소설 속 주인공이 주장하는 사랑의 권리를 주제로 토론의 장을 열 수도 있었다. 마음만 먹는다면. 그러나 식사가 끝날 때까지 특별한 대화를 나누지는 않았다. 포크와 그릇이 부딪칠 때 나는 일반적인 소음을 빼면 그냥 침묵이었다.

"음악이라도 들을까요? 손님이 왔는데 썰렁하네요."

그릇이 다 비었을 때 이자비가 음악을 틀었다. 그러자 문득 오래전에 버리다시피 내버려둔 와인이 생각났고 나는 누가 명령이라도 내린 것처럼 벌떡 일어나 그것을 꺼내 왔다.

"이거 마실까요? 백 년 된 거라 마시고 죽을 수도 있지만."

농담처럼 말했지만 정말 오래된 와인이었다. 이자비는 유리컵을 가지고 오면서 자신은 유통기한 같은 건 신경 안 쓴다며 "저는 오래된 것들이 좋아요"라고 말해 나를 안심시켰다. 와인을 따라 마시면서 우리는 자연스럽게 오래된 물건에 대해 이야기했다. 나는 주로 옆집 노인이 주워 오는 물건들에 대해 이야기했고 이자비는 자신이 존경하는 중학교 은사님이 남긴 유품에 대해 말했다.

"그 유품이 아니었으면 저는 벌써 죽었을 겁니다. 정말이에요. 물건 좋아해요? 사물이 가진 고유한 힘 같은 거, 믿어요?"

이자비가 물었다. 나는 정확히 어떤 종류의 힘을 말하는지도 모르면서 믿는다고, 사물이 가진 힘은 대단한 것 같다고 대답했다.

"은사님이 아끼는 음반이었어요. 힘들고 외로울 때 생각하라는 거죠. 우리가 살고 있는 이 지구는 날마다 진화하며, 한 시간에 900마일의 속도로 자전하고 있다는 걸."

이자비가 갑자기 노래를 부르기 시작했다. 뚜뚜뚜뚜두, 뚜두두두두두. 주차장에서 들었던 것만큼 감미로운 목소리는 아니었다.

"태양은 모든 에너지의 원천이고요, 태양과 당신, 그리고 나, 또한 우리가 볼 수 있는 모든 별들은, 하루에 백만 마일의 거리를 움직이고 있어요, 우리가 은하수라 부르는 은하계의 바깥쪽에서, 한 시간에 사천 마일의 속도로 말이에요."*

중학교 과학 선생이었던 이자비의 은사님은 유명한 배우와 결혼을 했다가 삼 년 만에 이혼하고 서른 살의 나이로 프랑스로 건너가 재즈를 공부해서…… 은사님의 유품에서 시작된 이야기는 길었다.

"그분 제자예요?" 내가 물었다.

"아뇨. 전 그분 제자들이 공연하는 레스토랑에서 일해요. 요리사는 아니고 그냥 조수. 언젠가는 악기도 배우겠죠. 일단 케이스가 생겼으니까, 징조는 나쁘지 않은 겁니다."

이자비가 손바닥으로 콘트라베이스 케이스를 톡톡 쳤다. 트럼펫을 하던 형이 밴드를 떠나면서 준 것이라고 했다. "케이스만요?" "네. 이것도 비싸거든요." 형도 전에 있던 연주자

---

* Monty Python, 「Galaxy Song」 가사 중에서

한테 받은 물건인데 돌고, 돌고, 돌아서 자기 손에 들어오게 된 거라고. 트럼펫 형의 인생 이야기가 시작되었을 때 나는 거의 자고 있었다. 이제 그만, 이제 얘기는 그만하라고 말을 끊고 싶었지만, 이야기가 트럼펫 형에게 찾아온 갑작스러운 병으로 이어져 끊을 수가 없었다. 그래서 그냥 두었다. 벽에 몸을 기댄 채 반쯤 미끄러져 누운 자세로 꾸벅꾸벅 졸긴 했지만.

"이리 와서 손 좀 잡아줄래요?"

어느 시점에서 그렇게 물었는지는 모르겠다.

"손잡고 얘기해요. 우리."

오직 말을 끊고 싶은 마음으로 한 말이었고, 나는 사실 '너무 졸려. 그만 좀 말해' 싶은 눈빛으로 이자비를 보고 있었다. 이자비는 나와 몇 초 동안 눈을 마주치다가 이불을 들고 내 옆으로 왔다. 이자비는 내게 이불을 덮어주고, 자신은 팔을 괴고 옆으로 누웠다. 그리고 손을 잡은 채로, 이야기를 이어 갔다. 그래서 그 형이…… 이야기는 정확히 끊어졌던 부분에서 다시 시작되었다. 나는 더 이상 참을 수가 없어서 이자비의 머리를 끌어당겨 입을 맞추었다.

깊은 잠에 빠졌다가 누군가 문을 쾅쾅 두드리는 소리에 잠에서 깼다. 아침인지 밤인지 어스름한 새벽인지조차 알 수 없었다. 잠이 덜 깬데다 배가 아프고 머리가 어지러웠다. 몸이 떨리고 열이 나면서 이마가 깨질 듯이 아팠다. 눈은 당연히 뜰 수 없고 무척 목이 말랐다. 물을 마시러 일어날 기력도, 물을 가져다 달라고 말을 할 기운도 없어 다시 잠에 빠졌다. 자면서도 이 상태가 정상이 아니라는 건 알았는데 상한 와인을 마셔서인지 바이러스에 감염된 것인지 알 수 없었다. 간헐적으로 잠이 들었다가 깨어났다가 다시 잠들었다. 꿈인지, 가위인지 구분할 수 없는 상태가 몇 번이나 반복되는 동안 웬 여자가 내 몸을 넘어와 나를 내려다보기도 했다. 세영인가? 잠결에 얼핏 생각했지만 제대로 본 건 아니었다. 생생한 꿈도 하나 꾸었다. 내가 빈 와인 병을 들고 옆집 노인을 찾아가는 꿈이었다. 노인은 내가 들고 온 병을 보며 아무짝에도 쓸모가 없다고 나무랐다. 꿈에서도 기분이 나쁘고 모욕당한 기분이 들어서 노인에게 병을 주지 않고 돌아섰는데 노인이 날쌔게 일어나 내 손에 있던 병을 낚아챘다. "준다고 했으면 주는 거지!" 노인의 외침과 함께 병이 나동그라졌고 그 순간 화들짝 놀라 잠에서 깼다.

이자비는 없고 커다란 콘트라베이스 케이스만 내 옆에 사람처럼 누워 있었다. 그릇은 깨끗하게 정리되어 있고 쓰레기도 말끔히 치워져 있었다. 여행 가방도 없었다. 마치 처음부터 아무도 없었던 것처럼 방이 휑했다. 나는 서둘러 나왔다. 이미 지각이었다. 복도에서 상자를 접고 있던 노인이 나를 빤히 쳐다봤다. 아침에 누가 왔었나? 궁금했지만 그걸 노인에게 물어볼 수는 없는 노릇이었다.

새로 시작된 주에는 관람객이 하나둘 들었다. 태풍이 상륙할 거라는 일기예보는 완전히 빗나가서 날씨가 매우 쾌청했다. 일상이 시작되자 어젯밤의 일이 꿈처럼 생각되었다. 이자비에게선 연락이 없었다. 나 역시 연락하지 않았다. 연락할 방법도 없었다.

2공원에서 근무하는 분홍 손톱이 나를 찾아 데스크로 왔을 때, 나는 영어로 말을 거는 노인과 「내가 질투하는 것」에 대해 이야기 하는 중이었다. 입을 다물고 싶은 마음이 굴뚝같았지만 노인이 자꾸 말을 걸었기 때문에 달리 방법이 없었다. 그런데 내게 손님이 찾아왔다고 전갈이 온 것이다.

"손님?"

"네, 얼른 가보세요. 2공원에 있는 사랑의 언덕에서 기다리고 있을 거예요."

나는 분홍 손톱의 말이 끝나기도 전에 데스크를 나왔다. 누굴까. 누가 왔을까. 내 안의 목소리는 궁금함으로 가득 찼지만, 솔직히 말하면 나는 이자비가 왔다고 확신하고 있었다.

그러나 벤치에 앉아 있는 사람은 세영이었다. 나는 세영을 보자마자 기도를 했다. 기도를 해본 적도 없으면서 세영이 어젯밤 일에 대해 모르도록 해달라고, 알고 있어도 별수 없다는 걸 알도록 해달라고 두서없는 말들을 기도처럼 중얼거렸다.

"정말 좋아졌네, 여기."

세영은 한눈에 보이는 C시를 내려다보며 물었다.

"저기 멀리, 희미하게 보이는 거, 저거 혹시 바다야?"

"바다? 호수겠지."

"멋지네. 여기선 호수도 바다처럼 보이는구나."

저 멀리 희미하게 호수가 보이고 그 위에 삼각김밥 모양으로 떠오른 푸른 산이 있었다. 세영의 말처럼 바다처럼 보이기도 했다.

"얼마를 줘야 할지 몰라서 대충 넣었어."

세영이 봉투를 내밀었다. 나는 차마 이자비에 대해 물어볼수 없었다. 물어보는 순간, 우정이 끝장나는 것은 물론이고 그날 밤의 기억이 아무것도 아닌 게 되어버릴 것만 같아서였다.

"그 고양이 있잖아. 펄."

그런데 세영이 갑자기 펄 얘길 했다.

"응. 펄이 왜?"

"아직 살아 있을지도 몰라."

"그래?"

"사실 내가 키우던 고양이가 아니었어."

세영은 잠시 뜸을 들이더니 말했다.

"여름이가 키웠지."

나는 묘한 배신감이 들었지만 아무렇지도 않은 척했다.

"여름이가 너한테 주면 잘 키울 거라고 해서 가져갔던 거야."

"내가? 왜?"

그때까지 먼 풍경을 보고 있던 세영이 고개를 돌리고 나를 쳐다봤다. 세영의 작은 눈이 그 이유를 정말 모르겠냐는 듯이 나를 보고 있었다. 까무잡잡한 피부와 조그만 눈, 그 아래 박힌 촘촘한 주근깨. 모든 것이 그대로였다. 달라진 것은, 전에는 한 번도 그렇게 보이지 않던 주근깨가 매력적으로 보인다는 것이었다.

"너 혹시 알고 있었어?"

언덕을 내려와 조각공원 옆 주차장까지 왔을 때 세영이 불쑥 물었다.

"뭘?"

"여름이랑 자비."

거짓말이면 좋았겠지만 나는 두 사람의 관계를 전혀 알지 못했다.

"둘이 왜?"

"도망가버렸어."

"뭐?"

"그새 마음을 바꾸다니. 준다고 했으면 줘야지."

세영은 이자비가 괘씸하다는 듯 말하더니 덧붙였다.

"오해하지 마. 난 정자만 받으려던 거야. 여름이가 자비랑 연락하는지도 몰랐어. 미국 여행 왔을 때 우리 집에서 잠깐 본 게 전부잖아. 그렇잖아?"

세영이 물었지만 나는 무슨 생각을 할 수 있는 상태가 아니었다. 이자비와 여름이 그런 사이라는 것과 여름이 혼자서 세영의 집에 갔었다는 것, 두 가지 사실 모두 내게는 충격이었다.

"끊긴 끊어야 하는데……"

세영은 그렇게 말하면서도 담배를 꺼냈고, 이번엔 불을 붙였다.

나는 갑자기 세영에게 「내가 질투하는 것」을 보여주고 싶었다. 세영도 그 작품을 좋아할 것 같아서였다. 그러나 세영은 내가 작품을 보러 가자고 말하기 전에 한 모금밖에 안 피운 담배를 잔디밭 위로 휙 던지고 일어났다.

"가야겠다."

우리는 주차장까지 걸었다. 세영이 떠나기 전에 무슨 말을 더 해야 한다고 생각했지만, 결국 아무 말도 하지 않았다. 나는 주차장에 조금 더 있었다. 무거운 쇳덩이가 된 기분. 아무 짝에 쓸모없는 빈 병이 된 느낌. 누구에게도 관심받지 못하는 외로운 느낌이 묘하게 진실을 보게 했다. 눈앞에서 일어난 사건이 중요한 건 아니라는 진실을. 나중에는 그 사건들이 내 삶에 어떤 변화를 일으킬 수도 있겠지만, 지금 당장은 아니라는 사실을.

나는 내가 있어야 할 자리로 걸어갔다. 주차장에 유난히 바람이 많이 분다고 느꼈는데 그건 조각공원이 높은 곳에 있기

때문이었다. 영어로 말을 거는 노인이 데스크 앞에서 나를 기
다리고 있었다.

자유 연기

심사위원은 세 명이었고 모두 남자였다.

"자유 연기입니다. 시작하세요."

이력서를 훑어보던 남자가 건조하게 말했다.

연기를 시작하려던 이원은 모든 걸 망치리라는 불안과 앞으로는 연기를 할 수 없을지도 모른다는 기분 나쁜 생각에 사로잡혔다. 오디션은 늘 그랬다. 입이 떨어지지 않을 것 같은 무서운 예감에 휘둘리고, 실수를 하리라는 확신이 진짜 실수로 이어지고. 내면이 팽팽하게 당겨졌다가 결국 너덜너덜해지는 지난한 과정을 거쳐도 결과가 좋은 날은 별로 없는.

"저는 인류의 역사에서 첫번째로 거짓말을 한 사람에게 묘한 매력을 느낍니다."

이원은 오노 요코의 대사 중에서 '사적인 영역'에 해당하는 부분을 준비해 왔다.

"예를 들어, 그가 신을 영접했고, 천국을 보았다는 말을 했을 때, 사람들은 어떤 생각을 했을까. 그가 무엇을 느꼈든지 간에, 자신의 거짓말을 타인과 나누고 싶었다는 것은 무척 흥미로운 점이지요."

목소리는 흔들리지 않았다. 세 명의 심사위원은 뚱한 표정이었지만 주눅은 들지 않았다. 떨어뜨리려면 떨어뜨리라지. 이원은 시작할 때와 달리 신기할 정도로 만족스러운 기분으로 오디션을 마쳤다. 그리고 집으로 가는 길에 전화를 받았다.

"합격입니다. 2차 오디션 일정은 추후에 연락드리겠습니다."

「어머니의 희생」에서 어머니 역이라니. 아직 오디션이 두 번이나 남았는데도 마음이 들떴다. 이원은 저녁을 대충 먹고 지역 커뮤니티 사이트에 접속해 보모를 구한다는 글을 올렸다. 오디션을 준비하려면 에스쁘아를 봐줄 사람이 필요했기 때문이다. 다음 주면 에스쁘아가 온다. 에스쁘아는 일 년에 한 번, 전남편의 누나가 운영하는 민박집이 바빠지는 여름철에 왔는데 이번엔 좀 이른 시기에 보내도 되겠냐고—통보에 가까운—부탁을 했다. 바이러스 때문인가. 알겠다고 했지만, 기쁨과 짐스러움이 혼재된 마음이었다.

다행히 눈에 들어오는 이력서가 있었다. 신지우. 스물여섯. E여대 유아교육학과를 졸업하고 공립 유치원에서 일하다가 떠나야겠다는 생각에 사로잡혀 영국 유학을 준비 중입니다. 아이들과 진심 어린 소통을 했고 누구보다 열린 마음으로 아이들을 볼 줄 아는 교사입니다. 진부함이 과해서 만만해 보이는 자기소개. 이원은 바로 전화를 걸었으나 신지우는 전화를 받지 않았다. 그래서 문자를 남긴 뒤에 번호를 저장했고, 그러자 조금 뒤에 카톡 친구로 나타났다. 신지우의 프로필에는 여든두 장의 셀카가 있었다. 수영복과 요가복, 그날그날 입은 옷을 거울에 비추어 찍은 사진이었다. 얼굴을 댕강 잘라내고 찍은 오오티디(Outfit Of The Day) 거울 셀카. 이원은 몇 장 넘겨보다 말았다. 사진이 말해주는 것은 아무것도 아니었기 때문이다.

*

"미스터리가 중요합니다."

입국장을 나온 아이가 이원에게 처음 건넨 말이었다.

"미스터리는 중요해요."

아이는 그 말만 했다. 그동안 잘 지냈냐, 보고 싶었다, 인사하며 포옹하는 이원과 눈도 마주치지 않고 미스터리가 중요하다는 말만 반복해서 했다. 밥을 먹으면서도, 주스를 마시러 들어간 카페에서도 같은 말만 중얼대는 아이를 보자 저절로 한숨이 나왔다. 야릇한 사건. 미해결 문제. 미스터리가 중요하고 어쩌고. 이원은 의문스러운 표정으로 전남편을 보았지만 전남편은 휴대전화만 들여다봤다. 결국 이원도 고개를 돌려 텅 빈 로비를 바라보았다. 공항이 이렇게까지 텅텅 빌 수가 있나. 상황이 이런데 미스터리쯤이야. 애써 그렇게 생각하려고 했고, 그러자 마음이 조금 가벼워졌다.

전남편이 아이에 대해 말을 꺼낸 건 주차장에서였다.

"누나 말이, 요즘 정서가 좀 불안정하대."

"왜?"

"연극을 시켰는데, 영향이 좀 있나? 한국에서는 시키지 마."

"뭘?"

"연기 같은 거."

"……"

"대신 바둑을 좀 알아볼 수 있어?"

"바둑은 왜."

"누나가 좋을 것 같대서."

이원은 넌 아이에 대해 아는 게 뭐니, 라고 물으려다 그냥 알겠다고 했다.

"아들! 한 달 뒤에 만나자!"

전남편이 아이에게 작별 인사를 건넸지만 아이는 입을 꾹 다문 채 있다가 전남편이 저만치 멀어졌을 때서야 씩 웃었다.

"미…… 미…… 미…… 미스터리는…… 중…… 중…… 중…… 요…… 하하하하하!"

이원은 한 손으로 부드럽게 아이의 어깨를 감쌌다. 한국 나이로는 일학년이지만 프랑스 나이로는 아직 여섯 살 반. 티브이에 나오는 배우들을 따라하며 자기도 하겠다고 생떼를 써서 연기 학원 비슷한 곳에 갔다가 적응 못해 일주일 만에 포기한 아이. 그래서 한동안 슬픔에 잠겨 있었다고. 이런 것들을 세세하게 이야기해주는 사람은 전남편의 누나이다. 이원이 프랑스 시민권자가 아니라는 이유로 결혼을 격렬하게 반대했던 사람. 여기 눌러앉겠다고? 임신을 해서? 정신이 있으면 애를 떼고 한국으로 돌아가라고 해. 아마 그보다 심한 말도 했을 테지만, 전남편이 전한 말은 거기까지였다.

"가자, 아가."

"미스터리는 중요해요. 맞지요, 엄마?"

아이가 친근하게 말을 건넨다. 작년부터 이런 게 좀 심해졌다. 전남편이 있을 때와 없을 때 확연히 다른 태도를 보이는 것. 이원은 그런 태도가 거슬리면서도 "그렇지. 미스터리가 중요하지" 하고 맞장구친다.

내일부터 아이를 돌봐줄 보모가 온다. 신지우는 이원이 문자를 남긴 다음 날 연락을 했다. 전화를 받지 않은 것에 대해서는 한마디도 않고 업무에 대해 물었다. 아이는 몇 살인지, 시간 조정은 가능한지, 이원이 무슨 일을 하는지도 알고 싶어했다. (배우라고 하자 신지우는 바로 '선생님'이라는 호칭을 썼다.) 대화를 해보니 이력서에 써놓은 것과 몇 가지 다른 점이 있었다. 신지우가 일했던 곳이 공립 유치원이 아니라 사립 어린이집이라는 것과 유학이 아닌 워킹 홀리데이를 준비한다는 것, 스물여섯은 만으로 했을 때 나이이고 실제 나이는 스물아홉이라는 것, E여대에 입학을 한 건 사실이지만 졸업을 한 건 아니라는 것도. 이원은 그런 것들이 얼마나 중요한지 판단이 서지 않았다. 그런데도 며칠만 두고 보자는 마음으로, 사실은 뭔가에 홀린 듯이 신지우를 고용했다.

*

"엄청난 배역이네요?"

신지우가 대본을 휘리릭 넘겨보며 말했다.

"선생님이 어머니 역이라니 좀 의외이긴 하지만요."

"왜?"

"그냥요. 선생님은 어머니의 희생에 대해 부정적인 것 같아서요."

이원은 무슨 뜻인지 바로 알아듣지 못해 신지우를 빤히 쳐다보았다. 더 말해보라는 듯이.

"저희 엄마는 제가 어렸을 때 고생을 많이 했어요. 네 자매를 키우시느라 낮에는 식당에 나가시고, 새벽에는 시장에 나가 깐 도라지를 파셨죠."

"어우. 어머니 힘드셨겠다."

"아뇨, 저희 어머니는 저희 얼굴만 봐도 힘이 난다고 했어요. 모성이라는 게 그렇잖아요. 아무리 힘들어도 아이들을 보면 싹 잊히기 마련이죠."

"싹 잊힌다고?"

"네. 희생이 곧 기쁨이니까요. 희생이 크면 클수록 기쁨도 커지는 거죠."

이원이 뭔가 말하려는데 에스쁘아가 끼어들었다.

"누나, 도라지 뭐야?"

신지우는 에스쁘아의 질문에는 대답하지 않고 이원에게 말했다.

"아무튼, 이렇게 큰 역할을 하신다니 존경스러워요."

"최종 오디션에 붙어야 하는 거야."

"그건 그냥 형식적인 거라면서요. 이러지 말고, 저희 같이 촛불 불어요! 제가 가서 케이크 사 올게요."

신지우가 갑자기 몸을 일으켰다.

"아, 아냐. 마음만 받을게. 오늘은 내가 있으니까 지우 씨는 좀 일찍 들어가. 시급은 다 계산해서 줄게."

그 말에 신지우는 얼른 가방을 챙겼다.

"그럼 내일 할까요? 에스쁘아, 내일 엄마 축하해주자. 누나
가 내일 케이크 사 올게!"

"지금 하면 안 돼?"

에스쁘아가 간절한 눈빛으로 이원을 쳐다보았지만, 신지우
는 휴대폰과 가방을 챙기더니 손을 흔들며 집을 나갔다. 지우
가 나가자 에스쁘아는 "엄마 미워!"라는 말을 남기고 방으로
들어가버렸다.

이원이 생각하기에, 에스쁘아는 지우한테 집착하는 면이
있었다. 눈빛을 보면 확실한데…… 끈적끈적한 눈빛. 지우
도 알까. 별거 아니라고 생각하겠지? 에스쁘아는 애라고. 아
이한테 그런 표현을 쓰는 건 옳지 않다고 지적할지도 모른다.
전에도 이원이 쓰는 단어를 꼬집어 교육적이지 않다고 충고
한 적이 있지 않은가. 어젯밤, 이원이 평소보다 한 시간 늦게
귀가했을 때도 어이없는 잔소리를 했다. 늦을 수밖에 없는 상
황을 충분히 설명했고, 자기도 알겠다고 답장을 보냈으면서.

"선생님, 선생님은 에스쁘아보다 더 중요한 게 있어요?"

처음엔 잘못 들은 줄 알았다.

"선생님한테 에스쁘아보다 중요한 게 있냐고요."

이원은 피곤했고, 쓸데없이 기운을 쓰고 싶지 않아서 얼른
대답했다.

"없지. 없어. 당연히 없지. 늦어서 미안."

"선생님도 아시겠지만, 엄마는 아이의 모든 것이잖아요. 이런 식으로 생기는 갑작스러운 공백, 예정에 없던 기다림, 엄마의 빈자리가 주는 두려움이 아이를 힘들게 만들어요."

이원은 왜 또 오버야, 라고 말하고 싶었지만 꾹 참았다.

"잘 생각해보세요."

지우는 그렇게 말하고 가버렸다. 당황스러웠다. 늦은 건 잘못이지만, 미리 양해를 구했고, 설사 양해를 구하지 않았다 해도 이건 좀 지나치지 않나? 지우가 식탁 위에 남겨놓은 메모는 더 가관이었다.

─아이의 세계에는 오직 엄마뿐이다.

이원은 마음을 다잡았다. 오버만 안 하면 괜찮은 애야. 잘 웃고, 활발하고, 놀이터에도 자주 가고. 에스쁘아한테 오목도 가르쳐줬잖아. 자신의 무릎에 앉혀놓고 하얀 돌, 검정 돌 하나씩 집어가며 느리고 상냥하게 가르치는 걸 이원도 보았다. 에스쁘아가 그렇게 얌전하게, 심지어 행복한 표정으로 뭔가를 배우는 게 가능하다니. 이원은 살짝 감동했다. 바둑학원에서는 오 분도 못 앉아 있을 뿐 아니라 친구들의 바둑판을 뒤집고 돌아다녀서 이틀 만에 쫓겨났기 때문이다. 바둑 선생의 정중한 사과를 뒤로하고 옆에 있는 미술 학원으로 들어갔다. 다행히 미술 선생은 에스쁘아를 받아주었다. 멀리 보셔야겠습니다. 그런 말을 하긴 했지만.

이원은 식탁에 홀로 앉아 김밥을 먹다가 뒤늦게 열이 받았다. 식탁에 있던 종이를 확 구겼다가 조금 뒤에 그걸 도로 펼쳐서 새 메모를 적었다.

—대학로 알과맥 소극장 3층. 오후 1시. 대본 외울 것.

*

연습이 한창일 때, 신지우한테 문자가 왔다.

—금방 오실 거죠?

—응. 곧 끝나.

이원은 바로 답장을 보냈다. 이러쿵저러쿵 길게 말하기가 귀찮아서 거짓말을 했다.

—약속이 생겨서 아홉시엔 나가야 해요.

—나 금방 가. 지우 씨는 문단속만 잘 해주고 가.

그 문자에는 답장이 오지 않았다.

집에 도착하니 밤 열시가 조금 넘었다. 에스쁘아는 거실 소파에서 잠들어 있었고, 놀랍게도 그 옆에 신지우가 앉아 있었다.

"미안. 좀 늦었지."

미안하긴 뭐가 미안해. 누가 있으래? 이원은 미안하다는 말을 뱉는 동시에 사과할 필요는 없다는 생각이 들었다.

"약속은 취소했어요."

신지우는 화가 난 것 같기도 하고 그냥 좀 뿌루퉁한 것 같기도 했다.

"괜찮은데. 괜찮다고 문자 보냈잖아."

이원이 말하자 지우가 한숨을 쉬었다.

"선생님,"

"응."

"선생님은 선생님만 괜찮으면 다 괜찮아요?"

"응?"

"선생님은 세상에서 뭐가 제일 중요해요?"

그 말을 듣는 순간, 이원은 이 애를 그만 잘라버릴까, 내일부터 오지 말라고 하면 그만이잖아, 하는 생각을 했다. 그와 동시에 그건 너무 일방적이고 예의 없는 행동이라는 것과, 내일 당장 애를 누가 봐? 하는 현실적인 계산이 이루어졌다.

"그래, 에스쁘아가 젤 중요하지."

"에스쁘아는 엄마가 필요한 때에요. 아이는 엄마가 봐야 하는 거 아시잖아요."

"지우 씨, 그거 되게 가부장적인 생각이야."

이원의 말에 신지우가 톡 쏘아붙였다.

"정말 너무하시네요. 제가 선생님 같은 학부모를 많이 봐서 아는데요, 선생님 이런 거 고치셔야 할걸요? 일이 먼저다, 기회는 잡아야 한다, 그런 생각 말이에요. 결국엔 다 후회하거든요. 그러니까 제 말은 엄마의 자격이라는 건……"

그 순간 이원은 이성을 잃고, 신고 있던 구두를 벗어 지우에게 집어 던졌다. 기회니 후회니 하는 말을 아무렇게나 쏟아내는 입을 향해서. 신발은 지우의 긴 머리카락을 스쳐 안쪽으로 휙 날아갔다. 신지우가 벌떡 일어나 거실 바닥에 떨어진 구두를 쳐다보았다. 이원도 구두를 봤다. 신지우는 벌린 입을 다물지 않고 잠시 서 있다가 인사도 없이 나가버렸다.

"선생님은 엄마 자격 없어요. 에스쁘아가 불쌍한 줄이나 아세요."

이런 말을 남기고서.

*

"에스쁘아가 프랑스로 가는 비행기를 그렸어요."

그림 속에는 이륙을 준비하는 비행기와 캐리어를 끌고 가는 세 사람이 있었다. 엄마와 아빠와 에스쁘아. 특이한 점은 그들이 모두 팬티 차림이라는 것과 여자의 머리가 비정상적으로 길다는 것이었다. 이원의 머리 스타일은 이십 년째 짧은 단발인데 그림 속 여자는 머리가 땅에 질질 끌릴 정도로 길었다. 미술 선생이 구성이 과감하다, 개성이 강하다 칭찬하는 동안 이원은 그림 속 여자만 쳐다보았다. 아무리 봐도 귀신같아. 비행기를 타는데 속옷만 입은 것도 그렇고. 심지어 브래지어도 안 했잖아. 이원이 그 부분에 대해 묻자 선생이 웃으면서 말했다.

"프랑스의 여름은 덥다면서요? 아이들 그림을 보실 땐 편견을 버리세요."

그러나 여전히 기괴하고 기분 나쁜 느낌이 남았다. 사실 그림에는 야한 코드도 있었는데(남자의 손이 여자의 가슴에 닿아 있었다) 미술 선생은 그걸 끝까지 모른 척했다. 에스쁘아는 왜 이런 그림을 그렸을까. 어떤 마음으로?

아이는 대답하지 않았다.

"응? 아가, 뭘 그리고 싶었어?"

집으로 가는 길에 몇 번이나 물었지만 속 시원한 답을 주지 않았다.

"아빠는 예쁜 엄마 많은데."

아이가 불쑥 입을 연 것은 엘리베이터를 탔을 때였다.

"아빠가 뭐?"

이원은 다급하게 되물었다. 아이는 대답이 없었다.

"아빠가 예쁜 누나를 데리고 왔구나? 우리 에스쁘아랑 놀아주라고. 그랬어?"

이원은 최대한 부드럽게 물었다. 아이의 눈빛이 잠깐 흔들렸으나 그게 다였다. 엘리베이터에서 내리자마자 아이는 그러면 어색함이 사라진다는 듯이 명랑하게 외쳤다.

"난 엄마가 제일 좋아! 함박스테이크 먹고 싶어요."

이원이 저녁을 하는 동안 에스쁘아는 소파에 누워 유튜브

로 만화를 봤다. 아이에게 진실을 말하라고 다그칠 생각은 없
었다. 그건 바보나 하는 짓이지.

*

　최종 오디션이 끝나고 기진맥진한 채 커피숍에 앉아 있는
데 전남편으로부터 전화가 왔다. 미안하다, 로 시작된 이야
기는 누나가 제주도에 오픈한 펜션이 잘못되었다는 이야기로
장황하게 이어졌다. 긴 이야기의 요지는 이원이 에스쁘아를
몇 주만 더 데리고 있었으면 하는 것이었다.
　"난 안 돼."
　이원은 단호하게 말했다. 사업 운운하면서 여자들이랑 놀
러 다녔던 게 어디 한두 번인가.
　"내가 상황이 좀 그렇다."
　전남편이 말했다.
　"나도 마찬가지야."
　"오디션은 또 보면 되지."
　"또 볼 수 있는 오디션이 아니야."
　"어쨌든 내가 상황이 좀 급해."
　"나도 이번엔 정말……"
　"야!"
　이원이 뭔가 설명하려는 순간 전남편이 버럭 소리를 질렀다.

"너 엄마잖아! 에스쁘아 누구 딴 사람이 낳았니? 이럴 거면 뭐하러 낳았어?"

이원은 생각해보겠다고 말하고 전화를 끊었다.

오디션이 중요하다는 말을 왜 못했을까. 이런 기회를 잡는 게 쉬운 일이 아니라는 말도. 아니 그런 말은 입이 아프게 해봤으니 됐고, 그보다는 이 말을 했어야 했다. 자궁이 있어서 내가 낳은 거라고. 너한테 자궁이 있었으면 너한테 낳으라고 했을 거라고. 이원은 그 말을 하려고 전활 걸었다가 일 초 만에 꺼버렸다. 전화는 다시 걸려오지 않았다.

*

이원은 식당에서 포장해 온 갈비찜을 흰 도자 면기에 옮겨 담았다. 접시 세 개와 수저 세 벌을 가지런히 놓고 유리잔이 깨끗한지 한 번 더 확인했다. 올까? 약속 시간이 다가올수록 신지우가 안 올지도 모른다는 생각이 들었다. 그러나 생각해보면 신지우는 의외로 다정하게 전화를 받지 않나. 이원의 사과도 한 번에 받아주었고 오디션 최종 합격을 알리니 축하한다는 말까지 건넸다. 내친김에 파티나 하자는 말을 먼저 꺼낸 사람도 신지우였다. 그러고 보니 이원이 1차 오디션에 합격했을 때, 신지우가 파티가 어쩌고 하며 케이크를 사 오겠다고 했던 게 생각났다. 다음 날에도 그다음 날에도 케이크는 사 오지 않았다. 그럴 거면 케이크 얘긴 왜 했을까. 그런 거짓말을 뭣 하러?

"저는 인류의 역사에서 첫번째로 거짓말을 한 사람에게 묘한 매력을 느낍니다."

거짓말. 매력적인 재주. 따지고 보면 누구나 그런 재주를 가졌다. 얼마나 많이 가졌는지는 각자의 문제겠지만.

에스쁘아는 냉장고에 있는 초콜릿 크림 케이크를 자꾸만 들여다봤다. 아이는 그새 키가 자랐다. 공항에서 봤을 때보다 살도 좀 붙었다. 이원은 이거야말로 미스터리한 게 아닌가 하는 생각이 든다. 육체의 움직임은 이렇게 적나라하게 드러나는데 마음속은 전혀 알 수 없다는 것이.

벨이 울리자 에스쁘아가 얼굴 가득 미소를 머금고 현관으로 뛰어간다. 조금 뒤에는 신이 난 얼굴로 신지우의 다리를 꼭 끌어안고 들어온다. 과연 신지우가 에스쁘아를 맡아줄까. 믿고 맡길 사람이 있어야지. 애를 아무한테나 맡길 수는 없잖아. 이원이 말하면 신지우는 어떤 대답을 할까. 어이없는 표정으로 선생님한테 중요한 게 뭐냐고 물을까? 그럴 수도 있지만 아무렇지도 않게 비용에 대해 물을지도 모른다. 신지우 옆에 딱 붙어 홍소 짓고 있는 에스쁘아를 보니 자꾸 그 말이 떠오른다. 미스터리가 중요하다는 말. 이원은 신지우의 허벅지에 딱 붙어 있는 에스쁘아를 떼어내고, 신지우가 편하게 앉을 수 있도록 의자를 빼준다.

벨롱에서

벨롱에 왔을 때 공기가 좋다는 이야기를 들었다. 나도 그렇게 생각했다. 공기가 깨끗해서 숨을 크게 들이마시면 속이 뻥 뚫리는 것 같다고. 사실 그 말은 비유적인 표현일 뿐이고 공기에는 여느 시골처럼 비료 냄새와 근처 저수지에서 올라오는 물비린내, 그리고 뭔가 타는 냄새가 희미하게 섞여 있었다. 행정구역 명칭은 따로 있었지만 사람들은 이곳을 벨롱이라 불렀다. 공기가 깨끗한 북쪽 도시. 한때 번창했던 '벨롱 페이퍼'라는 종이 공장 때문에 붙여진 이름이었다. 공장은 사라졌지만 이름만은 끝까지 살아남은 셈인데 그런 건 어떤 노력으로 된다기보다 그냥 저절로 그렇게 된다. '벨롱의 집'이 자연 친화적 대안 학교로 자리매김한 것이나, 유아 사망 사건에 연루되었던 내가 아이들 곁에서 다시 일하게 된 것처럼.

벨롱에 와서 처음 본 아이는 경수였다. 물론 전에도 아이들을 본 적은 있지만 말을 해본 건 그 아이가 처음이었다. 그날은 정확히 기억한다. 왜냐하면, 운전기사의 갑작스러운 결근으로 무연이 운전을 했고, 그 차가 저수지 근처에서 고라니를 치어 죽이는 사고를 냈기 때문이다. 무연은 목공소에서 일하는 사람이었는데 일손이 부족할 땐 돈을 받고 원장이 시키는 허드렛일을 했다.

"죽을 수밖에 없어요. 숲에 있던 것들이 밖으로 튀어나오면요."

내가 비명을 삼키고 끙 소리를 내자 무연이 말했다.

무연에 의하면 동물을 차로 치는 일은 벨롱에서 흔했다. 시속 오십 킬로나 되었을까. 겨우 그 정도 속도에 고라니는 즉사하고 말았다. 확인해보진 않았지만 그랬던 것 같다. '퍽' 소리와 함께 포물선을 그리며 숲으로 떨어지는 걸 내 눈으로 똑똑히 보았으니까. 무연은 그냥 달렸다. 아무 일도 일어나지 않은 것처럼. 속도를 줄이지도 높이지도 않았다. 갑자기 차 안의 공기가 얼음처럼 차가워졌다고 하면 과장일까. 그날 이후 죽은 고라니가 꿈에 나왔다. 흘러내리는 내장을 질질 끌면서 걸어오는 고라니. 다리가 기이하게 뒤틀려 있는 고라니. 피 묻은 눈으로 나를 노려보는 고라니. 눈은 언제나 사람의 것이었다. 여섯 살 남자아이의 눈. 내가 오 년을 일한 유치원에서 사고로 죽은 남자아이. 동연은 후진하던 유치원 버스에 깔려 죽었다. 판사는 내가 더 많이 주의를 기울였어야 했다고 했다. 부모도 쩔쩔매는 그 난폭한 아이를 다루는 일이 얼마나 어려운지 모르는 사람들이 흔히 하는 말이었다. 애를 말렸어야지. 애를 잡았어야지. 선생이 더 뛰었어야지. 드라이버나 송곳 같은 위험한 물건을 몰래 가져와 아무 데서나 휘두르는 애를 어떻게 하면 잘 돌볼 수 있지? 동연을 보고 있으면 다른 아이들이 야단을 피웠다. "김동연! 밖에선 뛰지 말라고 했지! 그쪽으로 가면 안 된다고!" 그날도 몇 번이나 소리쳤다. 그날 따라 아이들 손에 들려줄 것이 많아 소리 지르는 것만으로도 진이 빠졌다. 나는 동연이 내 말을 좀 들었으면 했고 한 번이라도 얌전히 내 뜻에 따라주길 원했다. 애들 옆에 가만히 좀 서 있으라는 말을. 그러나 동연은 끝까지 말을 듣지 않았다. 혼자 놀이터 주변을 뛰어다니다가 먼저 출발하려던 7세 반 통학 버스의 커다란 바퀴에 말려 들어갔다. 도와주세요, 선생님. 소리 한 번 못 지르고.

마을로 이어지는 길은 폭이 좁은데다 포장도 되어 있지 않았다. 잡풀조차 마구잡이로 뻗어 있어 지나갈 때마다 차를 매섭게 할퀴었다. 억센 풀들은 살아서 움직이는 것처럼 투두둑, 소리를 냈다. 그 소리가 내 얼굴을 긁고 지나가는 것처럼 가깝게 느껴졌다. 라디오에서는 뉴스가 흘러나오고 있었다. 나로선 별로 듣고 싶지 않은 사건 사고를 전하는 뉴스였다. 도시에서 일어난 열차 탈선 사고와 나날이 심해지는 미세먼지, 감염 위험 때문에 방역을 철저히 해야 한다는 내용이었다. 그리고 어린이집 사망 사건이 보도되었다. 어린이집 뉴스를 듣는 순간 심장이 빠르게 뛰었다.

"네 살짜리 원생을 통학 차량에 방치해 숨지게 한 사건의 판결에 검찰과 어린이집 측이 모두 항소했습니다…… 형량이 너무 적다고 판단해 지난달 27일……"

앵커는 무뚝뚝한 목소리로 내용을 전했다. 법원에서 들었던 판사의 것처럼 명료하고 분명한 목소리였다. 반성의 기미가 없다. 책임감이 부족하다. 잘못을 뉘우치지 않는다. 과실치사…… 방치…… 부주의…… 판사는 정확한 발음으로 판결문을 읽었다. 다 읽은 뒤에는 마치 그 판결문으로 방금 내 삶을 끝장낸 것처럼 득의양양하게 나를 보았다. 그땐 나조차 그렇게 생각했다. 내 삶은 끝난 거라고. 완전히 멈추어 죽은 거나 마찬가지라고. 그러나 삶은 그런 식으로 끝나는 게 아니었다. 나는 결국 새 일자리를 얻었다. 한쪽 문이 닫히면 다른 쪽 문이 열리는 것처럼 자연스럽게 그렇게 됐다. 사람들은 어떻게 그럴 수 있냐고 물었다. 당신이 또 어린이집에서 일을 한다고? 말도 안 돼. 나는 그들에게 말해주고 싶었다. 그럴 수도 있다고. 삶은 결코 우리가 아는 곳으로 흘러가지 않을 거라고.

고라니가 죽던 날, 벨롱에 새로 온 아이가 경수였다. 전경수. 경수는 갑자기 온 것이 분명했다. 절차를 맞추어 왔다면 나와 그런 식으로 마주치는 일은 없었을 테니까.

내가 탄 등원 차량이 도착했을 때 경수는 방금 떠난 검은색 승용차의 꽁무니를 보느라 여념이 없었다. 뒤통수만 봐도 그 아이가 얼마나 울분에 차 있는지 알 수 있었다. 여기에 오는 아이들, 특히 도시에서 학교에 다니다가 온 애들은 그런 감정에 쉽게 사로잡혔다. 그나마 다행인 것은 그 애들이 조용히 분노하는 법을 익히고 있다는 것이었다.

나는 원장에게 인사를 하고 마을 아이들을 교실로 인솔했다. 경수에 대해서는 아무 말도 하지 않았다. 마치 그 아이가 안 보이는 것처럼. 그러나 잘 보였다. 흰 셔츠에 검정 바지, 무거워 보이는 가죽 가방과 끈으로 묶는 단화. 옆에는 여행용 트렁크도 있었다. 일곱 살이나 되었을까. 살집도 있고 키도 컸는데 5세 미만의 어린애처럼 길들지 않은 느낌이 났다.

텃밭 앞에 원장과 경수가 나란히 서 있었다. 염색하지 않은 은빛 머리를 하나로 묶은 원장과 사립학교의 초등학생처럼 옷을 갖추어 입은 경수. 원장은 속을 알 수 없는 사람 특유의 신비로운 분위기를 지니고 있었다. 상냥한 미소를 짓고 있지만 어딘지 모르게 어두우면서 비밀스러운 사람. 이것은 다른 사람에게는 설명하기 어려운 것이었다. 나를 고용했기 때문일까. 교사로서는 드물게 실형을 산 나에게 기회를 주었기 때문에? 십 개월, 고작 그것 때문에 인생에 굴복하면 안 된다고 원장은 말했다. 턱없이 적은 월급과 열악한 근무 조건에도 내가 선뜻 일을 하겠다고 하자 우편으로 벨롱행 기차표와 짧은 성경 구절을 함께 적어 보냈다. 오게 하라, 오게 하라. 그런 구절이었는데 정확한 내용은 잊어버렸다.

"선생님? 안녕하세요?"

아이들을 교실로 데려다주고 건물 밖으로 나왔을 때 경수는 혼자였다.

"제 이름은 경수예요. 전경수. 오늘 왔어요."

경수는 마치 기다렸던 것처럼 인사를 건넸다. 아이들과의 접촉은 되도록 자제하도록 지시받았기 때문에 나는 경수를 무시해도 그만이었다.

"안녕? 몇 살이니?"

그런데도 경수의 인사를 받았다.

"여덟 살이요. 선생님 새로 왔어요?"

"그래."

"언제요? 난 한 번도 못 봤는데."

"얼마 전에."

"선생님은 뭘 가르쳐요? 영어? 미술? 책 읽어줘요?"

"아니. 난 그런 거 안 해."

"그럼 뭘 하는데요?"

"청소를 하지. 밥도 하고, 빵도 굽고. 너희들이 잘 지낼 수 있도록 돕는 거야."

내 대답에 경수가 뜻밖의 소리를 했다.

"거짓말. 피가 묻었는데."

"뭐?"

"피가 묻었다고요. 손이 피범벅이라고!"

경수는 그렇게 말하더니 자기 손바닥을 쫙 펼쳐 텃밭 둘레에 심긴 해바라기를 탁탁 쳤다. 꽃에 붙어 있던 벌들이 윙윙거리며 꽃 주변을 날아다녔다. 다른 아이들은 벌이 무서워 가까이 가지도 못했는데 경수는 벌을 전혀 무서워하지 않았다.

"무슨 소린지 모르겠다."

내가 말했다.

"무슨 말인지 알걸요?"

나는 경수를 찬찬히 다시 보았다. 튀어나온 이마와 납작하게 눌린 코. 얇은 머리카락은 숱이 별로 없었다. 생긴 게 귀여운 아이는 아니었다. 얼굴에는 자잘한 상처도 있었다. 턱에서 목, 셔츠 아래로 이어지는 상처는 자로 눌러 찍은 듯 반듯한 직선 모양이었고 하얀 피부 때문에 더 도드라져 보였다.

"얼굴은 왜 그러니? 어쩌다 그런 거야?"

"피가 묻었다니까. 피. 피. 피!"

경수는 그 나이 또래의 아이들이 '똥'이라고 말하고 좋아하는 것처럼 킬킬거리다가 갑자기 표정을 바꾸어 식당 앞에 묶여 있는 개를 노려보았다. 원장이 키우는 진돗개였다. 개는 나를 향해 꼬리를 흔들다가 바닥에 고인 물을 혀끝으로 핥았다. 아침에는 멀쩡했던 물통이 뒤집혀 있었다.

"선생님, 저는 물이 싫어요."

경수가 말했다.

"뭐?"

"물이 무서워요."

내가 뭔가 물어보려고 경수에게 가까이 다가가는데, 원장이 오더니 특별한 표정 없이 경수를 데리고 건물 안으로 들어갔다. 나는 개의 물통에 물을 채워주고 건물 뒤쪽에 있는 주차장으로 갔다. 차에 정말로 피가 묻었는지 확인해보기 위해서였다. 통학 차량으로 쓰는 15인승 노란색 스타렉스는 반듯하게 세워져 있었다. 가까이 가서 보니 왼쪽 라이트에 흐릿한 핏자국이 보이는 것도 같았다. 핏자국이 맞나 싶을 정도로 흐린데다 누군가 닦아낸 흔적이 있어 잘 보이지도 않았다. 뭘 본 거야? 나는 갑자기 기분이 나빠져서 두 손을 앞치마에 박박 문질러 닦고 식당으로 들어갔다.

내가 벨롱에서 하는 일은 잡다했지만 평일 오전에는 주로 식당 일을 도왔다. 식당 일이 끝나면 세탁 업무를 했고 저녁에는 교실 청소와 복도 청소를 했다. 아이들이 깨끗하게 생활할 수 있도록 시설을 관리하는 일은 전부 내 일이었고 정해진 계획표는 없었다.

"이것 좀 먹어."

식당에 들어서자 주방 일을 전담하는 진 선생이 파이를 내밀었다.

"뭐예요?"

"무화과 파이. 집에서 만들었대."

"누가요?"

"안 봤어? 애가 새로 왔잖아. 작년에 잠깐 왔던 애야."

"아."

"엄마가 또 바뀌었더라고. 애는 어때?"

"그냥 평범하던데요."

"그래? 상태가 괜찮은가 보네. 엄마는 유난하던데."

엄마가 어땠는데요? 나는 그렇게 묻고 싶었지만, 그냥 내가 할 일을 했다. 어차피 속 시원하게 이야기해주지도 않을 터였다. 다른 교사들보다는 덜했지만 진 선생 역시 상대를 궁금증에 몰아넣고 자기만 알고 있는 비밀 따위를 즐기는 타입이었다. 커트 머리에 동그란 안경을 쓴 외모가 과거 내 변호인과 닮았지만 그녀만큼 친절하진 않았다. 벨롱의 집에 친절한 사람은 없었다. 아이들도 선생도 그 사실을 알았다. 벨롱에 온기가 없다는 것을. 폐쇄된 공장 옆에 조립식으로 지어진 건물이 허가가 난 곳인지조차 불분명했다. 마을 아이들을 상대로 어린이집을 운영하는 공간은 극히 일부고 나머지 공간은 멀리서 오는 아이들의 교실 겸 숙소, 수업 진행을 위한 특별활동실이었다. 그곳에서 어떤 수업을 하는지 나는 알지 못했다. 중요하지도 않았다. 내가 하는 일은 주어진 시간을 견

디는 것뿐이고 그게 전부였으니까. 어쩌면 아이들도 그렇지 않을까.

진 선생은 씻은 무 스무 개가 든 넓적한 통을 내 앞으로 끌어다 주고 달걀부침을 만들러 갔다. 내가 할 일은 깨끗하게 씻긴 무를 조림용으로 사 등분해 써는 일이었다. 양파를 잘게 다지거나 말라비틀어진 마늘을 물에 불려 까는 것에 비하면 더없이 간단한 일. 무는 하얗고 싱싱했다. 칼도 잘 들었다. 요리에 익숙한 편은 아니지만 칼질에 속도를 낼 수 있었다. 무를 반으로 갈라 자른 단면을 도마에 대고 일정한 크기로 썰어 옆으로 밀면 끝. 단순 반복. 그러나 그 간단한 일을 끝내기도 전에 두번째 손가락을 베어버렸다. 칼날이 손톱 윗부분을 지나가면서 살을 갈라놓았다. 하얀 무 조각 위로 순식간에 붉은 피가 번졌다. 피가 손등을 타고 흐르는 느낌이 분명하게 전해졌다.

"무슨 일이야?"

진 선생이 뛰어와 깨끗한 행주로 내 손을 감싸고 피가 더 흐르지 않도록 응급조치를 했다.

"제가 실수로…… 아…… 정말 죄송해요. 일단 무부터 좀 헹구고……"

나는 허둥대면서 말했다. 말은 그렇게 하면서도 가만히 서 있었다. 내 몸에서 나온 피를 보면 좀처럼 정신이 차려지지 않았다.

"이 정도면 병원에 가야겠는데?"

"아녜요. 상처가 심한 것 같진 않아요. 피가 나서 그렇지."

"그래? 그럼 좀 쉬었다가 와. 휴게실 있잖아."

진 선생은 이러쿵저러쿵 더 말하지 않았다.

휴게실이라고 해봤자 세탁실에 일인용 침대를 놓고 커튼으로 반쯤 가려놓은 게 전부였다. 나는 침대에 똑바로 누워 다친 손을 배 위에 올렸다. 세탁기가 윙윙거리며 돌아갔다. 휴게실을 왜 세탁실에 만들었을까. 정신 사납게. 울퉁불퉁한 시멘트 자국으로 얼룩진 천장을 보며 그런 생각을 하는데 엉뚱하게도 준영이 보고 싶었다. 준영은 내가 정식으로 사귄 첫 남자 친구이자 충동적으로 섹스를 한 상대였다. 우리는 영화를 보러 가다가 우연히 모텔 주차장에 있는 세탁실 문이 열려 있는 것을 발견하고 난데없는 흥분에 사로잡혀 그리로 들어갔다. 첫 섹스를, 콘돔도 없이, 대낮에, 누군가의 흔적이 묻은 지저분한 침대 시트를 뭉개며 하게 될 줄은 몰랐는데 결과적으로는 그렇게 됐다. 탈수 소리를 듣고 있자니 커다란 준영의 손이 능숙하고 부드럽게 내 몸을 만지던 기억이 되살아났다. 갑자기 준영이 그리워졌다. 나는 멀쩡한 손을 치마 속으로 밀어 넣고 손가락으로 팬티 아래를 더듬더듬 문질렀다. 마음 같아선 원장이 입으라고 지시한 거추장스러운 긴 치마를 벗어 버리고 싶었는데 차마 그렇게는 못하고 옆에 있는 지퍼만 살짝 내렸다. 손가락에 피가 나는 와중에 그런 짓을 하다니. 반성의 기미가 없네.

얼마 지나지 않아 세탁기가 멈추고 사방이 조용해졌다. 어디선가 말소리가 들렸다. 아이들이 고함치는 소리와 아이들을 야단치는 소리. 위층 교실에서 들려오는 소리였다. 나는 절정에 도달하지 못한 채로 손을 뺐다. 다시 눈을 감았고, 시끄러워서 잠을 잘 수 없다고 생각했는데 눈을 떠보니 한 시간이나 지나 있었다.

피는 멈추었고 어지러운 증상도 사라졌다. 그런데 환영처럼 아른거리는 그림자가 보였다. 헛것이 보이나 싶어 커튼을 들추어 보니 커튼 뒤에 경수가 서 있었다. 경수는 나를 보고도 놀라지 않았다.

"여기서 뭐 하세요?"

경수가 물었다.

"너야말로 여긴 왜 왔니? 수업 시간이잖아."

나는 지퍼를 올리고 구겨진 옷매무새를 바로잡았다.

"저는 수업 안 들어요."

"왜?"

"재미없어."

"뭘. 재밌는 거 많던데."

내 말에 경수가 어깨를 으쓱했다. 사실 이곳의 커리큘럼이 어떤 식으로 짜여 있는지 몰랐다. 많은 시간을 야외에서 보내는 건 알았지만 그게 얼마나 재미있는지는 관심 없었다. 흙바닥에 한 줄로 쪼그려 앉아 개미 떼를 관찰하거나 커다란 감나무 아래서 지루하게 새 둥지를 쳐다보는 일이 재밌으면 얼마나 재밌으려고. 이곳에서는 과도한 흥분을 유도하는 게임이나 격렬한 활동은 결코 허락되지 않았다.

"전 그런 거 관심 없어요."

경수가 내 옆으로 다가와 앉았다.

"넌 뭐에 관심이 있는데?"

"스케이트요. 전 스케이트가 타고 싶어요."

"그건 겨울에 타는 거고."

"겨울이 오기 전에 집으로 갈 거예요."

"그래. 아무튼."

"엄마가 금방 온다고 했어요. 여긴 스케이트장도 없잖아요."

"대신 저수지가 있잖아."

"거기 스케이트장이 생겨요?"

"물이 얼겠지."

"물은 무서워요."

"언제는 스케이트 타고 싶다며."

경수는 내 눈치를 보는 듯 말을 잠깐 멈추었다. 한눈에도 경수가 원하는 게 관심이라는 걸 알 수 있었다.

"스케이트는 타고 싶지만 물은 싫어요. 물에 빠져 죽을 뻔한 적이 있거든요. 귀이—신이 나와서 잡아가려고 했어요. 제 발목을 잡아서 물 밑으로 끌고 가려고 했어요."

"네 말을 믿어도 될지 모르겠다."

"물에는 귀이—신이 있잖아요. 저를 잡아가려고 하는 귀이—신이 있대요."

"누가 그래?"

"엄마가요. 말 안 듣는 애들을 잡아서 물 밑으로 끌고 간다고 했어요. 엄마는 귀이—신이 저를 잡아가기만 기다리고 있대요. 엄마는 저를 미워해요."

"그 말이 거짓말인 건 너도 알잖아."

"저를 미워하는 건 진짜거든요."

"근데 왜 그렇게 말해? 귀이—신이라고."

나는 얼른 말을 돌렸다.

"엄마가 그렇게 말하니까요. 저수지에도 귀신이 살아요? 말 안 듣는 애들 끌고 가는 귀—이신이 있죠? 발을 잡고 물속으로 끌고 가요?"

"귀이—신은 무슨. 그냥 재수 없으면 그렇게 되는 거야."

"욕조에서 생쥐 꼬리 당기는 것처럼?"

"뭐?"

"쥐요!"

경수는 갑자기 흥분했다.

"욕조에 물을 틀어놓고 생쥐를 데리고 와요."

말이 점점 빨라졌는데 그것 때문에 살짝 정신 나간 아이처럼 보이기도 했다.

"따듯한 물을 받았거든요. 차가운 물은 너무 싫어. 무서워."

나는 경수가 미묘하게 웃고 있음을 알아차렸다.

"물에 머리를 살짝 대봐. 쥐가 고개를 막 흔들면서 이상한 소리를 낸다! 찍찌지지지지지…… 그러면 꼬리를 잡고 바닥으로 쭉 끌어내려. 확! 엄마가 나를 씻길 때처럼 찰싹찰싹 때리진 않고 그냥 아래로 쭉! 쥐는 작으니까…… 빨리 죽거든! 그걸 계란찜 만드는 냄비 안에 넣어두면…… 조금 있다가 엄마가 저를 때리러 와요. 쿵쿵쿵. 쿵쿵쿵. 크흐흐흐흐."

그때 위층에서 경수를 찾는 소리가 들렸다. 경수는 벌떡 일어나더니 나에게 인사도 하지 않고 뛰어나갔다. 경수가 계단을 올라가는 소리가 세탁실 안에 울려 퍼졌다. 다친 손가락이 욱신거리면서 속이 울렁거렸다.

그 후 경수는 자주 찾아왔다. 벨롱의 집 뒤편에 있는, 문 닫은 종이 공장으로 통하는 산길을 알려주겠다며 나를 데리고 갔다. 나는 딱 한 번만 같이 가주겠다고 했지만, 결과적으로는 자주 가게 됐다. 담배 피울 데가 마땅치 않던 내게 적합한 장소였기 때문이다. 벨롱 선생들은 그 길로 절대 다니지 않았다. 억센 풀이 높게 자라서 수풀을 헤치며 걸어야 하기 때문이기도 했지만 그보다 중요한 이유는 잡초 덤불 사이에 있는 무덤 때문이었다. 야생풀로 뒤덮여 있는 무덤. 불길한 기운이 감도는 위험한 길. 호수까지 이어져 차가 다니는 길이 될 수도 있었는데 중간에 있는 버려진 공장 건물이 길을 가로막고 있어 샛길만 있었다.

　종이 공장의 문은 자물쇠가 채워진 쇠사슬로 칭칭 감겨 있었다. 벽돌은 군데군데 떨어져 나갔으며 유리창은 없거나, 있더라도 반 이상은 깨진 상태였다. 공장 앞 공터에는 잡초가 무성하게 번식했는데 경수는 쥐를 잡겠다며 그 안으로 들어가 풀을 헤집고 돌아다녔다. 한번은 그곳에서 무연과 마주쳤다. 그는 나를 보고도 알은척을 하지 않았고 그건 나도 마찬가지였다. 나는 담배를 피우면서 준영을 생각했다. 그러면 잠시 잊고 있었던 내 진짜 삶이 그리워졌고 그 생각은 얼른 이곳을 떠나야 한다는 생각으로 고조되었다. 하지만, 수풀 속에 있던 경수가 "선생님!" 하고 외치면 그런 생각은 순식간에 흩어져 자취를 감추고 말았다.

　"겨울이 되면 저랑 스케이트 타러 가요."

　날씨가 제법 쌀쌀해진 어느 날 경수가 말했다.

　"그러든가."

　"정말요?"

　내 말에 경수가 기쁜 표정으로 되물었다.

　"스케이트장에 갈 거예요?"

　"그건 모르겠고,"

　나는 무심히 저수지를 가리켰다.

　"저게 곧 얼겠지. 여기선 물이 아주 꽝꽝 얼걸?"

　내가 담배를 피우는 동안 경수는 저수지를 내려다보았다.

미심쩍은 표정이었지만, 저수지가 언다는 말을 곱씹어 생각하는 것 같았다. 아니면 어디든 좋으니 스케이트가 타고 싶다는 뜻이었을까.

며칠 뒤에 경수가 진짜 스케이트를 들고 나타났다.

"선생님, 이거 어때요?"

스케이트는 새것이었고 싸구려처럼 보이지 않았다. 날은 반짝거리고 톱니처럼 파여 있는 앞부분은 미끈했다. 경수는 식당 앞 계단에 앉아 날을 보호하는 커버를 벗기고 능숙하게 스케이트를 신었다. 끈을 꽉 조여 묶으니 제법 날렵해 보였다.

"튼튼해 보이네."

내가 말했다.

"저수지 얘길 하니까 엄마가 보내줬어요. 조르지도 않았는데요."

"그것 봐. 엄마는 널 미워하지 않아."

나는 경수가 했던 말, "엄마는 저를 미워해요"가 생각나서 그렇게 말했다. 그러자 경수는 스케이트 끈을 더 세게 조이면서 대꾸했다.

"엄마는 제가 스케이트를 타다가 넘어져서 다치길 바라니까요."

나는 더 할 말이 없었고 그냥 겨울이 되려면 기다려야 한다고만 했다.

"물이 얼려면 멀었어. 한 달은 더 있어야 할걸."

"저도 알아요."

경수는 고개를 끄덕였다.

첫서리가 내릴 무렵엔 일이 많아졌다. 배추와 무가 심긴 텃밭을 정리해야 했고 깨와 옥수숫대를 뽑아서 불태워야 했다. 빨래도 넘쳐났다. 당분간 식당 일은 진 선생이 전담하고 나는 텃밭과 창고, 세탁실과 교실을 들락거렸다. 일은 점점 익숙해졌다. 칼질하다 손을 베는 일도 없었고 다시는 치마에 손을 넣지도 않았다. 그러던 어느 날 빨랫감을 잔뜩 들고 세탁실로 내려가는 길에 무연과 마주쳤다.

"여긴 어쩐 일이세요?"

무연은 계단을 올라오고 있었다.

"수도관이 얼기 전에 점검하고 가는 길입니다."

"아. 그럼 일 보세요."

나는 돌돌 만 이불 더미를 끌어안고 가던 길을 갔다. 그런데 무연이 성급하게 뒤쫓아 오더니 말을 거는 것이었다.

"지난번엔 미안했어요."

"네? 뭐가요?"

"차를 세울 수가 없어서 그랬어요. 그쪽도 알겠지만 늦으면 안 되잖아요."

"아. 상관없어요."

나는 여전히 이불을 끌어안고 대답했다. 그 오래된 일을 이제 와서 뭐 하러 사과하나. 그러나 무연은 거듭 사과했고, 주머니에서 뭔가를 꺼내 앞으로 내밀었다.

그것은 선홍빛 장미였다. 한여름 정문 앞 담장에 흐드러지게 피었던 여러 색깔의 장미 중 하나였을까. 손톱 크기의 작은 꽃봉오리는 몸을 꽉 움츠린 채 죽은 것도 산 것도 아닌 채로 말라 있었다. 장미는 그날 이불과 함께 세탁기 속으로 딸려 들어가 흔적도 없이 사라졌지만 무연과 나에게는 약속이 남았다.

"저녁이 좋아요. 금요일에는 강당 수업을 하니까 정문 쪽에는 사람이 없을 거예요."

금요일에는 다 같이 빵을 구웠다. 진 선생한테 미리 말을 해놨기 때문에 일찌감치 숙소로 돌아와 외출 준비를 할 수 있었다. 오랜만에 신경 써 화장을 하고 외출복을 꺼내 입었다. 벨롱에서는 한 번도 입지 않은, 심지어 꺼내보지도 않은 몸에 딱 붙는 가죽 재킷과 미니스커트였다. 시끌벅적한 파티에나 입고 가면 어울릴 법한 옷은, 출소 날 집으로 돌아가는 길에 산 것이었다. 마네킹이 입고 있던 마지막 옷이라서 가게 주인이 깎아주었던 기억이 난다. 추위에 덜덜 떨 것이 분명했지만 그래도 나는 그 옷을 입었다. 반성의 기미가 없네. 그런 일을 겪고도 멋을 내다니. 옷에서는 아직 새것의 냄새가 났다.

거울을 들여다보는데 이불에 반쯤 덮여 있는 책이 눈에 띄었다. 『다섯째 아이』. 변호인이 선물한 책이었다. 그 여자는 왜 이런 엉뚱한 물건을 내게 줬을까. 그러고는 왜 갑자기 일을 그만두었지? 나는 책을 읽지 않았지만 거처를 옮길 때마다 가지고 다니면서 잠이 오지 않으면 작가의 약력을 강박적으로 들여다봤다. 그러다가 작가의 죽음에 대해서도 알게 되었는데, 그녀는 늙은 몸을 이끌고 장을 봐 오던 길에 심장마비로 죽었다. 그 사실을 알게 된 뒤로 나는 종종 심장마비로 죽었으면 좋겠다는 생각을 했다. 이유는 알 수 없었다. 불쑥 그 책을 무연에게 주고 싶은 생각이 들어 가방에 집어넣었다.

"어디 가세요?"

정문을 지나갈 때 경수가 말을 걸었다. 손에는 납작한 얼음 조각이 들려 있었다. 개집 앞에 있는 물통에서 떼어낸 것이었다. 살짝 언 얼음은 손에 힘을 조금만 줘도 순식간에 박살 날 정도로 얇고 투명했다.

"저도 가면 안 돼요?"

경수는 내가 입고 있는 짧은 치마에서 눈을 떼지 않고 물었다.

"이 시간에 너 혼자 돌아다니면 안 될 것 같은데."

"괜찮아요. 저는 유치부가 아니니까요. 뭐든 혼자서 해요. 밥도 혼자 먹고, 잠도 혼자 자고, 혼자 다 해요. 책도 혼자 읽고요."

"어쨌든 지금은 들어가야 할 것 같구나."

경수의 얼굴에 실망스러운 표정이 떠올랐다가 사라졌다.

"저는 곧 집에 갈 거예요. 여기 오래 안 있어요."

"그래, 알아. 전에 말해줬잖아."

나는 경수와 그런 이야기를 하고 싶지 않았다. 잘 놀다가 갑자기 벌레 먹은 나뭇잎을 들고 와 "제가 이런 거랑 닮았어요? 병들고 시커먼 거요. 엄마는 제가 무섭대요. 선생님도 제가 무서워요?" 하고 묻는 아이에게 뭐라고 하겠나.

"엄마는 제가 별나대요. 사람을 질리게 한대요."

경수는 갑자기 시무룩한 표정을 했다.

"네가 똑똑하다는 말을 그렇게 하는 거겠지."

"선생님."

경수가 내 손을 덥석 잡았다. 아이치곤 손이 꽤 컸다. 축축하고 미지근한 느낌이 내 손을 꽉 움켜쥐었다.

"오늘 여기 안 들어와요?"

"얼른 교실로 들어가. 담임선생님이 찾겠다."

"오늘은 손에 피가 안 묻었어요."

"넌 또 피 애기야."

나는 경수의 손을 떼어내고 머리를 쓰다듬었다. 처음 왔을 때보다 머리숱이 많아진 것 같았다.

"이따가 치마 속으로 손 집어넣을 거예요?"

"뭐?"

"손이요. 여기 이렇게."

경수가 바지 속으로 손을 쑥 집어넣었다. 나는 어이없는 표정으로 경수를 봤다. 경수의 눈이 생쥐 이야기를 할 때처럼 반짝거렸다.

"그건 뭐예요?"

경수가 내 가방을 가리켰다. 가방 위로 책 모퉁이가 살짝 올라와 있었다.

"책. 어른들 책이야."

"저도 어른 책 읽을 수 있어요."

"못 읽을걸."

내가 엄하게 말하자 경수는 흥분하여 그동안 자기가 읽은 책의 제목을 마구 쏟아냈다. 영어로 된 주인공의 이름을 읊으며 알아요? 읽었어요? 하고 떼를 쓰듯 내 다리에 달라붙었다. 나는 하는 수 없이 그 책을 경수에게 주었다. 경수는 책을 받고서야 교실로 돌아갔다.

무연과 나는 호숫가 근처에서 매운탕을 먹고 커피를 마신 다음 마을 외곽을 한 바퀴 돌았고, 숙소로 돌아가기 전에 공장 뒤에 차를 세우고 이야기를 나누었다. 한때 바쁘게 돌아갔던 종이 공장 이야기. 규모가 점점 커지는 벨롱의 집 이야기. 곧 문을 닫을 것 같은 목공소 이야기. 무연은 벨롱에 대해 많은 것을 알았다. 내가 알고 싶은 건 아니었지만 그럭저럭 흥미로웠다. 밤이 깊어지고 숙소로 돌아갈 시간이 되자 우리는 누가 먼저랄 것도 없이 입을 맞추었다. 그다음엔, 경수의 말처럼 서로의 옷 속으로 손을 넣고 열성적면서도 절제된 몸짓으로 서로를 유혹했다. 나는 무연의 땀 냄새가 밴 얇은 티셔츠 위로 키스했고 무연은 시종일관 침착하다가 한순간 흥분했다. 진지하진 않았지만 분위기는 괜찮았다. 초반에 시간을 끈 것에 비하면 섹스는 순식간에 끝나버렸다.

그날 이후 우리는 자주 만났다. 새벽에 몰래 만나 공장 건물 뒤로 차를 끌고 가거나 깨진 유리창을 통해 공장 안으로 들어가기도 했다. 한번은 고라니가 치여 죽은 장소라고 추정되는 곳에도 가보았다. 거기에서 사랑을 나누면 더 흥분될 것 같다는 무연의 말 때문이었다. 놀랍게도 그 말은 사실이었고 그날 이후 공장 대신 저수지로 차를 몰았다. 날씨는 추웠지만 차 안에 누워서 별을 볼 수 있었다. 별을 보는 건, 대화가 진지해지는 것만 빼면 아주 좋았다.

"애를 버리러 오는 거야."

어느 날 무연이 말했다. 공기가 좋아서, 자연 친화적 환경이 필요해서, 자유로운 학습 분위기 때문에 애를 데리고 오는 부모는 없다고. 무연이 보기에 그들이 먼 곳까지 오는 이유는 하나였다. 도시에는 애를 버릴 마땅한 곳이 없으니까.

"내가 알던 애 엄마도 그랬어."

나는 무연이 말하는 '애 엄마'가 무연의 엄마인지, 아내인지 몰랐다. 그러나 그것에 관해서는 아무것도 묻지 않고 경수를 아는지 물었다.

"경수라고, 알아?"

무연은 모른다고 했다.

"어떻게 몰라? 그렇게 말이 많은 애를."

그러고 보니 책을 준 뒤로 경수를 한 번도 만나지 못했다. 나는 경수의 말투와 생김새를 설명하다가 무슨 소용인가 싶어 그만두었는데 신기하게도 얼마 뒤에 경수를 만나게 됐다.

날이 갑작스럽게 추워진 12월 하순의 어느 날이었다. 방학 명목으로 사흘간 휴가가 주어져 도시에 다녀올 계획이었다. 벨롱에 와서 처음 맞는 휴가였다. 눈이 올 거라는 일기예보와 달리 아침 하늘은 파랗고 깨끗했다. 미세먼지가 날로 심해지는 도시에서는 상상도 할 수 없을 정도로 공기가 맑았다. 나는 무연의 트럭을 타고 기차역으로 가는 길에 경수를 보았다. 검정 코트에 검정 가방, 목에 칭칭 두르고 있는 긴 털목도리. 나는 어쩌다가 경수를 알아보았을까. 경수는 빠른 걸음으로 저수지로 통하는 오솔길을 가로지르고 있었다.

"잠깐, 잠깐 멈춰봐."

내가 건너편 길을 보며 말했다.

"쟤가 경수거든."

무연은 저수지 쪽으로 차를 돌렸고 속도를 늦추어 경수 가까이 다가갔다. 창문을 열고 이름을 부르자 경수가 단숨에 뛰어왔다.

"안녕하세요, 선생님!"

"이렇게 일찍 어디 가니?"

나는 트럭 문을 활짝 열었다.

"물이 얼었다고 해서요."

경수는 등에 메고 있던 가방을 내밀어 보였다.

"이 시간에? 혼자?"

"허락 받았어요."

"누구한테?"

"원장 선생님한테요."

나는 그 말을 믿지 않으면서도 물었다.

"그래? 데려다줄까? 춥잖아."

경수는 기뻐하며 트럭에 올라탔다. 무연은 경수가 차에 완전히 탈 때까지 기다렸다가 차를 출발시켰다. 비포장도로인 까닭에 트럭이 심하게 덜컹거렸다. 울퉁불퉁한 길을 달리는 동안 나는 이상한 생각에 사로잡혔다. 그건 나와 무연이 애를 유괴하고 있다는 가당찮은 생각이었다. 그런 기괴한 가정은 나를 묘하게 긴장시켰는데 달리 생각하면, 그 생각 때문이 아니라 그날 아침이 너무 조용했기 때문인지도 모르겠다.

무연은 영업을 하지 않는 낚시터 앞에 트럭을 세웠다. 차가 멈추자 경수가 와! 소리를 내며 뛰어내렸고 나는 차 안에 앉아 아이 걸음으로 벨롱의 집까지 얼마나 걸릴지 가늠해보았다. 저수지 뒤쪽으로 난 무덤 길을 가로질러 간다면 그렇게 먼 거리는 아니었다.

"같이 갈까?"

내가 차에서 내리자 무연이 물었다. 나는 시계를 봤다. 기차 시간까지는 아직 여유가 있었다.

"금방 올 거야."

나는 그렇게 말하고 경수를 뒤쫓아 갔다. 여름에 그토록 높이 자랐던 잡풀은 이제 하나도 없고 죽은 풀들만 서리를 맞은 채 납작하게 누워 있었다. 적막했다. 모든 것들이 이미 죽었거나 아직 깨어나지 않은 것처럼. 얼음 위로 소리 없는 바람이 지나갔다.

"와, 정말이네!"

내 목소리조차 가차 없이 부서졌다.

"물이 정말 얼었어!"

푸른빛으로 얼어붙은 저수지는 모든 파동을 침묵으로 삼킨 채 조용히 반질거렸다. 물하고는 전혀 다른 방식으로. 더 단단하고 더 믿을 만하며 무서울 이유가 전혀 없는, 누가 봐도 한번 와보고 싶을 정도로 아름다운 얼음 저수지였다.

"꽝꽝 얼었어요?"

경수는 빨간 스케이트를 신고 얼음 위로 나갈 준비를 했다.

"응. 그런 것 같네."

나는 얼음 위에 흩어져 있는 고드름같이 투명한 얼음 조각과 짧은 나뭇가지, 얼음 위로 쏟아지는 햇빛과 그 빛이 반사되어 눈을 찌르는 풍경에 압도되었다. 햇살 사이로 반짝거리는 푸르스름한 얼음이 아련하고 아름다워서 마치 내가 빛의 호수 한가운데 서 있는 느낌, 호수가 점점 가까워지고 그 밖의 것들은 내 가장자리에서 움직이는 느낌이 들었다.

경수가 내 옆에 와서 섰다. 스케이트를 같이 타자고 조르면 어쩌나 걱정했는데 경수는 혼자서 얼음 위로 미끄러지듯 올라섰다. 스케이트 실력은 기대 이상이었다.

"너 잘 타는구나!"

내 말에 경수는 보란 듯이 원을 그리며 저수지를 한 바퀴 돌았다.

"제가 일등이에요! 여기는 내 땅이다!"

경수가 지날 때마다 푸르스름한 얼음 위로 가늘고 흰 곡선이 생겼다. 곡선은 겹치고 겹치다가 나중에는 곤충이 주고받는 비행 신호처럼 복잡한 모양이 됐다. 나는 추워서 발을 동동 구르는 와중에도 담배를 한 대 꺼내 피웠다. 조금만 더. 경수를 조금 더 지켜보고 싶은 마음이었다. 얼음 위에 난 하얀 자국이 경수의 상처를 떠올리게 했기 때문일까. 경수가 정말 가고 싶은 곳이 어디인지, 엄마가 보고 싶은 게 맞는지, 문득 그런 게 궁금해졌다. 나와는 상관없는 것들이.

"선생님! 벤은 어떻게 돼요?"

경수가 저수지 한가운데 서서 소리쳤다.

"누구?"

나도 큰 소리로 물었다.

"벤이요!"

"그게 누군데?"

"다섯째 아이!"

"선생님은 금방 갈 거야. 기차를 타야 하거든. 갈 땐 혼자 걸어갈 수 있지?"

경수는 아무 대답도 하지 않았다. 나는 경수를 향해 손을 한 번 흔들고 돌아섰다.

트럭 앞에서 저수지를 돌아보니 멀리 연탄 구멍 같은 낚시 구멍이 보였다. 아주 멀리 있는, 내가 있는 곳에서는 작은 점에 불과한 검은 구멍이었다. 무서울 건 없었다. 불길한 예감 같은 건 조금도 들지 않았다. 구멍을 뚫고 낚시를 할 정도라면 저수지가 꽤 단단하게 얼어붙은 것이었으니까.

무연은 어디에서 구해 왔는지 뜨거운 김이 올라오는 커피를 마시고 있었다. 나는 차에 타자마자 무연이 마시던 커피를 가져다가 단숨에 비웠다. 뜨거운 액체가 목구멍을 타고 내려가면서 내 안에 있던 뭔가를 건드리는 것 같았다. 오게 하라, 오게 하라. 뜬금없게도 잊고 있던 원장의 편지가 떠올랐다. *내 운명들 가운데 가장 아름다운 것이 나타나서 마지막 날을 가져다주게 하라. 오게 하라, 오게 하라.* 당연히 성경 구절이라고 생각했던 문장은 성경이 아닐 수도 있었다. 원장이 지어 냈거나 오래된 명언집에서 고른 의미 없는 글귀였을지도.

"오게 하라…… 오게 하라……"

내가 중얼거리자 무연이 나를 쳐다봤다.

"가지 말고," 내가 말했다.

"여기서 스케이트나 타고 놀까 봐."

무연은 내 얼굴을 끌어당겼다. 아침이라는 것만 빼면 너무도 익숙한 상황이었다. 우리는 서로의 옷을 살짝 헤집다가 돌이킬 수 없는 홍분 상태에 돌입하기 전에 자제심을 발휘했다. 그때 바깥에서 "귀이—신!"이라고 외치는 소리가 들렸다. 나는 깜짝 놀라 무연을 밀어냈다.

"들었어?"

내가 물었다.

"뭘?"

무연의 어리둥절한 표정은 나를 심란하게 만들었다. "귀이—신!" 나는 그 소리를 분명히 들었다. 알 수 없는 감정이 몸을 뒤흔들었다. 심장이 뛰었다. 나는 내 팔을 끌어당기는 무연의 손을 뿌리치고 경수를 데려다줬던 곳으로 달려갔다.

일이 어떻게 일어났는지 정확히 설명할 수는 없다. 나도 모르니까. 불쑥 떠오르는 장면은 불투명한 얼음판 아래서 흔들리는 빨간 스케이트 한 짝과 위험을 감지한 동물처럼 얼음 위로 달려들었던 내 몸뿐이다. 몸이 움직였던 순간은 기억한다. 갈라진 얼음판을 향해 손을 뻗던 순간의 간절함도. 물속에서 경수의 손을 잡았을 때 나는 이 모든 일이 전에도 일어났던 것만 같은 착각이 들었다. 꿈처럼 두서가 없고 불확실하고 불투명한 파편 조각이지만 분명히 존재하는 기억.

얼어붙은 저수지에는 고요함과 추위, 바람밖에 없었다. 한 번은 짧게, 한 번은 길게 클랙슨이 울릴 때까지 완벽하게 고요했다. 기다리다 못한 무연이 저수지로 내려와 놀란 얼굴로 우리를 데리고 갈 때까지 나는 얼음 빛 때문에 눈이 먼 것처럼 힘없이 앉아 있었다.

차 안은 따듯했다. 커피를 단숨에 마셨을 때처럼 뜨거운 뭔가가 내 가슴 아래로 쑥 내려가는 게 느껴졌다. 무연이 히터를 최대한 틀고 따듯한 바람을 내 몸으로 향하게 해놓았기 때문에 손이 가장 먼저 녹았다. 얼었던 손이 녹으면서 간지러운 느낌이 났다. 나는 손바닥에 맺힌 자잘한 상처와 핏자국을 들여다보았다. 금방이라도 경수가 내 손을 보며 탄식하듯 내뱉을 것만 같았다.

"피다, 피!"

기차는 떠난 지 오래였다. 나는 차 문을 열고 나왔다. 차가운 바람이 쌀쌀맞게 얼굴을 스치고 지나갔다. 무심하게 햇빛을 반사시키고 있는 얼음판은 그대로였다. 나는 푸른빛의 공포를 가만히 바라보았다. 운명의 손이 닿았던 그 자리를. 내 삶이지만 절대로 조정할 수 없는 한 시기를. 죽을 때까지 알 수도, 이해할 수도 없는 공포의 순간에 대해 중요한 뭔가를 깨달은 사람처럼.

또 다른 기억 속에선 경수가 옆으로 다가와 말한다. 스케이트를 타고 싶다고.

"다음에. 스케이트장에 가서 타자."

내가 대답한다. 그러면 경수는 슬며시 나의 손을 잡는다. 이번에는 나도 경수의 손을 놓지 않는다.

올드 픽처스

"스와핑이면 어쩌지?"

진우가 게임 화면에서 눈을 떼지 않고 물었다. 목소리가 쓸데없이 진지해서 반야는 탑승권을 챙기다 말고 진우를 빤히 보았다. 스와핑이라니. 그게 말이나 되는 소리인가. 그럼에도 반야의 머릿속에는 오래된 장면 하나가 떠올랐는데, 생각만으로도 온몸이 불쾌해지는 나쁜 기억이었다.

강렬한 햇빛이 창을 뚫고 들어와 지저분한 거실을 비추던 오후. 그곳에는 나체들이 있었다. 부유하듯 떠다니는 담배 연기 속에서 나뒹굴던 젊은 나체들. 나체들은 액자가 다닥다닥 걸려 있는 지저분한 거실을 사방으로 뒹굴었다. 섹스 피스톨즈의 음악을 최대한 크게 틀어놓고 웃고 춤추다가 발작하듯 손을 휘둘러 벽에 있던 액자를 부수기도 했다. 날카로운 유리 조각 때문에 길에서 데려 온 보스턴 테리어가 다쳤고 거실 바닥에 피가 흘렀다. 피 때문에 더 흥분한 나체들은 웃고 부딪히고 뒹굴다가 밖으로 뛰쳐나갔다. 이것은 오 년 전 진우가 어울렸던, 대낮부터 환각제를 맞고 동공이 풀린 채 거리를 배회하던 '나체들'이 벌인 일이었다.

"그 사람들," 반야가 말했다.

"나이가 구십이야."

"구십 아니고 구십둘. 알아, 곧 백 살이잖아. 오래 살았지." 진우가 대답했다.

"집에서 죽고 싶은 노인네. 이름이 돌턴이라고?"

떠난다는 것 때문인지 진우는 신이 나 있었다. 진우의 등 뒤로 이륙을 준비하는 비행기와 바쁘게 돌아가는 수하물 컨베이어 벨트가 보였다.

"왕년에 폭격기를 몰던 사람인데 방에만 처박혀 골골대려니 죽고 싶겠지. 부인이 부탁했다며? 얼마나 지겨웠으면. 한스가 그러는데, 그 집에 있는 사진이 그렇게 비싸다더라."

진우는 부인이 남편을 죽여달라고 한 사실보다 돌턴 씨가 밀리터리 사진 수집가라는 사실에 더 관심을 보였다.

"잘 나온 사진 있으면 한 장 훔쳐야겠다. 폴란드, 아니면 체코? 그때 미군 B-25미첼이 전성기였잖아. 그때 미국이 얼마나 잔인한 무기를 만들었냐면……"

진우에게 전쟁은 오락이었다. 날마다 새롭게 세팅되는 게임. 반야는 '살아 있는' 사람을 죽이러 가는 상황에서 그런 이야기를 아무렇지 않게 내뱉는 진우가 부러웠다. 천부적으로 타고난 무딤과 무지. 생각 없음. 그러다가도 위험을 감지하면 민감하게 발휘되는 무서운 생존 감각. 그것은 확실히 능력이었다. 그런 능력마저 없었다면 오 년 전, 한국에 오자마자 아버지한테 끌려 들어간 재활센터에서 나오지도 못했겠지.

"근데 그런 사진이 진짜 그렇게 비싸?"

진우가 게임 화면에서 눈을 떼고 물었다.

"누가 찍은 사진이냐에 따라 다르겠지."

반야가 대답했다.

"비싼 건 비싸다, 이 말이지?"

"넌 한스 말을 믿어?"

반야가 물었다.

"무슨 말? 사진 값?"

"죽여달라는 말."

진우는 어깨를 으쓱하더니 그건 자신이 생각할 바가 아니라는 듯 휴대폰으로 눈을 돌렸다. 십 년 전과 똑같은 모습. 반야는 시간이 어떻게 흘러가는지 가늠할 수 없었다. 힘들여 입학한 국제고를 자퇴하고 진우를 따라 가출했을 땐 삶이 이렇게 흘러갈 거라고 예상하지 못했다. 돈 아니면 약, 어쩌면 둘 다에 집착하는 한스와 가까워진 다음부터일까. 진우는 변했다. 더 이상 사진을 찍지 않았고 그들이 경험한 것이나 앞으로 경험할 일에 대해 아무런 기대도 하지 않았다.

반야는 가방을 열고 카메라를 꺼냈다. 핫셋블라드 X1D-50C. 중형 카메라보다 가벼워 인기가 높은 미러리스 제품으로 카페 사장이 아끼는 물건이었다. 카페 일을 그만두기 전에 카메라를 훔쳤다. 사장의 뒤통수를 치는 일은 미안했지만, 한스의 전화를 받고 벌링턴에 가기로 마음먹자 잠잠했던 도벽이 꿈틀거렸다. 절묘한 장면, 절호의 기회. 사진을 찍겠다고 마음먹으니 훔치는 건 일도 아니었다.

"드디어 찍으려고?"

진우가 카메라를 힐끗 보았다.

"아니."

반야는 카메라의 전원을 켰다. 메모리 없음. 사장이 찍은 사진은 모두 지웠다. 저녁노을, 노란 찻잔, 웃는 사람들. 그런 걸 담으려고 훔친 카메라가 아니었으니까. 그럼 뭘 찍으려고? 진우의 물음에 한 번도 대답하지 않았지만 반야는 늘 같은 생각을 했다. 평범한 공기의 흐름이 뒤바뀌는 순간. 지진이든 전쟁이든 총기 난사든, 불길하고 위험한 일이 일어난 직후 달라지는 인간의 얼굴을 찍고 싶었다. 공포에 휩싸인 분위기와 두려움에 떠는 나약한 존재. 그런 사진이라면 팔 만한 가치가 있었다. 유명해지는 건 운이 따라줘야 하겠지만 적어도 돈은 벌 수 있을 터였다. 한스는 그런 사진에 목을 매는 희한한 컬렉터를 여럿 알았고, 그들은 언제나 돈을 지불할 준비가 되어 있었다.

이것도 살인일까? 죽여달라고 부탁하는 노인과 그 부탁을 들어주는 젊은이.

물론 살인이었다. 쉽게 죽이든 힘겹게 죽이든 산 사람을 죽이는 일이었고 한 사람의 삶을 끝장내는 싸움이었다. 일종의 선의지. 한스는 그렇게 말했지만 어떤 경우라도 이런 일이 선할 순 없었다. 그러니 더욱 찍어야 했다. 일말의 선의도 없는 공포의 순간을. 나체들이 덜덜 떨며 면도날을 팔목에 가져다 댈 때, 칼날이 푸르스름한 혈관을 꾹 파고들기 전, 심장이 튀어나올 것처럼 날뛰는 해방의 순간을 담아야 했다. 그런 게 돈이 되니까.

"컬렉터들이 원하는 건 단순해. 비밀스러운 침묵. 그게 뭐든 간에. 사진을 보면 알 수 있거든. 그 장면을 설명할 순 없어도 경험할 수 있는 거야."

한스가 낸시 스펀겐의 사진을 보여주며 한 말이었다. 1978년 첼시 호텔에서 시체로 발견되기 전날 거리에서 시드 비셔스와 함께 찍힌 흑백 사진이었다. 반야는 섹스 피스톨즈의 팬이었는데도 그 사진을 처음 보았다. 낸시는 담배를 입에 물고 있었고 시드는 희미하게 웃고 있었다. 그날 밤 일어날 사건과 아무 상관도 없는 사람처럼. 헤로인을 과다 복용한 채 애인을 칼로 찔러 죽이리라는 것을 까맣게 모르고서 웃고 있었다. 아니 어쩌면 이미 알고 있었을까. 한스는 그 사진이 아무것도 말하지 않기 때문에 값이 치솟은 거라고 했다. 말하지 못하는 무능력이 사진을 빛나게 하는 거라고. 반야도 그 사진이 마음에 들었다. 그런 사진을 찍고 싶었다. 미친 나체들이 자기 배에 칼집을 내고 개를 죽이기 직전, 평범한 사물들이 기존의 의미를 버리고 의미심장하게 바뀌는 순간을. 의혹으로 가득 찬 환상적인 순간을 카메라에 담고 싶었다.

진우는 한스의 말을 어디까지 믿고 있을까. 한때 막역하게 지냈던 늙은 사진 수집가가 병에 걸려 누워 있다, 요양원이 아닌 집에서 죽고 싶어 한다, 남편이 간절하게 원하는 일이라며 부인이 직접 부탁했다는 한스의 말을 전부 믿는 건 아니겠지? 한스는 이번 일이 끝나면 캘리포니아로 가자는 말도 했다. 둘이서만. 거기 가면 뭐든 할 수 있어. 그러나 반야가 생각하기에 한스가 할 수 있는 건 없었다. 약이면 모를까.

"망했다. 총알이 떨어졌어. 근데 너 표정이 왜 그래?"

진우가 물었다.

"아냐. 아무것도."

탑승 수속을 알리는 안내 방송이 흘러나왔다. 반야는 카메라를 가방 안에 넣고 여권을 챙겼다. 열여섯 시간 후, 그들은 토론토를 경유해 몬트리올에 도착할 것이다. 몬트리올에서 벌링턴까지는 차를 타고 갈 예정이었다. 두 시간 반이면 간다고 했지. 반야가 몸을 일으키는데 진우의 휴대전화가 울렸다.

진우는 창가 쪽으로 걸어가 통화를 했다.

지금보다 어렸을 땐 진우가 시드 비셔스처럼 '펑키'하다고 생각했었다. 이제 그런 말도 안 되는 생각은 하지도 않지만 헤어지는 건 자꾸 미루게 됐다.

"한스 말이, 공항엔 다른 사람이 나올 거래."

진우가 전화를 끊고 가방을 챙겼다.

"다른 사람? 누구?"

반야가 듣기론 그 집엔 돌턴 부부만 살았다. 몇 년 동안 찾아온 사람도 없다고 했다.

"일하는 사람이래. 이름이 탱이라는데?"

"안 나오면?"

반야가 인상을 쓰자 진우가 어깨에 손을 둘렀다.

"택시 타면 돼. 주소 알아."

진우가 대답했다.

택시? 캐나다에서 미국으로? 그럴 돈이나 있나. 오 년 전에 그랬던 것처럼 돈을 전부 날리고 대책 없이 버티다가 한스의 집에 눌러붙는 건 아니겠지. 그럴 수는 없을 것이다. 그들은 이제 스무 살이 아니니까.

*

돌턴 씨의 집 앞에 있는 노르웨이 단풍나무는 백 년은 된 것처럼 크고 튼튼해 보였다. 아직 9월이었는데 당장이라도 겨울이 닥칠 것처럼 엄청나게 많은 잎을 떨어뜨렸다. 바람이 조금만 불어도 한꺼번에 우수수. 그렇게 떨어져도 크기가 워낙 거대해서 잎은 얼마든지 남아 있었다. 반야가 앞뜰에 나와 커피를 마시는 짧은 시간에도 머리와 어깨, 무릎 위로 내려 앉았다가 바닥으로 나뒹굴었다. 카페 사장이 봤다면 정신없이 셔터를 눌렀을 풍경. 반야는 카메라를 꺼내지도 않았다.

돌턴 부인은 좀 기다려야겠다고 말했다. 뭘 기다려야 하는지는 말하지 않았다. 그러고는 나흘 동안 아무 신호도 없었다. 한스는 준비가 될 때까지 기다리는 거라고 했지만, 반야가 보기에 이 집에 죽을 사람은 없어 보였다. 소파에 앉아 뜨개질을 하는 돌턴 부인은 평화로웠고 돌턴 씨는 방에서 한 발자국도 나오지 않았다. 말소리는커녕 작은 기침 소리도 들을 수 없어 안에 사람이 있기나 한지 의심스러울 정도였다.

―봤어?

진우에게 문자가 왔다.

―뭘?

반야는 답장을 보내고 이층을 올려다봤다. 빛바랜 회색 지붕 위에 낙엽이 잔뜩 쌓여 있었다. 뜰에 있는 나무에서 떨어진 노란 단풍잎과 진입로에서 날아든 설탕 단풍나무 잎은 아무리 쓸어도 다음 날이면 어김없이 쌓였다. 탱은 진우에게 낙엽을 치워달라고 부탁했다. 진우는 알겠다고 했지만 하루가

지난 지금까지 방에서 꼼짝도 하지 않았다.

―남자가 돌아다녀.

―젊은 사람 같은데.

―머리가 하얘.

문자 세 개가 연달아서 왔다. 대화는 문자로만 주고받으라는 한스의 말을 진우는 열심히도 따랐다. 그러면서도 이 계획이 어딘가 이상하다는 것은 전혀 눈치채지 못했는데, 반야가 뭔가 이상하지 않냐고 물어도 사람을 죽여달라는데 이상하지 않을 수 없지 하며 심드렁했다. 반야는 뭔가 놓치고 있다는 느낌이 자꾸 들었고 모두의 관계가 의심스러웠다.

"돌턴 씨는 다 알아. 누워서도 다 알지."

몬트리올 공항에서 벌링턴으로 오는 길에 탱이 중얼거리던 말이 새롭게 다가왔다. 이민국을 지나고 어둡고 긴 도로를 지루하게 달리는 동안 진우는 코를 골며 잠들었지만 반야는 말짱한 정신으로 창밖을 보고 있었다.

"그러니까 살아남았지. 한국전쟁에서도 살았고, 베트남에서도 죽지 않았어. 그게 무슨 의미인지 알아? 돌턴 씨는 죽지 않는다는 말이지. 적어도 너희들 손에는."

그날 이후로 탱은 말을 거의 하지 않았는데 간혹 중얼거리는 말은 알아들을 수 없는 외국어였다. 돌턴 씨가 뭘 안다는 걸까. 죽여달라고 부탁한 사람이 죽지 않으면 어떻게 될까? 탱은 모를 수도 있었다. 돌턴 부인 혼자만의 결정일 수도 있으니까. 반야는 한스가 모두를 속이고 있을지도 모른다고 생각하다가 그렇다면 돌턴 부인이 어째서 자신들을 집으로 들였을까 하는 부분에서 막혀버렸다. 탱은 누구며, 돌턴 씨가 있긴 있는지, 죽어가는 사람이 맞는지, 의심은 끝이 없었다.

―내려와서 낙엽이나 쓸어.

진우에게 답장을 보내면서도 진우가 본 젊은 남자가 돌턴 씨일 거라고 생각했다. 사흘 동안 방에서 한 발짝도 나오지 않았지만 그건 특별한 일도 아니었다. 진우도 사흘 내내 방에 틀어박혀 게임만 하고 있으니. 여기선 섹스를 하지 않겠다는 반야의 확고함에 불만을 표하는 것이겠지만 반야는 모른 척했다.

―탱이 사다리 옮겨놨어.

어제 탱이 이층으로 올라왔을 때 반야는 샤워를 끝내고 옷을 입고 있었다. 인기척이 느껴져 급히 나갔는데 탱이 방 문에 바짝 붙어 서 있었다. 반야는 큰 소리로 진우의 이름을 불렀다. 그러자 탱은 지붕에 쌓인 낙엽 좀 치워달라고 소리치더니 서둘러 계단을 내려갔다. 진우는 건성으로 대답한 다음 하고 있던 게임의 볼륨을 높였다.

―밖에 누구 없어?

진우의 문자를 받고 주변을 살폈지만 차고 문은 굳게 닫혀 있었고 뒷마당엔 아무도 없었다. 탱이 꺼내놓은 긴 사다리가 지붕에 걸쳐 있는 모습만 눈에 띄었다. 어깨에 떨어졌던 단풍잎 하나가 컵 속으로 미끄러지듯 내려앉았다. 아기 손처럼 작은 단풍잎이었다. 반야는 어린잎을 들어올렸다. 잎은 가볍고 부드러웠다.

"중요한 건 낙엽이 아니지."

누구든 일을 저지르는 것이 중요했고 그 일이 심각하고 위험할수록 가치가 있었다. 그런 사진을 찍으려고 여기에 온 것이었다. 반야가 몸을 일으키는 것과 동시에 현관문이 열렸다.

돌턴 부인은 장식 없는 검은색 숄을 여미며 반야에게 인사를 건넸다. 반야가 말을 걸 때마다 곤란한 표정으로 자리를 피하던 때와 달리 반야에게 먼저 다가왔다.

"오늘이 무슨 요일이지?"

부인이 대뜸 물었다.

"네?"

"주일이잖아. 일요일."

돌턴 부인이 목에 힘을 주어 또박또박 말했다.

"교회…… 가시게요?"

반야는 검은색 숄에 반쯤 가려진 성경책을 가리켰다.

"교회? 그래. 난 교회에 가. 나는 주일마다 교회에 갔어. 매주 거르지 않고 교회에 나가서 기도를 올렸지. 뭐든, 죄가 있을 테니까 용서를 받으려고."

부인은 이미 잘 여며져 있는 숄을 다시 여몄다.

"내가 더 젊었을 땐, 그래, 그때도 교회에 갔어. 한국? 거기에서도 교회에 갔지. 그때도 난 교회에 갔어."

반야는 뭐라고 대답해야 할지 몰랐다. 돌턴 부인이 한국에 있었다는 건 금시초문이었다. 돌턴 씨가 한국전쟁에 참전했다는 사실은 알았지만 돌턴 부인은 왜…… 그런 생각을 하는 사이에 탱이 나와서 리모컨으로 차고 문을 열었다.

"하늘을 좀 봐."

돌턴 부인은 하늘을 올려다봤다. 반야도 고개를 들었다. 하늘은 맑았지만 먼 산 위에 먹구름이 걸려 있었다.

"가을은 잠깐이야. 축복받은 계절이지만 짧다고. 전쟁도 가을에 일어났지만 다 끝났어. 전부 끝났지. 난 교회에 갔고 아이도 넷이나 입양했어. 그런데 너희들은…… 너희들은……"

부인은 반야의 존재가 기분 나쁘다는 듯이 인상을 썼다.

"지긋지긋한 것들. 내가 너희를 구해줬는데. 시궁창 같은 나라에서, 냄새나는 전쟁터에서 꺼내왔는데."

반야는 방금 들은 말을 바로 이해하지 못했다. 어디에서 뭘 꺼내왔다고?

"저희는…… 전쟁하고는 아무 상관없어요. 부탁을 받고 왔을 뿐이잖아요."

반야가 말했다. 그러나 돌턴 부인은 반야의 말을 듣고 있지 않았다.

차고 안에서 시동 거는 소리가 나더니 회색 도요타가 미끄러지듯 빠져나왔다. 차는 정확하게 돌턴 부인의 앞에 섰다.

부인이 차에 오르자 탱은 창문을 내리고 낙엽 좀 치워달라고 했다. 그놈의 낙엽. 반야는 고개를 끄덕였다. 차는 옥수수 밭을 지나 서서히 멀어졌다.

―신호가 온 것 같은데?

반야는 진우와 한스에게 문자를 보냈다. 진우는 답이 없었고 한스는 곧 도착한다는 답장을 보냈다. 어제와 똑같은 답장이었다. 반야는 하늘을 올려다봤다. 검은 새 떼가 하늘을 가로지르고 있었다. 축복받은 계절이라더니 그런 것 같지도 않았다.

차고 문이 열려 있었다. 탱이 실수로 그런 것인지 일부러 열어둔 것인지 알 수 없지만 허리를 바짝 숙이면 들어갈 수 있는 정도였다. 차고에는 빨강 픽업트럭과 부서진 목재 가구, 곡괭이와 삽이 반듯하게 걸려 있었고 단단한 쇠로 된 새 라쳇 드라이버가 선반 위에 놓여 있었다. 총도 한 자루 있었지만 낡은 야전삽 옆에 먼지 쌓인 채 놓여 있으니 특별해 보이지도 않았다. 반야는 차고 안을 한 바퀴 둘러보다가 바닥에 널브러져 있는 깨진 액자를 밟았다. 조각난 액자 사이에 멀쩡한 사진 한 장이 끼어 있었다. 겁먹은 표정으로 돌턴 부인을 올려보는 아이는 한스의 얼굴과 비슷했다. 1989년, 두 사람이 서 있는 곳은 전쟁기념관이었다.

―어디야?

진우였다. 반야는 사진을 주머니에 쑤셔 넣고 이층으로 올라갔다. 먹구름이 빠르게 움직이고 있었다.

"뭐 해. 안 내려오고?"

진우는 침대 위에 멍하니 앉아 있다가 반야가 방 안으로 들어오자 벌떡 일어났다. 긴장한 것처럼 보였다.

"너 지금 떨어? 설마 무서운 거야?"

반야가 놀리듯 말하자 진우가 인상을 썼다.

"그런 게 아니야."

"뭐가 무서워. 노인이고 누워 있고 잠만 자는데. 너 뉴욕에선 별짓 다 했잖아. 이상한 애들이랑 몰려다니면서 개도 죽이고."

"나도 알아."

"뭐가 문젠데? 한스가 온다니까 마음이 급해?"

"한스? 한스가 온대?"

진우가 놀란 듯이 물었다가 체념 조로 말했다.

"안 올 거야. 돌턴 씨가 화났다고 말했거든. 내가 화나게 했다고."

"뭐?"

반야는 옷장을 열고 크로스백을 꺼냈다. 카메라를 넣어둔 가방이었다.

"무슨 말이야? 돌턴 씨가 화가 나다니."

"돌턴 씨가 올라왔었어. 문을 벌컥 열고 여기까지 들어왔다고. 시끄럽다면서 내 노트북을 덮어버렸어. 내 아빠라도 되는 것처럼. 처음엔 무작정 달려들었지. 목을 조르려고. 근데……"

반야는 그 말을 믿지 않았다. 돌턴 씨가 여기까지 올라왔을 리가 없으니까. 그런데도 방 안의 공기가 무거워지면서 까닭 모를 두려움을 일깨웠다.

"그럼 죽였어야지. 나를 부르든가."

반야는 침착해지려고 노력하면서 카메라의 전원을 켰다. 가방에 넣어두었던 카메라의 배터리가 바닥이었다. 만지지도 않았는데 언제 전원이 켜졌는지 모를 일이었다. 충전기를 찾아 연결하자 붉은 불이 깜박이며 충전 중이라는 표시를 보냈다.

"이상했어. 화가 난 것 같았다고."

진우가 마른세수를 했다.

"그래봤자 환자야. 백 살 먹은 노인이라고. 올라올 수도 있지. 여기도 자기 집인데."

반야는 사흘 동안 머물렀던 방을 한 바퀴 둘러보았다. 집 안의 다른 곳과 마찬가지로 액자들이 걸려 있었다. 대체로 비행기와 폭격기, 그 옆에 모여 앉은 군인들을 찍은 사진이었다. 화산재를 내뿜는 상공을 가로지르는 폭격기는 진우가 이미 챙겨 넣었는지 제자리에 없었다.

"병든 사람 눈이 아니었어. 아주 멀쩡한 얼굴로 말했어. 죽이겠다고. 자길 가만 봐두지 않으면 다 죽이겠다고."

진우는 그렇게 말하더니 가방을 싸기 시작했다. 제대로 보지도 않고 이것저것 가방에 쑤셔 넣었다.

"그래? 그 노인네가 그랬어? 지금 그 말을 믿으라고?"

"그래! 그랬다고!"

진우가 버럭 소리를 질렀다.

"못 믿겠으면 네가 직접 가서 봐! 직접 죽이면 되겠네. 그때 네가 뭐라고 했어? 카메라 들이대면서 뭐? 유리 조각 대신 면도날을 쓰라고 했나? 병든 개는 재미없다며."

엉망으로 집어넣은 짐 때문에 트렁크가 잘 닫히지 않았다. 진우는 손톱이 하얗게 될 정도로 힘을 주어 트렁크를 꾹꾹 눌렀다.

"그러니까 네가 하라고. 그 끔찍한 노인네는 아주 건강하니까."

반야는 진우를 노려보다가 침대에 있던 베개를 낚아채듯 들고 돌턴 씨의 방까지 걸었다. 나무 계단을 내려가는 발소리가 쾅쾅 크게 울렸다. 그러나 막상 문 앞에 서자 망설여졌다. 죽이겠다니. 누가 누굴? 반야는 진우의 말을 곱씹었다. 우리를 죽이겠다고? 반야는 돌턴 씨의 방문 앞에 달린 단풍 모양의 장식품을 만지작거리다가 떼어내 주머니에 넣었다. 좋은 물건이 아닌데도 습관적으로 그렇게 했다. 장식품을 꼭 쥐자 마음이 조금 가라앉았다. 백 살 먹은 노인이야. 폭격기를 몰았던 시절은 칠십 년 전에 끝났다고. 반야는 심호흡을 하고 문고리를 돌렸다. 쇠로 만들어진 묵직한 손잡이가 철컥 돌아갔다.

방에는 아무도 없었다. 벽에는 크고 작은 액자가 여러 개 걸려 있었는데 의외로 평범한 풍경 사진들이었다. 고독한 아침 풍경. 반야는 방 안쪽으로 들어갔다. 침대맡에는 액자에 넣지 않은 낱장의 흑백사진이 있었다. 프로펠러가 멈춘 전투기의 날개 위에서 개 한 마리와 함께 낮잠을 자고 있는 공군 파일럿이었다. 반야는 습관처럼 사진을 훔쳐 방을 나왔다.

햇살 한 줌이 들어와 거실을 얌전하게 비추고 있었다. 집이 따듯해 보였다. 처음 도착했을 땐 상상조차 못했던 느낌이었다. 집은 생각보다 훨씬 외진 곳에 있었고 방에 라디에이터도 없어 가을인데도 뼈가 시릴 정도로 추웠다. 사진은 널려 있었지만 어떤 사진이 값어치 있는지 구분할 수도 없을뿐더러 한스와는 연락이 닿지 않았다. 반야는 그냥 돌아가자고 했지만 무엇 때문인지 진우가 집에 완전히 매료되어 반야를 설득했다.

"둘 다 죽이고 우리도 죽자."

진우는 끝도 없이 펼쳐진 옥수수 밭에서 죽으면 아무도 모를 것 같다며 웃었다. 전혀 웃기지 않았지만 야반도주나 암매장 같은 단어가 떠오르는 시커먼 옥수수 밭은 반야도 마음에 들었다.

"가야 돼."

진우가 트렁크를 들고 계단을 내려왔다. 반야는 계단 쪽으로 걸어가 진우가 내미는 카메라를 받았다.

"돌턴 씨가 총을 가졌어."

진우의 말에 반야가 인상을 썼다.

"뭘 가져?"

"내가 봤어. 자동소총 게베어 41. 독일군이 썼던 거야. 수집품이겠지만 혹시 모르잖아."

골동품 같은 총으로 뭘 하겠나, 반야는 그렇게 생각하면서도 진우의 말에 수긍하듯 고개를 끄덕였다.

"총이라니 소름 끼친다."

잠시 침묵이 흘렀다.

진우는 택시를 불러야 한다며 휴대폰을 꺼냈다. 반야는 카메라를 만지작거렸다. 아늑한 분위기와 달리 초조한 표정. 전원을 켜고 렌즈 캡을 열었다. 진우를 중심으로 구도를 잡아보려고 하는데, 현관문이 벌컥 열리면서 돌턴 씨가 들어왔다. 진우는 소스라치게 놀라며 반야의 손을 잡고 이층으로 뛰었다. 반야는 계단참 사이로 돌턴 씨의 모습을 얼핏 보았다. 외투를 벗고 낙엽을 툭툭 털어내는 돌턴 씨는 키가 아주 컸고 건장했다.

날이 어두워지면서 바람이 세게 불고 비가 올 것처럼 구름이 몰려왔다. 진우는 평소와 다르게, 여기서 나가야 한다며 적극적인 태도를 보였지만 뾰족한 수를 내진 못했다. 택시는 오지 않았다. 차를 빌리는 수밖에 없었는데 차를 빌리려면 차를 빌려주는 곳까지 타고 갈 차가 필요한 상황이었다.

"트럭이 있어."

반야가 방금 생각난 것처럼 말했다.

"트럭? 트럭이 어디 있는데?"

바닥에 앉아 있던 진우가 튕기듯이 일어났다.

"차고 안에. 빨간색 포드가 있어."

"열쇠는?"

"나야 모르지."

반야는 고개를 저었다.

"죽이면 되잖아. 뭐가 문제야?"

반야가 말했고 진우는 그런 반야를 어이없다는 표정으로 쳐다보았다.

"총이 있다니까. 총이 있는데 어떻게 죽이냐."

"너한테도 총이 있으면? 그럼 죽일 수 있겠어?"

진우가 허탈하게 고개를 저었다.

"제대로 숨도 못 쉬는 늙은이를 보내는 건 줄 알았지. 병든 개를 처리하는 것처럼 쉽게 생각했다고. 한스가 그렇게 말했으니까."

진우는 좁은 방을 빙빙 돌았다. 반야는 평소답지 않게 안절부절못하는 진우에게 짜증이 났다.

"좀 앉아. 그런다고 방법이 생겨?"

"차고에 가 봐야겠어."

진우가 말했다.

"침착해. 한스가 올 때까지 기다려보자."

"미쳤어? 한스가 오기도 전에 총 맞아 죽을 거야."

"그게 무서워? 하나도 안 무섭다며? 둘 다 죽이고 같이 죽자며?"

진우는 대답 대신 창밖을 살피더니 침대 옆에 놓여 있는 스탠드를 켰다. 반야는 피곤해졌다. 날이 어두워지면서 빗방울이 떨어졌다. 굵은 비와 함께 바람이 불기 시작하면서 낙엽이 박쥐 떼처럼 날아다녔다.

"들려? 노래를 틀었나 봐."

느릿한 남자 가수의 목소리가 이층까지 울려 퍼졌다. *And now, the end is now. And so I face the final curtain.* 「마이웨이」. 음악은 한 곡만 반복해서 흘러나왔다. 카페 사장이 즐겨 듣던 샹송과 비슷한 멜로디였다. 사장은 언제나 레코드판으로 음악을 들었다. 가끔 이유 없이 판이 튀어서 조마조마한 마음으로 턴테이블을 들여다봐야 했는데도 구하기 힘든 음반들을 사 모았다. 누구의 방인지도 모르는 곳에 누워 익숙한 음악을 듣고 있으니 카페에서 유리컵을 닦던 지난날이 아득하게 느껴졌다.

진우는 옥수수 밭만 내려다보고 있었다. 반야는 침대 귀퉁이에 앉아 있다가 그대로 드러누웠다. 익숙한 멜로디를 귓등으로 흘려보내며 창고에 있던 총을 떠올렸다. 거기에도 총알이 있을까. 만약 총이 발사된다면 그 순간에 놀라지 않을 수 있을까. 총알이 누군가의 가슴팍을 파고든다면. 살을 뚫고 피가 흐른다면. 그 누군가가 진우라면? 반야는 두서없이 떠오르는 생각을 집어치우고 눈을 감았다. 그러다 깜박 잠이 들었고 꿈속에서 미친 듯이 옥수수 밭을 뛰다가 숨이 차서 깨어났다. 시계를 보니 새벽 네시가 넘어가고 있었다. 총을 가진 사람이 있는데 잠을 자다니. 반야는 스스로를 한심하게 생각하며 침대에서 일어났다. 창밖을 보니 비처럼 떨어졌던 낙엽은 말끔하게 치워져 있었다. 진우는 보이지 않았다. 반야는 머리를 묶고 카메라를 챙겨 아래층으로 내려갔다.

거실은 갓 내린 커피 향으로 가득했다. 진우의 트렁크는 어디로 옮겨졌는지 없고 그 자리에 단풍 모양의 장식품이 떨어져 있었다. 어제 급하게 뛰다가 흘린 모양이었다. 반야는 장식품을 주머니에 넣고 거실로 갔다. 거실은 아직 해가 들지 않아 침침했다. 테이블에는 뜨거운 커피와 퀘이커 오트밀 상자가 놓여 있었다. 돌턴 씨는 거실 한가운데 서서 반야가 계단을 내려오는 걸 지켜보았다. 반야는 주머니에 있는 단풍 모양의 장식품을 꼭 쥐었다. 미친 듯이 긴장되지 않아서 다행이었다. 다만 궁금했다. 정말 총이 있을까.

"내 집엔 왜 온 거냐?"

돌턴 씨는 그렇게 묻더니 주방에서 우유를 들고 나왔다. 돌턴 씨의 목소리는 아주 컸다. 머리카락은 깔끔하게 빗질이 되어 있어 환자처럼 보이지도 않았다. 베이지색 슬리퍼에 진한 청바지, 손으로 뜬 촘촘한 니트를 입은 평범한 차림에 어깨에 총을 메고 있었다. 쉽게 죽진 않겠구나. 반야는 무의식적으로 카메라를 만지작거렸다.

"그 멍청이는 저 길로 뛰어나갔다. 두 시간 안에 돌아오겠지."

돌턴 씨는 고개를 절레절레하더니 소파 옆에 총을 세워두고 사기그릇처럼 생긴 단단한 그릇에 우유를 붓고 오트밀을 말아 먹었다.

"저도 한때 사진을 모았어요."

반야가 말했다.

"이렇게 많진 않아요. 유명한 사진도 없고요. 스티글리츠도 있던데 그걸 어떻게 구하셨어요?"

반야는 돌턴 씨의 눈치를 살피면서 입에서 나오는 대로 말했다.

"돈 주고 샀다! 너희 같은 놈들은 상상도 못하겠지만."

돌턴 씨는 되직한 오트밀만 떠먹었다. 오래 씹고 천천히 삼키는 느린 식사였다. 반야는 다음 말을 기다리다가 돌턴 씨가 오트밀을 흘리자 냅킨을 챙기러 주방으로 갔다. 돌턴 부인이 있을 땐 한 번도 들어가본 적 없는 곳이었다.

주방에도 빈틈없이 사진이 많았다. 창틀에는 미니 액자가 놓여 있고, 냉장고와 식기세척기에는 낱장의 사진이 과일 모양의 자석으로 고정되어 있었다. 돌턴 부인과 돌턴 씨, 여자아이만 있는 사진도 있고 남자아이만 있는 사진도 있었다. 반야는 남자아이 혼자 있는 사진으로 손을 뻗다가 실수로 식기건조대에 세워져 있던 접시를 떨어뜨렸다. 꽃문양이 그려진 원형 접시는 요란한 소리를 내며 박살났다.

"손대지 마!"

돌턴 씨가 큰 소리로 말하며 주방으로 달려왔다.

"내 물건 좀 가만 둬!"

다행히 총은 들고 오지 않았다.

"죄송해요."

반야는 깨진 접시 조각을 발로 그러모았고 돌턴 씨는 말없이 반야를 보았다. 깨진 도자 파편이 덜그럭대는 소리만 기괴할 정도로 크게 들렸다. 시간이 얼마나 지났을까. 누군가 열쇠로 문을 열고 들어오는 소리가 났다. 반야는 옥수수 밭을 뛰다 지친 진우가 왔을 거라고 생각했는데 좁은 통로 사이로 나타난 사람은 한스였다.

반야는 깨진 그릇을 치우다가 동작을 멈추고 한스를 쳐다봤다. 한스가 깜짝 놀랄 만큼 큰 소리를 냈기 때문이었다.

"나오세요! 죽을 시간이잖아요!"

쩌렁쩌렁한 목소리와 달리 눈은 풀려 있었다. 정신이 반쯤 나가 보였는데, 아니나 다를까 몸도 제대로 못 가눴다. 반야는 멍청하게 서 있었다. 한스가 탁자에 있던 오트밀 그릇과 커피 잔, 조그만 액자들을 발로 걷어차는 모습을 보면서도 뭘 어떻게 해야 할지 판단이 서지 않았다.

"이딴 걸 찍으려고 우릴 입양해? 이딴 걸 모아서 뭘 하겠다고!"

"그대로 둬! 네가 뭘 안다고 떠드는 거냐! 은혜도 모르는 놈!"

돌턴 씨가 거실로 나가 한스를 거칠게 잡았다. 한스는 비틀거리다가 돌턴 씨가 건드리지도 않았는데 뒤로 나자빠졌다. 약이 문제였다.

"은혜? 무슨 은혜? 거지 같은 나라에서 거지 같은 나라로 옮겨준 은혜?"

한스는 벌레처럼 버둥거렸다. 몸을 일으켜서 돌턴 씨에게 달려들고 싶어 했다. 그러나 돌턴 씨는 한스의 팔을 움켜쥐고 절대 놓아주지 않았다.

반야는 카메라를 잡았다. 셔터를 눌러야 했다. 몸을 움직여야 했다. 그런데 몸이 얼어버린 것처럼 꼼짝할 수 없었다. 그때 총성이 울렸다. 이층이었다. 깜짝 놀란 돌턴 씨가 반사적으로 총을 들었다. 한스는 돌턴 씨의 총을 빼앗으려고 필사적으로 달려들었다. 놀랍게도 돌턴 씨가 한스의 가슴에 총을 쐈다. 반야는 그대로 주저앉았다. 접시 조각이 발밑에서 으스러졌다. 돌턴 씨는 총을 들고 이층으로 올라갔다.

누가 또 총을 가졌을까. 진우일까. 날마다 그런 것만 보는 애니까 먼지가 쌓여 있어도 금방 알아봤겠지. 위쪽에서 쿵쿵 발소리가 났다. 발소리를 쫓아서 뛰는 다른 발소리도 들렸다. 귀가 멍했다. 조각난 접시의 날카로운 부분이 발바닥을 파고 든 것 같았다. 반야는 싱크대 앞에 주저앉아 주머니에 있는 모형 단풍잎을 손에 꼭 쥐었다.

한참 후에 반야는 앉은 채로 눈을 떴다. 눈앞에는 돌턴 씨가 있었다. 베이지색 슬리퍼에 낡은 청바지, 어깨에 기다란 총을 메고 있는 돌턴 씨는 노인처럼 보이지 않았다. 죽는 게 무서워 골골대는 노인이 아닌 표적을 정확하게 아는 공군 파일럿 같았다. 돌턴 씨가 반야의 어깨에 손을 올렸다. 반야의 어깨를 지그시 누르고 얼굴을 보고 앉았다. 돌턴 씨는 무표정한 얼굴로 반야의 팔목을 잡고 손가락을 하나씩 폈다. 그러고는 반야가 꼭 쥐고 있던 단풍 장식품을 가지고 갔다.

"내 물건에 손대지 마."

돌턴 씨가 한 말은 그게 다였다.

여름새
(중편)

1

2022년 여름, 울란바토르 인근에 혜성이 충돌한 뒤에 지구에 변화가 일어났다. 충돌하는 순간 갑자기 변했는지, 대기에 생성된 먼지처럼 차츰차츰 변화가 진행되었는지는 알 수 없었다. 내로라하는 과학자들이 머리를 맞대고 연구를 거듭했지만, 정확히 언제 어떤 이유로 일부 멸종된 생물이, 그것도 조류를 중심으로 다시 나타나게 되었는지, 거기에 어떤 규칙성이 있는지 시원한 답을 내놓지 못했다. 그들이 아는 것은 한 가지, 혜성의 충돌로 인해 변화가 일어났다는 사실이었다.

"지름 2킬로미터의 혜성이 테를지 국립공원에 충돌한 뒤에 지각에 일부 변화가 있었습니다."

이 사건은 1908년 중앙시베리아에서 일어났던 퉁구스카 사건(Tunguska Event)과 자주 비교되었다. 지진이 일어난 것처럼 멀리까지 충격파가 전달된 것과 숲에 있던 나무가 심하게 훼손된 상태가 비슷했기 때문이다. 위키 백과에 나온 것처럼 하늘이 붉게 물든다거나 지표에 서식하고 있는 생물이 대거 멸종하는 일은 발생하지 않았지만 공기 중에 자욱한 연기가 짙게 깔렸다. 때문에 사람들은 바이러스가 유행했을 때처럼 마스크를 쓰고 다녀야 했고 자동차와 전자 기기들이 이유 없이 말썽을 부려 불편을 겪기도 했다.

한국에서는 연기의 정체를 두고 미세먼지인지 혜성 충돌로 인한 고체 티끌 입자인지 의견이 분분했다. 충돌 직후에는 치솟는 불덩이와 거대한 버섯구름 때문에 북한을 의심하는 여론도 있었지만, 한국표준과학연구원은 감마선의 방출과 방사능 낙진이 없다는 점을 빠르게 간파했다. 다행히 지하에 굴을 파고 들어가는 사람은 없었다. 해수의 온도가 끓는점까지 상승한다거나 지구의 대기가 재로 덮여 '핵겨울' 상태로 진입하거나 하는 위험한 상황도 일어나지 않았다. 대신 다른 성격의 기이한 일이 일어났다. 멸종된 생명체의 출현. 다신 볼 수 없다고 믿었던 멸종된 생물이 나타나기 시작한 것이다. 일부 지역에서 시작된 멸종 생물의 부활은 그 사례가 점차 많아졌고, 개체 수가 급격히 증가한 것은 아니지만 밀렵꾼들이 거래할 수 있는 충분한 숫자였다. 퉁구스카에 떨어진 거대한 불덩이가 생명을 죽이는 쪽으로 숲을 변화시켰다면, '여름'이라는 이름의 혜성은 인간이 꺼트린 생명의 불씨를 과거로부터 불러들인 셈이다.

도대체 어떻게?

그건 알 수 없다. 과학자들이 알아낸 것은 복원된 환경의 대략적인 시기가 1900년 초라는 것과 사람의 발길이 닿지 않은 숲이나 늪지 같은 곳을 중심으로 변화가 일어났다는 것이었다. 처음 일 년 동안은 대대적인 조사가 이루어졌다. 유전학자, 생태학자, 생물지리학자, 지질학자와 분류학자들이 자발적으로 팀을 구성하여 앞다투어 오지를 들쑤시고 돌아다녔다. 그 결과, 인류는 다양한 종을 되찾았다. 모리셔스 섬의 도도새까지는 아니지만 적어도 황조롱이는 다시 볼 수 있게 되었다. 되찾았던 모든 종을 과거와 같은 방식으로 잃어버리고 있다는 게 문제였지만.

멸종되었던 조류의 부활은 화제가 되었다. 물론 가장 큰 관심은 혜성 충돌 후 잦은 말썽을 부리는 자동차와 전자 기기 그리고 그와 관련된 주식이었지만, 조류의 부활 역시 기대하지 못한 방식으로 사람들의 이목을 끌었다. 기회를 잡아 돈을 벌려는 사람이 적지 않았고 실제로 새를 포획해 팔면 돈이 되었기 때문이다. 밀렵꾼들은 점점 과감해졌고, 새를 수집하는 사람도 늘어났다. 그럴수록 새의 가치는 올랐다.

휘영이 사막으로 간 것은 새에 관심이 있어서가 아니었다. 새를 보호하고 싶은 마음도, 보고 싶은 마음도 없었다. 단지 수완을 찾고 싶었을 뿐이다. 다른 사람이 되기 위해서는 정리가 필요했다. 그것은 휘영이 막연하게 생각해왔지만 반드시 지나야 하는 과정의 일부였다.

사람은 태어날 때 갖고 있던 모든 것을 끝까지 지니고 살지 않는다. 변화는 늘 있다. 혜성이 충돌하여 세상이 변한 것처럼. 이전과 다른 사람, 새로운 사람이 되기 위해서 휘영은 누군가와 이야기할 필요가 있다고 느꼈고 만약 누군가와 이야기할 수 있다면, 그래서 뭔가를 매듭지을 수 있다면, 그 사람은 다름 아닌 수완이었다. 보호시설의 상담 선생이나 예고 없이 찾아오는 문학의 아내가 아니라. 삶은 때때로 알 수 없는 방향으로 흘러서 계획하거나 믿어왔던 것들로부터 멀어지곤 한다. 그런 일은 누구에게나 일어나고, 어떤 면에서는 항상 일어난다.

2

15번 도로를 달리는 휘영의 마음은 이러했다. 될 대로 되라지. 물은 이미 엎질러졌어. 그런데도 불안한 마음은 가시지 않았고 그러기는커녕 빅터빌에서 멀어질수록 긴장이 고조되었다. 어휴. 괜찮아. 휘영은 창밖으로 스치는 마른 벌판을 보며 그렇게 생각하려고 애썼다. 떨리는 건 당연했다. 아서가 운전하는 차를 타고 있었으니까. 혼자 있을 때도 아서를 생각하면 마음이 초조했고, 대체로 그런 기분을 즐기려고 했지만 가끔씩 죄책감이 들었다. 지금처럼 아서와 단둘이 있거나 아서가 누구를 위한 것인지 모를 꽃다발 같은 걸 들고 왔을 때.

아서는 수완의 애인이었다. 수완은 한때 휘영을 좋아했지만 지금은 아니라고 분명한 선을 그었기 때문에 세 사람 사이에는 일정한 거리가 있었다. 휘영은 그 사실을 강하게 인식하면서도 아서에게 끌렸다. 특히 아서가 제왕딱따구리나 안경원숭이, 수마트라 코뿔소 같은 멸종 위기 동물의 개체수를 걱정하며 근심 어린 표정을 짓는 걸 좋아했다. 아서는 몇 만 년을 진화한 생명이 거대한 재앙에 무참하게 쓸려 죽은 사례나 브라질 숲에서 본 희귀한 곤충에 대해 자주 이야기했다. 수완은 아서가 그런 얘기를 할 때마다 당장 돈이 되거나, 적어도 미래에는 돈이 될 수 있는 걸 고민하라며 눈을 위로 치뜨는 바보 같은 표정을 지었다.

수완은 아서가 하는 일을 전혀 생산적이지 못한 걸로 치부했다(아서는 멸종된 생명체의 흔적을 찾아 종을 분류했다). 실제로 놀고먹는 사람은 모델 일을 쉬고 있는 휘영이었지만 비난의 대상은 늘 아서였다. 그때마다 아서는 현존하는 종의 또 다른 부류를 찾는 건 인간의 중요한 임무이고, 과거에 존재했던 생물이 사멸한 이유에 대해 생각해볼 필요가 있다고 주장했다. 그러면 수완은 아서의 말을 끊고 물었다.

"누가 그래? 종을 분류하는 게 인간의 임무라고?"

알려지지 않은 새로운 종을 찾아 짧게는 몇 주씩, 길게는 몇 달씩 숲에 들어가 지내는 아서를 수완은 이해하지 못했다. 그래도 아서는 분류학자가 될 것이었고 수완은 그런 아서를 인정하거나 떠나보내거나 둘 중 하나를 택해야 했다. 어려운 문제처럼 보였지만 꼭 그렇지도 않았다. 하루 열 시간씩 샌드위치를 만들다보면 사는 것도 별것 아니라고 느껴진다는 수완에게 어려운 일은 없었다. 다만 수완이 아서를 떠나기로 마음먹은 시기에 뜻밖의 성과가 있었다. 아서가 발견한 한 화석—해마 정도의 몸 크기를 가진 선충류—이 학술적으로 의미가 있어 네바다에 있는 오스틴 연구소에서 초청을 받은 것이었다. 아서와 아서의 가족은 그 일을 축하하기 위해 작은 파티를 열었다. 그게 그렇게 기쁠 일이야? 그냥 오래된 벌레 찌꺼기잖아. 수완은 제빵용 스패튤러로 아몬드를 으깨면서 고개를 흔들었지만 아서와 헤어지는 일은 보류했다. 휘영은 수완에게 왜 마음을 바꾸었는지 묻지 않았다. 대신 수완의 부탁으로 수완을 대신하여 견과류 쉬폰케이크를 들고 파티에 다녀왔다. 여름이었고, 휘영이 빅터빌에 온 지 한 달이 되어가던 때였다.

"네가 가도 좋아할 거야. 누가 누군지, 얼굴이나 구분하면 다행이지."

수완은 볼 것도 없는 오스틴에 다녀오느라 아까운 휴가를 다 썼다며 파티는 제발 빼달라고 했다. 아서의 부모님이 손수 적어 보낸 초대장을 뜯지도 않고 쓰레기통에 던지며 덧붙였다.

"아서는 쓰레기장에 버려졌던 애야. 너도 이미 알겠지만."

휘영은 아서가 입양된 건 알았지만 쓰레기장에 버려졌었다는 사실은 몰랐고, 수완이 자신에게 왜 그런 얘길 하는지는 더더욱 알 수 없었다.

휘영이 많은 사람이 모인 장소에 간 것은 오랜만이었다. 열여덟, 문학을 가위로 찌른 뒤에 경찰서와 소년원, 법원과 병원, 면담과 상담으로 일 년을 보낸 뒤로 처음이었다. 한국에서는 아는 사람을 만나는 게 싫어서 그랬고 미국에 와서는 아는 사람이 없으니 자연스럽게 그렇게 됐다. 휘영은 그날 파티에서 오랜만에 사람들이 웃고 떠드는 모습을 구경했다. 세계 각지에서 온 사람들. 그들은 태어난 곳을 떠나 낯선 장소에 발을 들이기 위하여 새로운 말과 몸짓을 연습 중이었다. 어떤 의미에서는 휘영도 그런 사람 중 하나였지만 그들만큼 적극적이지는 않았다. 그럴 마음이 있다면 빈 물잔이라도 들고 슈하스코 꼬치가 놓인 테이블 주변을 기웃거려야 마땅했지만 아무도 없는 집 안을 어슬렁거릴 뿐이었다. 그게 마음이 편했고 거실에 있는 사진을 구경하는 것이 더 흥미로웠다.

"새 좋아하는구나?"

그러다가 맥주를 가지러 들어온 아서와 마주쳤다. 휘영이 식탁 옆에 걸려 있던 푸른 깃털의 새 사진을 보고 있을 때였다. 아서는 들고 있던 캔 맥주 더미를 식탁에 아무렇게나 던져놓더니 거실로 달려가 책 한 권을 가지고 왔다. 멸종된 새의 모습을 기록한 도감이었다. 아서는 부엌 바닥에 무릎을 굽히고 앉더니 휘영이 잘 볼 수 있도록 책장을 천천히 넘기면서 사진 속의 새들이 언제, 어떤 식으로 멸종되었는지 들려주었다.

"브라질에 서식했던 유리금강앵무야. 야생에서는 1990년대 중반에 멸종됐지."

모아새와 도도새, 큰바다쇠오리에 이르기까지, 대부분 포획과 살상에 의한 멸종이었다. 아서는 느리면서도 진지한 말투로 해마다 줄어드는 숲에 관해서 이야기했다. 에콰도르나 스리랑카의 숲이 파괴되는 과정을 분석하면 어떤 종이 사라질지 예상할 수 있지만 막을 도리는 없다고. 수백만 종의 생물이 멸종해갈 때 인간이 할 수 있는 건 자연의 선택을 지켜보는 것뿐이라고. 우연의 개입. 뜻밖의 경험. 그런 얘기들이었다. 더운 날이었고 아서의 집은 서늘했지만 휘영은 겨드랑이에 땀이 찼다. 반듯하게 다려 입고 온 아이보리색 원피스는 구겨질 대로 구겨졌고 마 소재의 얇은 재킷은 땀으로 축축해졌다.

"나가봐야겠다."

아서가 말하자 뒤뜰에서 들려오던 라틴풍 음악이 갑자기 크게 들렸다. 뜰에서는 아직 파티가 한창이었고 사람들은 취한 것처럼 큰 소리로 이야기를 주고받고 있었다. 시끌벅적한 분위기. 그 애가 이걸 직접 만들었대? 그렇게 들었어. 혜성이 충돌했다는 나라에서 왔다지? 거기가 북한이었나? 남한이겠지. 휘영의 귀에 그런 대화가 들렸다. 그리고 잠시 뒤 누군가 아서의 이름을 불렀다. 아서는 아무렇게나 던져두었던 맥주를 주섬주섬 챙겨 해가 저물어가는 뒤뜰로 나갔다. 날씨는 더웠지만 저녁 무렵의 대기는 타오르던 낮의 열기와 달리 포근하고 따뜻한 느낌이었다. 아서는 나가기 전에 휘영을 돌아보았다. 어둑한 거실에 드리워진 고즈넉한 석양빛 속에서 아서의 눈은 신비롭게 빛났다. 하늘빛이 감도는 파란 눈. 열대 앵무의 깃털과 같은 색이었다. 태어나자마자 쓰레기장에 버려진 아서는 두 살 때 미국의 분류학자 부부에게 입양되었지만 뿌리에 대해서는 아는 바가 없다고 했다. 휘영은 부엌에 혼자 남아 방금 보았던 도감을 처음부터 다시 넘겨보았다. 조금 뒤 아서가 돌아왔고, 아서는 망설임 없이 휘영의 눈길이 머물러 있는 새의 사진, 도감의 일부를 찢어 휘영에게 주었다. 휘영은 놀란 표정으로 아서를 바라보면서도 사진을 고이 접어 주머니에 넣었다. 두 사람은 어두운 부엌 바닥에서 조심스럽게 입을 맞추고 이층 방으로 올라갔다. 아서와 얘기를 나눈 것이 그날이 처음은 아니지만 가까워졌다는 느낌이 든 것은 처음이었다. 휘영은 그날 미뤄두었던 결정을 내렸다. 여기에 남는다. 새롭게 시작한다.

오랜만에 한국으로 전화를 걸었다. 엄마는 휘영의 결정이 놀랍지 않다는 듯, 앞으로는 네가 돈을 벌어서 써야겠네, 라고만 했다. 원한다면 뉴욕에 있는 친구한테 일자리를 물어봐주겠다며, 리가 너 써준대, 라고 말했다. 휘영은 생각해보겠다고 대답했지만 누가 봐도 이상한 옷을 입고 다니면서 말끝마다 스타일을 따지고, 지저분한 프랑스 남자한테 푹 빠진 리의 밑에서 일을 할 생각은 없었다. 나한테 이상한 옷만 입힐 거야. 휘영이 말했고 엄마는 조금 웃었다. 걔도 나이 들어서 안 그래. 엄마는 그렇게 말하고 전화를 끊으려다가 불쑥 문학의 소식을 전했다.

—아직 살아 있어. 생은 참 끈질긴 거야, 그치?

휘영은 그 물음에 대답하지 않고 먼저 전화를 끊었다.

생명은 끈질기다. 문학이 아직도 숨을 쉬어. 어떠한 고통에도 반응하지 않고 아무런 의식도 없지만 살아 있다. 휘영은 자신이 휘두른 가위에 맞고 비틀거리며 걷던 문학 선생의 뒷모습을 떠올렸다. 쌀쌀한 계절에 외투 하나 걸치지 않은 왜소한 몸. 가위가 심장을 푹 파고든 것도 아니었는데 겁쟁이처럼 허겁지겁 도망치다가 달려오던 차에 치인 불운한 사람. 그때 살아남은 문학은 삼 년째 침대에 누워 있었다. 문학을 차로 친 외국 남자는 어딘가 갇혔다고 들었다. 어디에 갇혔을까. 감옥도 아니고 병원도 아니지만 갇혀 있다면 어디나 마찬 가지가 아닐까, 휘영은 생각했다.

3

　도시가 멀어지면서 사방은 뻥 뚫린 평지뿐이었고 마을은 드문드문 불규칙적으로 나타났다가 금세 사라졌다. 커다란 광고판 수도 점점 줄어들어 결국 시야에 남은 것은 자연이었 다. 돌, 나무, 하늘. 휘영은 눈길을 돌리지 않으려고 노력하면 서 며칠 전 아서가 이 여행을 제안했던 장면을 떠올렸다.

　"다음 주에 오스틴에 가는 거 어때?"

　아서는 수완이 만든 샌드위치를 먹으면서 여행 얘길 꺼냈 다.

　"거기 가면 뭐가 있는데?"

　수완이 샌드위치 속에 넣은 양상추의 상태를 살펴보면서 삐딱하게 되물었다.

　"트리버즈 씨가 있지. 풍경도 좋고. 오스틴 한가운데잖아."

　"난 오스틴이란 말만 들어도 짜증나는데?"

　수완이 말했다.

　"왜?"

　휘영이 물었다.

"거기, 진짜 더러워."

수완이 불쑥 한국말로 대답했다.

"덥다고?"

휘영도 한국말로 물었다.

"더러워. 더럽다고. 쓰레기도 많고 위험해. 종을 분류하는 사람들이나 좋아하겠지."

수완이 아서를 쳐다보았다.

"무슨 얘기야?" 아서가 물었다.

"오스틴 살인 사건 얘기지. 그 얘기밖에 더 있어?" 수완이 대답했다.

"과장하지 마."

"과장? 사람이 죽었는데 과장이라고? 그 집에서 여자 머리 통이 나왔잖아!"

"머리통이 아니라 머리카락이지. 샘하고는 관련이 없는 일이고."

두 사람 사이에 정적이 흘렀다. 휘영은 팽팽해진 두 사람의 대화에 끼지 못했다. 대신 혼자서 엉뚱한 생각을 했다. 수완이 아서에게 문학 얘기를 했을지도 모른다는 생각. 한국에서 고등학교를 다닐 때 죽이고 싶은 선생이 하나 있었다고 말했을까. 자기는 그 일을 못했지만 어떤 친구는 가위로 그 선생의 허리를 푹 찔렀다고. 죽이지는 못했어도 평생을 침대에서 살도록 만들었다고. 그땐 휘영을 좋아했다는 얘기도 했을까?

그것 때문에 문학이 더 집요하게 수완을 괴롭혔다는 말은? 미친 사람처럼 무섭게 쫓아다녀서 학교를 그만두었다는 말은? 아마 안 했을 것이다. 그 애길 하려면 문학한테 받은 돈에 대해서도 말해야 할 테니까. 하나의 기억을 끄집어내면 얼마나 많은 기억이 덜컹거리는지. 그 기억들은 또 얼마나 선명한지. 기억은 바람처럼 저절로 사라지는 법이 없었다. 돌아오고 또 돌아왔다. 학교에 가위를 가져갔던 그날처럼.

삼 년 전, 휘영은 재단용 깅어 가위를 가방에 넣어 갔다. 재봉이나 바느질을 위해서가 아니라 문학의 목을 찌르려고. 당신은 선생이 될 수 없다는 사실을 일깨워주려고. 당신은 선생이 아니야. 그 말을 하려고 문학의 차에 탔다. 바람이 차가운 가을이었다. 문학은 종종 집까지 데려다주겠다는 명목으로 마음에 드는 학생을 차에 태웠다. 곧장 집으로 데려다준 학생도 있고 그렇지 않은 학생도 있었다. 휘영을 태운 날은 집으로 가지 않고 문 닫힌 공원 옆에 차를 세웠다. 사람은 없고 이따금 차들이 빠르게 지나가는 외진 곳이었다. 문학은 자연스럽게 휘영의 어깨에 손을 올렸다. 이리 가까이 와볼래? 요즘 뭐 어려운 건 없고? 어쩌면 문학은 친절한 선생일 수도 있었다. 전학 왔다고 했지? 힘들어하는 전학생들 많이 봤어. 고민 같은 게 있으면 나한테 얘기해도 돼. 어깨를 만지작거리긴 하지만 전학생을 배려하고 학생들을 생각하는. 그럼에도 휘영은 문학의 손이 자신의 얼굴을 감싸는 순간 분노에 가까운 감정에 휩싸여 가위를 꺼냈다. 가방의 앞쪽에 넣어두어서 쉽게 꺼낼 수 있었다. 그게 뭐야? 문학은 웃었다. 너 좀 특이하다며. 애들이 그러던데. 전 학교에서도 친구가 별로 없었니? 문학은 다정하게 말을 걸면서 가위를 쥐고 있는 휘영의 손을 잡았다. 휘영은 가위를 쥔 손에 힘이 들어가는 것은 분명하게 느꼈지만 그다음 어떤 감정을 느꼈는지 기억나지 않았다.

수완은 빈 접시를 정리해 주방으로 가져가더니 갑자기 설거지를 시작했다. 물을 엄청나게 세게 틀어놓은 데다가 그릇들을 조심성 없이 다루는 바람에 소리가 시끄러웠다. 휘영은 뜬금없는 수완의 행동을 어떻게 해석해야 할지 몰라 어깨를 으쓱했다. 그랬더니 아서도 그 행동을 똑같이 따라 하고는 입모양만 움직여 말을 건넸다.

우리 새를 보러 가자.

새?

스픽스유리금강앵무. 그 새가 오스틴에 있어.

휘영은 도감에서 보았던 파랑 깃털을 가진 새를 떠올렸다. 1997년에 멸종이 공표된 앵무새. 유럽에서 정글 탐험을 온 스픽스라는 사람이 발견하여 이름을 부여받은 새. 아름다운 깃털로 사람들의 마음을 단숨에 사로잡은 새는 스픽스 박사에게 잡힌 후로 팔십사 년 동안이나 야생에서 발견되지 않았다. 원래 가지고 있던 희귀함 때문에 점점 더 희귀해지다가 마침내 사라지고 만 것이었다. 그런데 그 새가 혜성이 충돌하면서 다시 나타나기 시작한 것이다. 사람들은 새의 희귀함에 가치를 부여했고, 희귀한 여름새라고 부르며 찾아다녔다. 멸종되었던 새가 다시 나타난 것은 절호의 기회였다. 다만 그들에게 중요한 것은 새를 잡는 일이었지, 새를 지키는 일이 아니었다.

휘영이 아무런 반응이 없자, 아서는 긴 팔을 허공에 대고 흔들었다. 새가 나는 모습, 자유? 그런 걸 설명하는 것 같았다. 휘영은 아서의 눈을 빤히 보았고 충동적으로 손을 뻗어 얼굴을 끌어당겼다. 그렇게 하면 아서의 눈을 가까이서 볼 수 있었다. 진지함이 깃든 파란 눈. 아름답지만 번식에 실패한 연약한 종이 떠오르는 슬픈 눈이었다.

지금은 아서의 눈을 보면 머리가 아프고 속이 울렁거렸다. 차를 오래 타서 그런 것이겠지만, 수완이 그 장면을 보았다는 착각 때문인지도 몰랐다. 그럴 것까진 없는데.

"안 졸려? 슬슬 배고프다."

아서가 속도를 낮추면서 물었다.

"난 별로. 속이 안 좋아."

휘영은 그렇게 말한 뒤에 가방에서 사과 한 알과 바나나 두 개를 꺼냈다.

"오. 이런 것까지 준비해 올지는 몰랐는데."

아서는 사과를 한 알 먹었고 휘영은 바나나를 집어 들었다가 도로 가방에 넣었다. 너무 익은 바나나 냄새 때문에 두통이 심해지는 것 같았다. 휘영이 창문을 열자 아서는 에어컨을 끄고 속도를 줄였다. 순식간에 덥고 건조한 공기가 차 안을 가득 메웠다. 두 사람은 얼마간 창문을 연 상태로 달렸다. 사막까지 갈 것도 없이 여기 어디에 차를 세워두고 야영이나 했으면. 휘영은 버펄로나 사슴 같은 초식 동물이 나타나곤 하는 평원을 보며 그런 생각을 했다. 그러려면 침낭이나 텐트, 그런 것들이 필요하겠지. 없으면 또 어때. 사실 이런 생각은 아서의 집, 아서와 얘기를 나누었던 미색 타일이 깔려 있던 부엌에서부터 해왔다. 그 감상적인 순간이 불러일으킨 또 다른 공간에 대한 환상. 키나무가 빼곡한 신비로운 숲. 동물의 냄새와 물에 젖은 흙냄새가 상쾌하게 맡아지는 곳. 아서가 브라질에서 들었다는 새 울음소리와 풀잎이 몸을 비벼대는 은밀하고 컴컴한 숲이 보고 싶었다. 고요한 어둠과 그것이 전부인 밤. 그때 휘영의 귀에 뭔가 튕겨져 나가는 듯한 쇳소리가 들렸다. 팅팅. 불길함을 자아내는 소리였다.

"들었어?"

휘영이 물었다.

"뭘?"

"방금 소리가 났어. 차에서 나는 소리인 것 같았는데."

아서는 귀를 기울였지만, 아무것도 듣지 못한 것 같았다.

"그 사람도 종을 연구해? 트리버즈 씨?"

휘영이 물었다. 아서는 웃으면서 아니라고 대답했다.

"그 사람은 화가야. 벽이랑 바닥을 팔레트 삼아 그림을 그리지."

그 말을 듣자 수완의 불쾌한 표정이 떠올랐다.

아서가 돌아가고, 수완은 샘 트리버즈에 대해 말했다. 별 애긴 없었다. 연구소에 가는 길에 인사차 들렀다는 것과 사막 한가운데 있는 허름한 레스토랑에 갔다가 매우 불친절한 서비스를 받았다는 것, 샘은 아니라고 하지만 시체와 무슨 관련이 있을 거라는 얘기였다.

"아주 위험한 사람이야. 속을 알 수 없지. 안 그런 척하지만 우릴 이용한다고. 예술은 무슨."

수완은 트리버즈 씨가 그림을 보여주는 동안 담배를 세 대쯤 피웠다고 했다. 침 뱉는 건 참았지만 꽁초는 창틀에 몰래 버렸다고. 수완은 그가 얼마나 위선적인지, 대단한 척 굴지만 나이 든 게이일 뿐이고, 식물과 동물은 구분 없이 소중하게 생각하면서 사람은 피부색으로 구분 짓는다고 비웃었다. "난 그게 싫은 거고." 수완은 피곤한 표정으로 눈을 감았다가 번쩍 뜨더니 주방으로 가서 샐러드 볼과 거품기를 가져왔다. 그러고는 거품기를 빈 샐러드 볼에 대고 마구 저었다.

"그렇게 싫으면 왜 따라갔어?"

휘영이 물었다. 그 물음에 수완은 잠깐 휘젓기를 멈추더니, 시체를 볼진 몰랐지, 라고 말한 뒤 다시 거품기를 돌렸다. 휘영은 그 행동을 이해할 수 없었지만, 뭐든 휘젓고 나면 기분이 나아진다는 말은 무슨 뜻인지 알 것 같았다.

수완과 달리 아서는 샘 트리버즈를 좋아했다.

"멋지지 않아? 정글에서는 옷을 다 벗고 몸에다 물감을 섞어서 썼어."

아서는 그런 엉뚱한 행동이 개성 있는 예술을 탄생시키는 거 아니겠냐고, 트리버즈 씨의 그림에 섬뜩한 면이 있는 건 사실이지만 수완이 말하는 정도는 아니라고 변명했다. 죽은 동물, 썩은 벌레, 굳은 피. 그런 것들은 재료일 뿐, 집이 지저분하고 사방에 모래가 널린 것도 트리버즈 씨의 작업 방식 때문이지 타고난 습성이 그런 것은 아니라고.

"그날 수완이 본 건…… 그러니까 그 머리카락은……"

"차 좀 세워줘."

휘영은 참아보려고 했는데 결국 차를 세워달라고 말했다.

"나 토할 것 같아."

살해된 동양 여자의 잘린 머리에 대해 다시 듣고 싶지 않았다. 트리버즈 씨가 재료로 사용하려고 하던 모래에서 굵고 까만 머리카락 뭉텅이가 나왔고 그것 때문에 경찰이 오고 조사가 시작되고 사건이 일어난 경위를 처음부터 파헤쳤다는 얘기는 멀미를 불러일으켰다. 큰 이유도 아니었을 거야. 그냥 집에 총이 있었겠지. 총만 있으면 만사 오케이라고 생각하는 멍청한 놈들이 많으니까. 수완이 거품기를 휘저으며 말했을 때 휘영은 불쑥 엄마의 말이 떠올랐다.

"사람은 누구나 죽어. 끝까지 안 죽는 게 더 무섭지."

사람은 누구나 죽는다. 언젠간 죽어. 그 동양 여자는 어쩌다 죽게 되었을까. 정말 살해되었을까. 휘영은 이름 모를 여자의 죽음을 생각하면서 자신이 줄곧 어떤 소식을 기다려왔다는 사실을 깨달았다. 그러나 아직은 아니었다. 문학은 살아 있다. 휘영은 수완 역시 그 소식을 기다리고 있는 건 아닐까 궁금해졌다. 그러나 아서와 그런 식의 대화를 할 수는 없었다. 아서는 끈질기게 침대에 누워 있는 문학의 존재를 몰랐으니까. 일주일에 두 번, 문학이 교실에서 어떤 말을 했고 교실 밖에서는 무슨 짓을 했는지 아서는 이해할 수 없었다. 아서는 한국말을 모르니까. 휘영이 8인치짜리 깅어 가위로 도려내려던 것이 무엇이었는지, 영원히 알 수 없을 것이다.

*

아서는 급히 차를 세웠다. 뻥 뚫린 도로 옆에 오래된 주유소를 끼고 있는 'WHISK'라는 이름의 식당이었다. 초록 간판에 초록 지붕의 낡고 오래된, 거의 한 세기 전부터 같은 모습으로 있었을 것 같은 구닥다리 가게였다. 바깥쪽으로 보이는 간판에는 알파벳이 제대로 붙어 있지도 않아서 휘영은 횟스? 윗스? 하며 단어의 뜻을 추측해야 했다. 아서는 내리자마자 폭스바겐 비틀의 보닛을 열고 자동차를 확인했다. 아서도 그 소릴 들은 모양이었다.

휘영은 식당 안으로 뛰어 들어갔다. 손님은 없었다. 가게 안은 바깥보다 시원했지만 환기되지 않은 퀴퀴한 공기 때문에 끈적거리는 느낌이었다. 두 칸짜리 화장실에서 속을 게워 내고 나왔을 때도 마찬가지였다. 휘영은 출입문 가까이 앉았다. 원색적인 빛을 쉴 새 없이 쏟아내는 슬롯머신 옆에 있는 사각 테이블이었다. 슬롯머신은 미친 듯이 반짝였다. 테이블 위에는 가장자리가 너덜너덜한 종이 메뉴판이 놓여 있었다. 팬케이크 커피세트 9불. 휘영이 메뉴판을 넘겨보는데 어디선가 말소리가 들려왔다.

조니는 몇 시에 오는데?

주방 안쪽이었다.

그걸 내가 어떻게 알아? 조니가 오고 싶을 때 오겠지.

그렇게 관심이 없으면 어쩌겠다는 거야?

내가 왜 조니한테 관심을 가져야 하는데?

왜냐니. 지금 그걸 질문이라고 해?

대충 그런 내용이었다. 싸우는 것 같기도 하고 아닌 것 같기도 한, 묘하게 팽팽한 대화. 맥락을 알 수 없는 대화를 들으며 휘영은 창밖으로 고갤 돌렸다. 땡볕에서 끙끙대는 아서에게 도움이 필요하겠다는 생각만 막연하게 들었다.

그때 차 한 대가 거칠게 식당의 주차장으로 들어왔다. 창문을 끝까지 열고 음악을 쩌렁쩌렁 울리는 파란색 스바루였다. 스바루는 주차선을 철저하게 무시하는 방식으로 차를 세웠다. 휘영은 차에서 내린 커플이 티격태격하며 식당으로 들어오는 것을 지켜보았다. 그들은 요란하게 문을 열고 들어오더니 미니바 앞에 있는 빈 스툴에 나란히 앉았다.

"그 얘긴 그만하기로 했잖아."

앉자마자 다그치듯 말을 꺼낸 쪽은 남자였다.

"새 얘긴 아직 안 했잖아."

여자가 느긋한 목소리로 대답했다.

"새? 무슨 새?"

남자는 화가 난 듯 보였다.

"새, 자기야. 우리가 그 새를 잡았잖아. 그것 때문에 이렇게 쫓기는 거고. 경찰이 오면 그 사건에 대해서도 다시 물을 게 뻔해."

여자가 타이르듯 말했다.

"그건 새가 아니야. 다시 말하지만 우리는 새를 보지도 못했어."

남자가 화를 억누르듯 목소리를 눌렀다.

"그래도 자기야, 인정해야 돼. 일어난 일이잖아. 우리가 새 때문에 그 여자를……"

"멜!"

남자는 쾅! 소리가 날 정도로 세게 바를 내리쳤다.

솔직히 휘영은 두 사람의 대화를 똑바로 알아듣지 못했다. 두 사람이 멀리 있었기 때문에 가까이 가지 않고서 정확한 대화 내용을 알기란 어려웠다. 그런데도 휘영은 그들의 대화가 그런 식으로 흘렀다고 생각했고 자신도 그와 비슷한 대화를 했던 사실을 기억해냈다. 휘영은 사고를 모른다고 말하는 쪽이었지만 남자보다 몇 배는 침착했고 탁! 소리를 내며 물건을 집어 던진 사람은 맞은편에 있던 문학의 아내였다.

사고가 있었잖니.

문학의 아내는 여러 차례 휘영을 찾아왔다. 휘영은 대부분 그녀를 무시했지만 딱 한 번, 여자를 따라 카페에 간 적이 있다. 짧은 머리카락이 노랑 고무줄에 꽉 묶여 있는 작은 머리통을 따라 종로에 있는 이층 카페로 들어갔던 기억이 났다. 문학의 아내는 주문한 음료가 나오기도 전에 테이블에 서류를 늘어놓더니 읽어보라고 말했다.

저는 모르는 일이에요.

문학의 아내가 휘영을 노려보았다. 휘영은 그녀가 무례하다고 생각했지만 최선을 다해 화를 참으면 그런 행동이 나올 수도 있다고 이해했다.

단순한 사고가 아니잖아. 네가 내 남편을 칼로 찌른 다음에 차가 달려왔어. 그런데 사고라고? 끝까지 거짓말을 하는 이유가 뭐야? 너희들이 다 같이 내 남편을 모함하는 이유가 뭐야!

목소리가 점점 커졌던가.

네가 당한 것도 아니잖아. 너 평소에 가방에 칼을 가지고 다녔다며. 계획적이었지? 외국 남자를 끌어들인 사람도 너잖아, 그렇잖아?

문학의 아내는 휘영을 노려보다가 울음을 터뜨렸고 휘영은 울음이 그치길 기다렸다가 입을 열었다.

칼이 아녜요.

문학의 아내가 눈을 크게 뜨고서 휘영의 팔을 잡았다.

뭐? 뭐라고? 너 방금 뭐라고 했니?

칼이 아니라,

휘영은 침착했다.

가위였어요.

여자는 테이블에 흩어져 있던 종이 뭉치를 모아서 휘영의 뺨을 있는 힘껏 휘갈겼다.

야, 이 미친년아!

쾅 소리 때문인지 남자의 목소리 때문인지 어쨌든 주방에서 사람이 나왔다.

"이런."

가게 주인은 머리가 하얗고 덩치가 좋은 백인 여자였다. 여주인은 얼룩진 하늘색 앞치마의 끈을 고쳐 매며 바에 앉은 커플에게 다가갔다. 여자는 지금 막 들어왔다고 대답하며 날씨가 덥다고 인사를 건넸다. 여주인은 해를 거듭할수록 날이 더 더워지는 것 같다고, 그래서 정신이 약간 나갔으니 이해하라고 농담을 하며 메뉴판을 가져다주었다.

"저 중국 여자가 먼저 왔어요."

여자가 메뉴판을 받으며 말했다. 여주인은 그제야 휘영의 존재를 알아차렸다.

"저런. 나는 아무 소리도 못 들었는데."

여주인이 휘영의 테이블로 걸어왔고 커플은 메뉴판을 사이에 두고 하던 얘기로 돌아갔다.

"팬케이크 말고 또 뭐가 있어요?"

휘영은 메뉴판을 이리저리 뒤집어보며 물었다.

"저건 또 뭐야."

여주인은 휘영의 말은 듣지도 않고, 메모지와 볼펜을 쥔 채로 창밖을 쳐다봤다. 불만 가득한 표정. 입은 꾹 다문 채였다. 창밖에는 구형 폭스바겐 비틀과 아서, 그리고 낯선 남자가 있었다. 요란한 패턴의 남방을 입은 백인 남자는 자신이 쓰고 있는 파나마모자 끝을 매만지면서 아서에게 말을 걸었다.

어이, 뭐 해?

대충 그런 말처럼 보였다. 차에서 이상한 소리가 나서요. 아서는 그런 대답을 한 것 같았고, 그래? 어디까지 가는데? 남자가 묻는 것 같았다. 오스틴 시내까지만 가면 될 것 같은데, 이 소리가 괜찮을지 모르겠어요. 팅팅. 아서는 손가락을 튕기며 입으로 비슷한 소리를 만들었고, 남자는 차? 차는 내가 좀 알지. 어떻게, 좀 도와줄까? 그런 말을 건네는 듯했다.

그러나 휘영이 제대로 들은 말은 하나도 없다. 여주인의 탁한 목소리는 분명하게 들었지만, 바깥에서 나누는 대화는 전혀, 아서가 손가락을 튕기며 무슨 말을 했는지 전혀 알아듣지 못했다.

"그런 건 조니가 와야 만들어."

여주인은 그렇게 말했다.

"네?" 휘영은 여주인을 올려보며 되물었다.

"팬케이크가 아닌 음식들 말이야. 조니가 재료를 가지고 와야 만든다고." 여주인이 대답했다.

휘영은 아이스커피만 두 잔 시켰다. 여주인은 메모지에 휘갈겨 쓰듯 휘영의 주문을 받아 적고 커플의 주문을 받은 다음 주방으로 들어갔다. 커플이 어떤 음식을 주문했는지 모르지만 한참 동안 나오지 않았다. 대신 파나마모자를 쓴 남자가 들어왔다. 남자의 나이는 마흔, 아니 쉰…… 사실 전혀 감이 오지 않았다. 휘영은 남자의 팔에 있는 문신을 '조니'라고 읽는 바람에 남자를 좀 오래 보았다. 남자도 휘영을 쳐다봤다. 대놓고 뚫어져라 보았기 때문에 휘영은 남자가 할 말이 있다고 생각했다. 휘영이 아서의 일행이라는 것을 알고 차에 대한 얘기를 하고 싶은 모양이라고. 그러나 남자는 말을 걸지 않았다. 반짝이는 슬롯머신 앞에 앉아 게임을 했을 뿐이다. 그런데도 휘영은 남자가 들어온 뒤 식당의 분위기가 달라졌다고 느꼈고, 그 느낌은 차가 고장 났을 때 느꼈던 불안과는 또 다른 것이라는 걸 알아차렸다. 적대감. 이유 없이 사람을 두렵게 만드는 불쾌한 적대감이었다.

"돈 좀 있나?"

남자가 갑자기 휘영의 맞은편에 앉았다. 모자를 벗어 테이블에 올리고 휘영의 눈을 쳐다보았다. 레몬색에 가까운 금발 머리가 땀에 들러붙어 있었다. 주차장에 서 있던 아서는 보이지 않았다.

"너희들은 나한테 빚이 있어." 남자가 말했다.

"알아? 빚이 있다고."

남자는 웃지도 않고 그렇다고 짜증을 내는 것도 아닌 이상한 표정으로 휘영을 보았다. 그때 여주인이 맥주 두 잔과 아이스커피가 든 트레이를 들고 오며 남자에게 알은체를 했다.

"언제 왔어? 완전히 나온 거야?"

여주인이 휘영의 앞에 커피를 내려놓았다. 남자는 귀찮다는 듯, 한 손을 흔들면서 됐어, 괜찮아, 라고만 대답했다. 그러곤 뭔가를 찾는 것처럼 바지 주머니를 뒤졌다. 바지 뒷주머니에서 구겨진 지폐 한 장이 나왔다. 여주인은 그 돈을 힐끔 쳐다보기만 했다.

"이번엔 이 중국 여자가 일행이야?"

여주인이 물었다.

"가, 가. 난 괜찮으니까."

남자가 말했다.

"왜 자꾸 이런 애들을 데리고 와? 내 가게에서 총격전이라도 벌어지길 바라는 거야?"

남자는 아무 말 하지 않았다.

"다신 내 가게에서 그런 일 없었으면 좋겠어, 조니."

남자는 손을 휘휘 흔들어 여주인을 돌려보내고 꼬깃꼬깃한 지폐를 바르게 폈다.

"이 돈이 여기 이 자리로 날아왔거든. 알아?"

남자가 휘영을 보고 물었다. 휘영은 남자가 무슨 말을 하는지 알지 못했다. 돈이 뭐 어쨌다는 말인가. 그런데도 손이 떨렸고 심장이 빠르게 뛰었다. 남자가 무서워서라기보다는 이 상황이 싫어서였고 남자의 얼굴이 익숙하다는 생각이 들어서였다.

"옛날 일이지."

남자는 구겨진 지폐를 한 올 한 올 반듯하게 폈다. 2달러짜리 지폐였다.

"근데, 끝이라고 생각했다간 볼일 못 봐."

남자는 정성스럽게 편 지폐를 반으로 접었다. 반으로 접은 걸 또 반으로, 그걸 다시 반으로 접어 엄지손톱만 하게 만들었다. 그러고는 휙, 천장으로 던졌는데 아무리 기다려도 단단하게 접힌 돈이 아래로 내려오지 않았다. 신기한 일이었다.

"돈이 어디로 갔을 것 같아?"

남자가 두 손을 펴고 궁금해하는 표정을 지어 보였다.

"응? 어디로?"

남자는 문학을 차로 친 외국인과 닮았다. 아니, 그렇지 않다. 오래전 휘영에게 총을 겨누었던 외국인과 닮았다. 아니, 그것도 아니다. 휘영은 그들의 얼굴이 잘 기억나지 않았다.

"모르겠지?"

남자가 다시 물었을 때, 아서가 들어왔다. 아서는 다급하게 다가와 남자의 앞에 손가락 굵기의 나뭇가지 세 개를 늘어놓았다.

"혹시 이런 거요? 이 정도 길이의 지지대가 필요하다는 거예요?"

남자는 입꼬리를 살짝 올리고 아서를 보았다.

"아니, 아니. 그게 아니지."

남자가 웃었다. 아서는 더위에 지친 얼굴이었다.

"시간을 뺏고 싶진 않지만 좀 도와주실래요?"

휘영은 남자를 쳐다보았지만 남자는 휘영에게 눈길도 주지 않았다. 의식적으로 아서만 쳐다보면서 차가 고장 난 이유에 대해서 설명했다. 남자의 말에 의하면, 이대로 출발했다간 문제가 커질 거라는 것이었고, 차를 고치기 위해서는 정비소에 가든지, 필요한 부품을 사 와야 하는데 아서의 차가 정비소까지 가기 힘들겠다는 것이었다.

"부품 구하는 것만 도와주시면 어떻게든 가볼게요. 근처에 아는 사람이 있어요."

아서는 도움을 청하는 사람답게 예의를 갖춰 말했다.

"말썽은 원래 그렇게 일어나는 법이지."

남자가 몸을 일으켰다.

"따라와."

아서가 안심하는 표정으로 휘영을 보았다.

"좋은 분일 줄 알았어요."

아서는 차키를 휘영에게 건네고, 지도를 펼쳐 트리버즈 씨의 집을 표시해주었다. 정비소 역시 그리 멀지 않은 곳에 있다고 안심시키며 펜으로 동그라미를 그렸는데 휘영으로선 지도에 표시된 부분만으로 실제 거리를 가늠하기 어려웠다.

아서가 남자의 차를 타고 떠나자 가게 안에는 다시 휘영과 커플만 남았다. 커플은 조용조용 얘기를 주고받다가 이따금 맥주가 필요하면 큰 소리로 여주인을 불렀다. 맥주와 담배와 말다툼, 비밀스러운 속닥거림. 그들은 두 시간가량 식당에 머물렀다. 물잔을 엎지르고 포크를 떨어뜨리고 제대로 끄지 않은 담배꽁초를 바닥에 버려 여주인한테 잔소리를 듣기도 했다. 계산할 때 보니 두 사람 모두 나사가 풀려 있었다. 혀가 꼬여서 말을 못하는 정도는 아니었지만, 쓸데없이 크게 웃고 느닷없이 격렬한 스킨십을 나누는 정도. 휘영은 그들이 그런 상태로 운전을 할 거라고 생각하지 않았는데 그들은 주저 없이 파란색 스바루에 올라탔다. 그러곤 이곳에 왔을 때처럼 요란한 소리를 내며 식당을 떠났다.

여주인은 테이블을 정리했다. 바닥을 닦으면서 구시렁거렸는데 무슨 냄새가 난다고 말하는 것 같았다. 담배 냄새? 나무 타는 냄새? 동양인 냄새?

오후가 되자 해는 더 뜨거워졌다. 기온도 빠르게 올라서 사막의 열기가 그대로 전해지는 것만 같았다. 여주인이 열어놓은 문으로 더운 바람이 불어들었다. 아서는 언제 올까. 돌아와야 할 시간이 한참이나 지났다. 휘영은 여주인을 불렀다. 맥주를 한잔 마실 생각이었다.

"기계가 고장 났어."

여주인이 시큰둥하게 말했다. 이유 없는 적대감. 휘영은 조금 전에 느꼈던 기분을 다시 느꼈다. 이름 모를 그 여자는 정말로 이곳에서 살해당한 걸까. 어쩌면 그런 일이 진짜로 일어났을지도 모른다는 생각이 들었다. 누군가는 그런 일을 장난처럼 여길 테니까.

"그 남자가 정비소를 알긴 해요?"

휘영이 물었다. 여주인이 휘영에게 한 것처럼 시큰둥하게.

"남자? 무슨 남자?"

"모자 쓴 남자요. 조니, 뭐 그런 이름."

"그게 누군데?"

여주인은 모른 척했다.

"정비소가 여기서 가까워요?"

휘영은 다시 물었다.

여주인이 인상을 쓰고 휘영을 쳐다보았다.

"네 말, 그 발음, 무슨 말인지 못 알아듣겠는데?"

여주인은 행주를 탁탁 털면서 주방으로 들어갔다. 휘영은 자리에서 일어났다. 세시 이십분. 아서가 떠난 지 네 시간이 지나고 있었다.

"지갑이 차에 있어요."

휘영은 주방으로 걸어가 고개를 내밀고 말했다.

"그래서?"

"주차장에 다녀와야 할 것 같아요."

"그래?"

여주인은 그렇게 대답하고 싱크대에서 감자를 씻었다. 더러운 감자는 흙이 씻겨나가면서 깨끗해졌다. 여주인은 감자를 다 씻은 뒤에야 턱짓을 했다.

"그래, 그럼."

그러고는 휘영을 뒤따라 나와 휘영이 앉았던 자리를 정리했다. 컵과 접시, 쓰지 않은 식기들까지 모두 치웠다.

차 문은 열려 있었다. 휘영은 지도를 펼치고 샘 트리버즈의 집이 어디쯤인지 가늠했다. 아서가 글로브 박스에 붙여놓은 메모가 도움이 되었다. 먼 거리는 아니었다. 가면 도움을 받을 수 있을 거야. 휘영이 차를 막 출발시키려는데 여주인이 가게 밖으로 나와 휘영을 향해 뭔가를 흔들어댔다. 하얀 종잇조각이 영수증인 것 같았다. 휘영은 내릴까 하다가 그대로 차

를 출발시켰다. 주차선은 아무것도 아니라는 태도. 그게 중요
했다. 커피 값 따윈 생각하지 않고 속도를 올렸다. 다행히 차
는 잘 굴러갔다. 라디오를 켜고 창문을 열었다. 라디오에서는
상황과 전혀 상관없는 한적한 노래가 흘러나왔다. 「더 사이언
티스트」. 아서의 집에서 파티가 있던 날 들었던 콜드 플레이
의 곡이었다. 휘영은 볼륨을 높였다. 그리고 기다렸다. 지금
해야 할 일이 뭔지 알게 되기를.

그 일은 곧 확실해졌다. 휘영은 도움을 청해야 했다. 트리
버즈 씨의 집이 가까이에 있었다. 그러면 아서를 찾을 수 있
을 것이다.

4

트리버즈 씨의 집은 수완이 말했던 것만큼 더럽지 않았다.
휘영은 이 정도로 지저분한 집은 허다하게 봤다. 엄마와, 뉴
욕에서 함께 살았던 사람들, '나영입기'에서 일하는 디자이너
와 모델들까지. 집에서 촬영이라도 있는 날엔 옷들이 쓰레기
처럼 널려 있어 발을 디딜 틈도 없었다. 휘영이 아니면 치우
는 사람도 없어서 어떤 옷은 몇 날 며칠 같은 자리에 구겨진
채 버려져 있었다. 엄마는 바닥에서 옷을 주워 입고 다니는
것에 불편함을 느끼지 못하는 사람이었고 '나영입기'의 직원

들은 그곳이 누군가의 주거 공간이라는 사실 자체를 잊었다. 촬영을 마치고 직원들이 떠나면 녹초가 된 엄마는 거실 소파에 쓰러져 잠에 빠졌다. 휘영도 그 옆에서 잠이 들곤 했는데 깨어보면 짧은 메모만 덩그마니 남아 있었다.

오늘 늦음. 구두 공장.

거실에는 스트립 샌들, 뜨개 가방, 터키석 귀걸이, 유행 따라 변하는 소품들과 계절이 본격적으로 시작되지도 않았는데 쏟아져 나온 신상품들이 어지럽게 뒤엉켜 있었다. 바쁨 또 바쁨. 옷을 디자인하고 원단을 고르고 공장을 들락거리고 완성된 옷이 나오면 소매업자에게 파는 게 엄마의 일이었다. 하나의 상품이 다음 단계로 옮겨갈 때마다 엄마의 선택이 필요했고 엄마는—물론 휘영도—그런 삶을 사랑했다. 그런 삶이 없었다면 어떻게 되었을까. 열다섯, 외할머니가 돌아가셨을 때 미시시피의 할아버지 댁에 휘영을 맡기고 한국으로 돌아가버렸으면. 네 나라로 꺼져. 그렇게 말했던 이웃집 남자가 총으로 쏴버렸을지도 모를 일이었다.

만약 그가 진짜로 총을 쏘았다면 어떻게 되었을까.

휘영은 트리버즈 씨 집의 벨을 누르기 전에 만약의 세계에 대해 생각했다. 너무 자주 생각해서 진짜처럼 느껴지는 가상의 세계. 그런 세계는 일상의 문법이 조금만 틀어져도 쉽게 옮겨 갈 수 있는 함정 같은 곳이었다. 만약 트리버즈 씨의 집을 못 찾았다면, 만약 트리버즈 씨가 문을 열어주지 않는다면, 만약 트리버즈 씨가 휘영을 돕지 않겠다고 하면. 사소한 가능성은 무수했고 농축된 힘을 지니고 있었다. 한 인간을 완전히 다른 세계로 옮길 수 있는 거대한 에너지를.

그러나 휘영이 벨을 눌렀을 때, 트리버즈 씨는 부스스한 모습으로 문을 열어주었다. 아서의 얘길 듣고 놀라지는 않았지만, 뜨거운 차를 끓여주고 휘영이 말을 할 수 있도록 충분한 시간을 주었다. 휘영은 꼭 필요한 말을 골라 아서가 사라진 사실과 낡은 가게에서 여주인이 보였던 냉담한 태도, 그것 때문에 불쾌했다곤 말하지 않았지만 정비소를 찾아 헤맨 것과 돈이 별로 없다는 사실은 털어놓았다.

"도와주세요."

휘영이 말했다. 트리버즈 씨는 팔짱을 낀 채 생각에 잠겼다. 부드러운 실크 잠옷이 그의 몸에 착 감겨들었다. 스칼렛 마카우. 브라질 숲에서 새를 그리다가 지금은 화석으로 소재를 바꾸어 돌을 그리는 아마추어 화가. 그는 여전히 새를 좋아할까? 아서가 소중하게 간직하고 있는 추억, 호숫가에서 새를 보았던 시간을 그 역시 아름답게 기억하겠지. 평범한 경험이 아니니까. 새를 귀하게 여기는 사람이 그런 끔찍한 일을 저질렀을 리 없어. 휘영은 그런 생각을 하면서 묘연한 방식으로 스스로를 안심시켰다.

"벌써 다섯시가 다 되어가는데."

트리버즈 씨가 말했다. 시간은 네시를 막 넘기고 있었다.

"나가봤자 아무것도 할 수 없는 시간이라는 뜻이지. 여긴 한순간에 해가 뚝 떨어진다고."

트리버즈 씨는 지금 당장 어떤 행동도 취할 생각이 없어 보였다. 열어놓은 창문으로 바람이 불었다. 여름이었고 사막의 바람이 미지근했는데도 휘영은 으스스한 추위를 느꼈다. 어디선가 새 소리가 들렸는데 집 안인지 밖인지 구분이 되지 않았다.

"아무래도…… 납치를 당한 것 같아요."

그래서였을 것이다. 휘영이 그렇게 말한 것은. 아직 그런 말을 할 정도로 상황이 파악되지 않았고 그런 식으로 말해야겠다고 생각한 것도 아니었기 때문에 말을 뱉어놓고 조마조마한 기분이 되었다. 휘영이 하려고 했던 말은, 아서는 차를 고치려고 정비소에 갔다, 거기에서 문제가 생긴 것 같다, 식당에서 기다려야 했지만 불안해서 있을 수가 없었다, 하는 식의 사실에 기반을 둔 말들이었다. 그러나 트리버즈 씨의 느긋한 태도가 휘영을 불안하게 했고 그런 불안이 휘영으로 하여금 '납치'라는 단어까지 들먹이게 만들었다. 트리버즈 씨는 웃었다. '납치'라는 말을 심각하게 받아들이지 않는 것 같았다. 그럴 수밖에.

"게임인가요? 젊은 친구들이 하는 새로운 게임?"

트리버즈 씨가 물었다. 어쩌면 게임일 수도 있을까. 너희들은 나에게 빚이 있어. 파마나모자를 쓴 백인 남자는 제멋대로 휘영의 앞에 앉더니 돈을 없애는 이상한 재주를 부렸다. 그것도 일종의 게임일 수 있었다. 휘영도 모르는 사이에 게임이 시작된 것일 수도. 그러나 빚이 있다는 건 무슨 말일까. 휘영은 다시 한 번 남자가 한 말을 해석해보려 했으나 알 수 없었다. 빚이 있다니. 누가 누구에게?

"담배 좀 피울 수 있을까요?"

휘영이 묻자 트리버즈 씨가 주머니에서 담배를 꺼내주었다. 그리고 자신을 '샘'이라고 부르라고 했다.

"빚이 있다고 했어요."

휘영이 말했다. 샘은 자신도 담배 한 대를 꺼내 물더니 스탠드 옆에 켜둔 핑크색 미니 양초를 가져다가 불을 붙였다.

"너희들은 나한테 빚이 있어, 남자가 그런 말을 했어요."

"남자? 어떤 남자?"

"아서를 데리고 간 남자요. 그 남자가 이상한 말을 했어요."

휘영은 담배를 한 모금 피우고서 낮에 보았던 남자의 모습을 떠올렸다.

"팔에 문신이 있었어요. 백인이었고, 얼굴은 좀 탄 것 같았어요. 나이는 마흔…… 아니…… 쉰…… 정확히는 모르겠지만 모자를 쓰고 있었어요."

남자는 언제 왔을까. 휘영이 화장실에 가기 위해 식당으로 뛰어 들어오고, 아서가 주차장에서 자동차를 살피는 동안 차를 몰고 온 손님은 파란색 스바루를 타고 왔던 커플뿐이었다.

그렇다면 남자는 식당에 먼저 와 있었던 것일까? 주차장에 남자의 트럭이 세워져 있었나? 휘영은 기억나지 않았다.

"문신이 있었다고?"

샘이 물었다.

"새도 한 마리 그려져 있던 것 같은데……"

"새?"

"기억 안나요. 저는 글자를 봤거든요. 가게 주인은 그 남자를 조니라고 불렀어요."

"조니? 조니 폴슨?"

샘이 갑자기 벌떡 일어났다.

"조니였다고?"

"정확하진 않아요. 조니를 찾은 건 여주인이에요. 조니가 와야 음식을 주문할 수 있다고 했어요. 그치만 그 사람이 온 뒤에도 주문을 받지 않았으니까 정말 조니였는지는 모르죠."

휘영은 다른 사람들은 팬케이크가 아닌 다른 음식도 잘만 시켜먹더라는 얘기는 하지 않았다. 여주인과 남자가 서로 아는 사이 같았고, 오랜만에 만난 것 같았는데 반가워하지 않더라는 얘기도. 그러나 샘은 남자가 조니일 거라 확신했고 그것 때문에 어쩔 줄 몰라 했다.

"맙소사. 조니가 오다니."

샘은 지금껏 보였던 여유로운 모습을 잃어버리고 허둥거리며 어딘가로 전화를 걸었다. 그가 방에서 통화를 했기 때문에 대화 내용을 전부 들을 수는 없었지만, 조니가 훔친 새와 관련되어 있음은 알 수 있었다.

"아니, 거래는 버드쇼가 끝나고 하기로 했잖아. 존이 끼어들면 안 돼. 이번엔 우리끼리 하는 거라고."

샘은 같은 말을 몇 번이나 했다. "그건 안 돼. 존이 끼어들면 일이 복잡해져." 말을 하는 것만으로 누군가의 행동을 막을 수 있다고 생각하는 것처럼 힘주어 말했다.

조니가 훔쳐간 새가 아서가 찾는 새일까, 스픽스유리금강앵무? 거기까지는 알 수 없었다. 다만 아서가 생각하는 것만큼 샘이 새를 소중하게 생각하지 않는 건 분명했다. 돈, 거래, 새를 넘기는 것…… 아서가 혼신의 힘을 다해 막으려고 했던 일을 샘은 아무렇지도 않게 하고 있었다. 휘영은 알고 싶지 않은 사실을 알게 되었을 때처럼 마음이 무거워졌다.

샘이 전화를 끊고 잘 포개진 담요 두 장을 들고 나왔다.

"여기가 잠을 잘 만한 곳이 아닌 건 나도 알지만,"

그는 소파에 잉카 무늬 담요를 깔아주면서 말했다.

"아침 일찍 나가도록 합시다. 잠깐 쉬어요. 저녁은 늦게 먹도록 하죠."

샘은 그 말만 남기고 급히 자신의 방으로 들어갔다. 휘영은 뭔가 말하려다 타이밍을 놓쳐버렸다. 영어를 잘하는 편이었지만 감정을 전달하는 건 어려운 문제였다. 상대의 태도가 중요한 요소로 작용하니까. 샘은 휘영이 느끼는 불안을 전혀 공감하고 있지 않았다.

샘의 말대로 지금은 나가봤자 할 수 있는 일이 없을지도 몰랐다. 그렇다고 가만히 있을 수는 없는 노릇이었다. 휘영은 정리되지 않는 생각들을 흘려보내며 석고상처럼 앉아 있었다. 주변에 있는 사물들이 하나씩 본래의 모습을 드러냈다. 미완성 그림과 쓰다 만 물감, 이상한 돌과 뼛조각, 딱딱하게 굳은 붓 같은 것들. 휘영은 몸을 일으켜 창문으로 다가가 커튼을 걷고 하늘을 보았다. 서두를 건 없다. 아무 일 없을 테니까. 휘영은 스스로를 보호하기 위해서라도 그렇게 말해야 했다.

창틀에는 담배꽁초 세 개가 버려져 있었다. 새것이나 다름없는 긴 담배는 수완이 버린 것이 분명했다. 끊어야지, 하면서 방금 불을 붙인 담배를 피우지도 않고 비벼 끄는 습관이 수완에게는 아직 남아 있었다. 트리버즈 씨의 집이 더럽다고 욕하면서 거기다 몰래 쓰레기를 버리는 수완은 그때와 얼마나 달라졌을까.

문학이랑 사귀는 애. 전학 온 지 얼마 되지 않았을 때 휘영은 그런 소문을 들었다. 문학이랑 자는 사이래. 그런 은밀한 소문을 전해줄 정도로 가까운 친구가 없었는데도 그런 말을 들을 수 있었던 건 떠도는 소문이 이미 공공연하게 퍼졌기 때문이었겠지만, 휘영이 수완에게 관심을 기울이고 있었기 때문이기도 했다. 수완도 휘영에게 호감은 있었다. 너 모델이라며? 어디 모델이야? 수완은 휘영이 혼혈이라는 사실보다 의류 사이트의 모델 일을 한다는 사실에 흥미를 보였다. 엄마가 디자이너라니. 돈 많이 벌겠다. 부러워. 수완은 그때그때 샘솟는 감정을 숨기지 않고 표현했다. 문학에 대한 얘기가 나왔을 때조차 자기가 문학이랑 자는 사이라는 게 그렇게까지 소문이 난 줄은 몰랐다면서 그게 그렇게 놀랄 일이야? 라고 명랑하게 되물었다. 그러나 나중에는 손목에 파랗게 멍이 든 채, 문학이 날 죽일지도 모르겠다, 내가 무서워해야 하니? 하고 물었다. 내가 자기한테 빚이 있다나? 그 얘기를 할 때 수완은 더 이상 명랑하지 않았다. 시퍼렇게 멍이 든 손으로 두 눈을 꾹 누르면서 피곤해하긴 했지만. 죽여버릴까. 간절한 목소리로 그런 말을 했을 때 휘영은 무슨 이유에서인지 몰라도 수완의 심정을 온전히 이해한다고 믿었다.

그러나 지금, 생각지도 못한 곳에서 수완의 흔적을 발견한 휘영은 아무것도 믿을 수 없었다. 생각하고 싶은 대로 생각한 것뿐이라고, 진실을 들여다보지 않고 믿고 싶은 걸 찾아내 믿을 때가 있다고, 휘영은 한때 대단하게 생각했던 일들이 결국 지금 있는 곳에 오게 한 과정 중 하나였을 뿐이라는 걸 깨달았다. 그냥 집에 총이 있었겠지. 총만 있으면 다 된다고 착각하는 멍청이들이 많거든. 분명히 기억나는 건 수완이 했던 말이다. 휘영은 창틀에 있던 담배를 집어 가방 안에 넣고, 담배가 있던 자리에 검게 변한 바나나를 놓았다. 바나나는 창틀에 딱 맞았다. 휘영은 가방을 메고 느슨해진 운동화 끈을 꽉 묶은 다음 그 집을 나왔다.

사막의 해는 뚝 떨어지지 않고 아주 서서히 멀어졌다. 휘영은 머리가 멍했다. 그나마 다행인 것은 아서의 차가 아무 이상 없이 굴러간다는 것이었다. 차는 원래 멀쩡했던 게 아닐까? 문득 그런 생각이 들었다. 고장 난 부분이 저절로 정상으로 돌아왔을지도 모른다. 누가 알겠나. 원인과 결과, 노력과 우연, 저들만의 질서로 움직이는 것에 대하여.

좁은 도로를 십 분가량 달리자 산을 끼고 있는 삼거리가 나왔다. 휘영은 지도를 몇 번씩 확인하면서 계속 달렸다. "정비소가 위쪽이니까……" 어느덧 오르막길이 나왔고 길에는 사막과 어울리지 않는 잎이 우거진 나무들이 있었다. 휘영은 운전대를 꼭 잡았다. 수완은 알았을까? 휘영이 일자리를 알아보러 간 게 아니라 아서와 새를 찾으러 갔다는 것을? 하루 만에 돌아오기로 했지만 며칠이고 그 여행을 지속할 가능성이 있다는 것도? 아무리 생각해도 자신이 왜 그렇게까지 과감하게 행동했는지 설명할 수 없었다. 아서의 집에서 열렸던 파티에서 아서를 기다린 것도, 아서의 손을 끌고 이층으로 올라간 것도…… 복수하려고? 휘영은 머리를 흔들었다. 그런 마음은 버리기로 했잖아. 그럼 다시 시작하려고? 그 생각은 아주 틀린 건 아니지만 이런 식으로 어떻게? 애인을 뺏는 것보다 수완이 어쩌다가 자신을 배신했는지, 왜 마지막에 증언을 번복했는지, 문학의 아내에게 무슨 얘길 했는지, 돈은 얼마나 받았는지, 불법체류를 한 지는 얼마나 됐는지 물어보는 게 먼저였다. 그걸 알면서도 휘영은 아서에게 충동적으로 행동했고, 그 이유에 대해서 명확하게 설명하기가 어려웠다. 다만 휘영을 경이롭게 바라보는 아서의 눈빛을 알아챘고, 그 눈빛이 원하는 게 무엇인지 알고 있다고 전하고 싶었다. 그런 의사소통은 말없이 이루어진다. 휘영은 육체적 관계가 결정적이라고 생각하는 사람은 아니었지만 아서와 나눈 시간은 특별했고 그동안 모르고 있던 감정이 슬쩍 나타나 반짝 빛을 내준 것은 중요한 일이라고 생각했다. 호숫가에서 새를 발견하는 것만큼이나 기분 좋은 경험이라고.

휘영은 낮에 지나쳤던 주유소를 기억하고 차를 세웠다. 공중전화를 찾아 수완에게 전화를 걸었으나 수완은 전화를 받지 않았다. 나중에 셋이 함께 캠핑을 가는 게 어떻겠냐고 음성을 남기려다 그만두고 다시 차에 올랐다.

지도를 확인하고, 도로의 번호와 방향도 확인했다. 확신이 서는 건 아니었지만 어쨌든 계속 달렸다. 도로가 약간 넓어지면서 내리막길이 나왔다. 졸음이 쏟아졌다. 그래도 속도를 줄이지 않았다. 더 빠르게 달려야 한다고, 서둘러 아서를 찾아야 한다고 스스로를 다그쳤다. 이쯤인 것 같은데…… 지도를 보느라 앞쪽에서 시선을 떼는 순간, 차가 쑥 밀려 나가는 느낌이 들었고 앞 유리로 뭔가가 세차게 부딪쳤다. 휘영은 핸들을 꺾고 끽 소리를 내며 차를 세웠다. 차를 세워놓은 채 공포가 가득 담긴 눈길로 앞을 응시했다. 나무 기둥을 정면으로 들이박거나 타이어가 빠지진 않았지만 순간적으로 크게 놀라서 제대로 볼 수 있는 것이 아무것도 없었다. 방금 자신이 무엇을 쳐 죽였는지, 혹은 죽일 뻔했는지 생각하자 정신이 번쩍 들었는데 몸이 얼어서 재깍 일어나진 못했다.

다람쥐일까?

얼마의 시간이 지나고 시동을 끄고 밖으로 나갔다. 주변은 고요했다. 키 큰 나무들이 도로 양쪽으로 빼곡하게 심어져 있어 그늘이 드리워졌고 그 사이로 구름이 보였다. 하늘이 아주 가까이에 있다는 느낌이 들 정도로 구름의 외각이 선명했다.

자동차 앞에 떨어져 있는 동물은 날개가 꺾인 파란 새였다. 새는 몸을 움직이려고 안간힘을 쓰고 있었다. 어디에서 날아왔을까. 희귀한 새일까? 아직도 새를 잡으러 다니는 사람들이 있다던데. 휘영은 더 가까이 다가갔다. 다행히 피가 흐른 흔적은 보이지 않았다. 조심스럽게 손을 뻗어보았다. 그때 맞은편 도로에서 차 한 대가 경적을 울리며 지나갔고, 그 소리 때문인지 새가 경기를 일으키듯 몸을 뒤틀었다. 휘영이 주춤하고 뒤로 물러난 사이 새는 힘겹게 날개를 퍼덕이며 마른 덤불이 깔린 곳으로 날아갔다. 덤불 옆쪽으로 휴대용 텐트와 조립식 미끄럼틀, 나무 장작이 쌓여 있는 누군가의 뒷마당이 보였다.

저 새는 결국 죽게 될 거야.

휘영은 생각했다.

나 때문이야…… 내가 죽인 거야.

그 생각은 휘영의 마음을 강렬하게 뒤흔들었다.

내가 죽였어.

휘영은 비틀거리며 새가 사라진 쪽으로 걸었다. 네가 죽였어. 네가 그런 거야. 넌 평생 죄책감에 시달리며 살아야 마땅해. 어디선가 그런 목소리가 들렸는데 그 말은 종로의 카페에서 만났던 문학의 아내가 한 말이었다. 한 사람을 쥐어 잡고 흔들다가 내동댕이치고, 그 사람이 일어날 때까지 기다렸다가 다시 걷어차는 목소리. 어쩌면 그 목소리는 삶 자체였다. 자연이 만들어내는 규칙 때문에 누군가는 빚이 생기고 누군가는 죄가 생기고, 누구는 죽고 누구는 살아남는다. 휘영은 알지도 못하는 빚을 지고 있었고 서류상으로 존재하는 죄가 생겼으며 아직 살아 있지만 언젠가는 죽을 것이다. 이런 연쇄는 휘영이 관계 맺은 모든 사람과 얽혀 있어 풀고 싶어도 풀 수 없는 문제였다. 셋이 캠핑을 가는 일은 없을 거야. 휘영은 문득 그런 생각을 했고, 그러자 캠핑 따위는 아무래도 상관없다는 생각이 들었다.

누군가의 앞마당인 줄 알았던 집은 숲과 이어져 있었다. 해가 드는데도 숲은 어두웠다. 너무 어두워서 잘 보이지 않고, 그늘 때문인지 서늘하게 느껴졌다. 휘영은 숲속으로 들어가보고 싶은 강한 충동이 일었다. 빽빽이 들어찬 나무들을 본 순간, 순식간에 마법에 걸렸다가 풀리는 듯한 착각이 들었고, 그런 착각은 혜성이 충돌했을 때처럼 설명할 수 없는 일이 일어나 휘영을 놀래줄 것 같은 희망을 주기도 했다. 찾을 수 있어. 나는 아서를 찾을 거야. 휘영은 그제야 자신의 손에 지도가 들려 있다는 사실을 깨달았고, 확신에 찬 걸음으로 숲에 난 오솔길을 따라 깊숙이 걸어 들어갔다. 휘영의 머릿속에는 한 가지 생각뿐이었다. 아서를 찾는다. 지금 중요한 건 그것뿐이었다.

5

아서는 죽어가고 있었다.

언제부터 죽음에 들어섰는지 알 수 없으나 죽음이 가까이 온 건 확실했다. 축축한 나무 바닥에서 올라오는 스산한 냄새와 시야를 가로막은 견고한 어둠이 그것을 느끼도록 도와주었다. 화석처럼 단단한 어둠. 어둠은 매순간 죽음을 일깨웠다. 너를 삼키려고. 그걸 기다리는 거야. 어둠은 그렇게 말하는 것 같았다. 조금 뒤에. 아직은 아니지. 간헐적으로 이어지는 어둠의 목소리. 그것은 침묵이었으나 일종의 소리였고 소리였기 때문에 의식을 파고들었다. 끊어질 듯 이어지는 희미한 의식. 살겠다고 버티는 강한 정신. 아서는 그런 것들을 외면하고 싶었다. 그러나 의지와 무관하게 작동되는 몸의 감각은 생명을 연장시키기 위해 반응하고 또 반응했다. 정비소 창고에서 정신을 잃고 쓰러졌다가 픽업트럭에 실려와 축축한 상자 안으로 옮겨지는 동안에도 감각은 매 순간 살아 있었다.

의식은 완전히 끊어졌다가 몸 어딘가에서 반짝하고 튀어올랐다. 모든 것이 멀쩡해졌다는 착각을 불러일으키는 번쩍임은 불시에 나타났고 막을 수 있는 형태가 아니었다. 찰나적으로 지나가는 과거의 장면은 아버지와 숲, 잔잔한 호수가 보이는 임시 숙소와 건강한 햇빛이 넘치는 오후, 긴 날개를 펴고 호수 위를 빙빙 도는 커다란 새들을 훔쳐보던 유년의 공간이었다. 나무와 곤충들의 천국. 수십 종의 다양한 새와 브라질 후미의 비밀스러운 숲. 그곳은 손에 잡힐 듯 선명하게 떠올랐다가 서서히 사라졌다. 아서는 그 장면을 오래 붙들고 싶었다. 아버지의 휴대용 라디오에서 나오는 비치보이스의 노래와 어린 소년의 손에 붙들려 버둥거리는 딱정벌레 그리고 나무 꼭대기에 앉아 있는 하늘빛 새. 언뜻 보면 보통 앵무새와 다를 게 없지만 미세하게 분포한 하늘빛 머리 깃털과 명민해 보이는 노랑 홍채, 미끈하고 긴 꼬리, 단단한 검정 부리와 비늘로 덮여 있는 회색 발가락을 보면 그 새가 결코 평범하지 않다는 것을 알 수 있었다. 단 한 번의 마주침으로 강한 인상을 남긴 파랑새. 그 새는, 오래 들여다볼 가치가 있었다.

새가 잡혀 있다는 소식은 오스틴 연구소에서 들었다. 연구원들은 새들이 오스틴에 있는 불법 조류상에게 잡혀 있다고 알려주었다. 그럼 구해야죠. 아서가 말했지만 연구원들은 다른 일이 있어 도울 수 없다고 했다. 아버지한테 얘기해볼까. 그러나 아버지는 멸종된 새나 화석에 더 이상 관심이 없었다. 돈 되는 일이 아니면 손을 대지 않았고, 전에는 그렇게 소중하게 여겼던 오래된 돌이나 뼛조각, 그것들을 정성스럽게 스크랩해놓은 사진첩도 거들떠보지 않았다. 아서는 어쩔 수 없이 혼자서 새를 구하러 가기로 마음먹었다. 휘영이 같이 가게 될 거라고는 생각도 못했지만, 오히려 잘된 일이었다. 차에 이상이 생기지만 않았다면 계획대로 새를 구할 수 있었을까. 이젠 알 수 없는 일이 되어버렸다.

정비소에 도착하자마자 뭔가 일이 잘못되었다는 직감은 들었다. 포커 게임에 열중해 있는 남자들이 차를 고칠 수 있을 것처럼 보이지 않았을뿐더러 그들이 하고 있는 게임 역시 그들을 합법적으로 보이지 않게 했다.

"웬일이야?"

게임 중이던 남자가 카드에서 눈도 떼지 않고 물었다. 턱수염이 인상적인 남자였다.

"할 얘기가 있어."

"지금?"

조니가 고개를 끄덕이자 남자가 손에 카드를 쥔 채로 일어났다. 두 사람은 오른편에 있는 주차장으로 걸어갔다. 폐차

직전의 트럭과 농기구들이 뚝 떼어진 채 놓여 있는 지저분한 곳이었다.

"무슨 얘기?"

턱수염이 물었고, 조니는 그에게 귓속말을 했다. 그러자 카드를 쥔 남자가 아서를 힐끔 쳐다보았다.

아서는 이렇게 더운 날, 냉방 장치도 없이 간이 테이블에 앉아 포커에 빠진 남자들이 고장 난 차에 필요한 부품을 찾을 수 있을지 걱정스러웠다. 안다고 해도 자신을 도와줄 거란 생각은 들지 않았다. 아서는 두 사람이 나누는 대화에 온 신경을 기울였다. 그때까지만 해도 그들이 말하는 위험이니 절차니 하는 얘기들이 고장 난 차를 두고 하는 말이라고 생각했다.

"친구, 이쪽이야. 나랑 가면 돼."

턱수염이 불량스럽게 아서를 불렀다. 남자는 살며시 미소를 짓고 있었는데 신기하게도 그 웃음이 아서의 경계를 살짝 풀어놓았다.

"장비가 저쪽에 있어. 그걸로 고칠 수 있을지 모르겠네."

아서는 남자를 따라 주차장 옆에 있는 낡은 창고로 들어갔다. 차를 세워두기엔 비좁아서 잡동사니를 넣어두는 곳 같았다. 긴 선반이 기역 자로 쭉 둘러져 있었고 바닥에는 버려진 고철 덩어리들이 나뒹굴었다. 선반에 여러 장비가 있었지만 그걸로 차를 고칠 수 있을지는 의문이었다. 안으로 들어가기 전에 아서는 머뭇거렸다.

"왜? 못 미더워? 부품이 필요하다며?"

만약 새를 보지 못했다면 창고 안으로 들어가지 않았을지도 모른다. 먼지가 뿌옇게 쌓인 낡은 기구와 버려진 장비로 가득한 공간은 누가 봐도 불길했으니까. 그런데 거기에 새가 있었다. 구석진 곳에 놓인 포도주 저장고처럼 생긴 통나무 위에. 축 늘어진 하늘빛 꼬리를 보자마자 아서는 그 새가 자신이 찾고 있던 새라는 걸 알아차렸다.

"가까이 와봐. 도와줘야 나가서 차를 고치지."

남자는 포클레인 갈퀴처럼 생긴 쇠붙이를 가리켰다. 아서는 그가 원하는 대로 안으로 들어갔다. 남자가 가리킨 쇠붙이를 들기 위해서가 아니라 새를 보기 위해서.

새는 한 마리가 아니었다. 게다가 아직 살아 있었다. 숨을 들이쉬고 뱉을 때마다 배와 날개 부분이 미세하게 움직였다. 순간적으로 아서의 머릿속에는 어떻게든 새를 내보내야 한다는 생각만 들었다. 상황이 좀 더 나았다면 괜찮은 생각을 했을 수도 있었을까. 어머니를 찾아간다거나 샘 트리버즈에게 메일을 보낸다거나 하는…… 그러나 끝이었다. 아서가 새를 창문 틈으로 던지는 순간, 남자가 조니를 불렀고, 순식간에 달려온 조니가 선반에 있던 너트 렌치로 아서의 머리통을 내리쳤다. 아서가 쓰러진 다음에는 발길질을 하면서 고함을 쳤다.

"젠장! 제기랄!"

뜨겁고 강렬한 통증이 온몸을 휘도는 것도 잠시, 아서는 울렁거림을 느끼며 의식을 잃었다.

몸에 힘을 주면 잠잠해졌던 통증, 전신을 돌던 끔찍한 고통이 되살아났다. 손쓸 수 없는 신체의 통증은 다양한 강도로 달려들었다. 머리를 웅웅 울리면서 사람을 미치게 만드는 통증은 피를 타고 온몸을 돌았다. 작은 우주. 충격적인 통증이 작은 우주를 뒤흔들고 나면 믿을 수 없을 정도로 평온한 시간이 찾아왔다. 어떤 방해도 받지 않고 한 가지 생각에 골똘히 빠져들 수 있는 시간. 아서는 자연의 질서에 대해 생각했다. 자연에 질서란 없고, 있다고 해도 그걸 이해할 수 없다는 사실은 오래전에 알았지만 그렇다고 생각까지 멈추는 것은 아니었다. 거대하고 추상적인 우주의 법칙과 끊임없이 움직이는 에너지의 흐름. 영원히 답을 알 수 없는 장황한 질문 끝에는 우습게도 구체적인 무언가, 현실적인 이미지가 남았다. 이를테면 다섯 번의 여름을 보낸 초록의 리아초(Riacho)의 고즈넉한 이미지. 아서는 지금 누워 있는 곳이 축축한 나무 상자가 아닌, 처음으로 새를 보았던 주자제이루에 있는 카팅카의 숲인 것만 같았다. 유리금강앵무가 살았던 열대우림.

브라질 멜란시아 후미에 서식하던 스픽스금강앵무 종은 무분별한 포획으로 점차 그 개체수가 줄어들다가 결국엔 자연에서 멸종되었다. 관리가 잘되어 있는 큰 도시의 조류공원에서조차 그 새를 보기가 어려웠다. 스트레스에 취약한 앵무의

특성 때문에 사람들 앞에 내놓지 않아서이기도 했지만 실제로 남아 있는 개체수가 적었다. 아서는 그 새를 아주 가까이에서 본 적이 있다. 멸종이 공표되었던 1997년 여름에. 인공으로 조성된 국립공원이나 생태공원이 아닌 진짜 숲에서. 인간의 손을 피해 야생에서 살아남은 영리한 새를 두 번이나 보았다. 유능한 조류학자였던 어머니와 어머니의 동료들이 인내심을 가지고 찾아다녔지만 결국 실패하고 새의 멸종을 받아들여야 했던 그해에, 유리금강앵무는 존재했을 뿐 아니라 아서의 옆에서 열매를 쪼개 먹고 나무 사이를 날아다니며 우렁차게 울었다.

크라-아크, 크라-아크.

아버지와 화석을 찾으러 다녔던 날, 길을 잃고 쓰러진 아서의 등에서도 새는 그렇게 울었다.

그 무렵 재미를 붙이기 시작한 화석 찾기에 빠져 숲에 있는 돌을 일일이 뒤집어보느라 앞서가던 아버지를 놓쳤다. 방향을 잃고 숲의 깊숙한 곳까지 들어가게 된 아서는 나무와 나무 사이를 헤매다가 쓰러졌다. 더운 날인데다가 점심을 먹지 않아서 힘이 없었다. 흙바닥에 코를 박고 넘어진 여덟 살 소년을 발견한 것은 카라비 나무에 앉아 있던 새였다. 호기심 많은 새는 나무 아래 널브러져 있는 것이 무엇인지 확인하기 위해 (위험을 무릅쓰고) 나무에서 내려왔다. 주변을 경계하고 또 경계하면서 다부지게 생긴 검정 부리로 아서의 손가락을 톡톡 건드렸다. 열매의 껍질을 쪼갤 때처럼 강하게 쪼는 것이 아니라 저들끼리 장난을 주고받을 때처럼 간지럽게 자극했다. 새는 그런 행동을 몇 번이나 반복하다가 아서가 반응이 없자 등 위로 폴짝 올라 부산스럽게 걸어 다녔다. 땀과 풀물로 얼룩진 아서의 티셔츠에 동그란 발자국을 남긴 새는 나무 위로 올라갔다가 자신이 먹던 카라비 열매를 가지고 다시 내려왔다. 열매를 아서의 등에 내려놓은 뒤에는 시끄럽게 울어 댔다.

크라—아크. 크라—아크.

아서는 그 소리에 눈을 떴다. 몸을 움직이자 새는 화들짝 놀라며 나무 위로 올라앉았다. 영리한 새는 가까운 나뭇가지에 앉아 아서의 움직임을 지켜보았다. 나중에는 아서도 새를 관찰했지만 어둑한 숲에서 집요하게 상대를 뜯어볼 수 있는 쪽은 새였다. 새는 아무 소리도 내지 않았다. 아서는 어지러움과 구토증 때문에 나무에 등을 기대고 무릎을 세운 채 앉아 새가 떠나지 않기를 빌었다. 어둠 속에 아서만 남기고 날아가 버리지 않기를.

새는 떠나지 않았다. 아버지가 랜턴을 들고 놀란 얼굴로 풀숲을 헤치고 뛰어들 때까지, 어둠이 짙어지는 숲에서 아서를 지켜보고 있었다. 아무것도 볼 수 없는 캄캄한 숲에서 이따금 부스럭거리는 소리를 내어 자신의 존재를 확인시켰다. 그들이 보낸 시간은 고작해야 여섯 시간 남짓이었지만 아서는 그 시간을 아주 긴 시간으로 체감했고 어둠으로부터 새가 자신을 지켜주었다고 믿었다.

아서는 눈을 떴다. 새가 정말 나타났을까. 그렇다면 새는 여전히 빛나는 깃털을 가지고 있을 것이다. 아서가 생각하는 새의 모습은 언제나 아름다웠다. 특히 머리를 숙이고 다부진 부리를 모아 열매의 딱딱한 껍질을 으깨느라 열중한 모습이 그러했다.

"새를 봤어요. 하늘색 깃털이 빛나는 게 마치……"

숙소로 돌아온 아서는 새에 대해 말하려 했다. 어머니가 들으면 좋아할 만한 이야기였다. 그러나 브라질 오지에서 아들을 잃어버릴 뻔했던 어머니는 아서의 말에 귀를 기울일 수 없었다. 가슴을 쓸어내리느라 정신이 없는데다가 변명을 늘어놓는 아버지에게 책임을 따져 물어야 했기 때문이다. 어머니는 아버지의 손을 잡아채 숙소 앞에 있던 공터로 끌고 갔다. 아서는 민박집 아이들이 만들어놓은 염소 울타리 옆에서 두 사람의 대화가 끝나기를 기다렸다. 울타리 옆에는 사냥꾼들이 텐트와 해먹을 치고 잡담을 나누고 있었다.

"꼬마야, 아까 새를 봤다고 했지?"

그중 한 남자가 아서에게 다가와 말을 걸었다.

"깃털이 하늘색이었다고?"

남자의 말투는 자상했다.

"네. 하늘색 새를 봤어요."

아서가 말했다. 남자는 웃으면서 아서가 본 새에 대해—얼마나 컸는지, 하늘색 깃털이 정확히 어느 부위에 있었는지, 어디에서 봤는지—캐물었고 남자의 일행은 몇 걸음 떨어진 곳에서 그런 남자를 보며 킬킬거렸다.

"애가 뭘 알겠습니까. 잘못 봤겠죠."

숙소로 들어가던 샘 트리버즈 씨가 끼어들었다. 트리버즈 씨는 어머니의 연구팀 일원으로, 시간이 날 때마다 근처 풍경을 그림으로 그렸고, 옷 여기저기에 물감을 묻히고 다니는 사람이었다. 연구팀 사람들은 그를 '스칼렛 마카우'라고 놀렸지만 그가 새에 대한 지식이 해박하다는 점은 인정했다.

"환상과 실제를 구분하기 어려운 나이니까요. 그렇지, 아서?"

트리버즈 씨가 아서의 어깨에 손을 두르며 말했다. 아서는 자신이 본 것이 환상이 아니라는 증거를 하나하나 자세하게 말해주고 싶었지만 꾹 참았다.

"당신이 뭔데 참견이요?"

남자는 인상을 썼다가 다시 부드러운 표정으로 바꾸어 아서와 눈을 맞추었다.

"그래, 꼬마야. 그 새가 어디에 있었니?"

남자가 두 손으로 정신없이 날아다니는 하루살이 떼를 쫓으며 물었다.

"여기서 멀지 않았지?"

아서는 카라비아 숲이 시작되는 좁은 길에서 보았다고, 새의 부리가 검고 멋졌으며 머리 깃털에 하늘빛이 감돌았다고 말하고 싶었지만, 참았다. 침묵이 길어지자 남자의 일행이 휘파람을 불며 남자를 불렀다. 남자는 버럭 짜증을 냈다.

"아깐 봤다며!"

텐트 앞에 모여 있던 남자의 일행이 낄낄거렸다. 애랑 수준이 똑같아서 사냥이나 제대로 하겠냐고 놀리는 목소리가 들렸다. 아서는 어머니에게 뛰어갔다. 말을 걸었던 남자가 의미심장한 눈빛으로 자신을 보고 있다는 걸 알았지만 모르는 척했다. 그는 어머니가 경계하는, 조류학자 못지않게 절박한 마음으로 멸종된 새를 쫓는 밀렵꾼임이 틀림없었다.

끝까지 아무 말도 하지 않았더라면 새는 숲에 남았을까. 나무와 나무 사이를 옮겨 다니며 무르익은 열매를 찾아 먹고 짝짓기를 하고 새끼를 낳아 기르는 단순한 생활을 영위했을까. 무리를 잃어버린 종에게는 그것도 어려운 일이겠지만 누가 아나, 자연 번식에 성공했을지. 자연에서는 많은 것들이 변하고 전혀 예측할 수 없는 일들이 일어나니까. 브라질 후미에서는 아주 사소한 것, 이를테면 새의 배설물 같은 것도 굉장한 변화의 시작이 될 수 있었다. 연구에 파묻혀 살았던 어머니가 즐겨 하던 얘기였다.

아서는 어머니와 보내는 시간이 더 좋았지만 대부분 아버지와 함께 있어야 했다. 연구팀의 리더였던 어머니는 탐사를 다니느라 바빴고 아버지는 공식적으로 월급을 받지 않는 어시스턴트였기 때문에 상대적으로 시간이 많았다. 아서는 아버지와 함께 연구원들이 채집한 새의 깃털이나 배설물을 표본으로 정리하는 일을 했다. 일을 하지 않는 날엔 화석을 찾는다는 명목으로 하릴없이 숲을 돌아다녔다. 아버지는 지도를 읽어내는 탁월한 능력이 있어서 아서에게도 늘 지도를 보여주며 이런저런 설명을 해주었다. 지도를 이해하는 건 어려웠지만, 길을 잃은 뒤로는 습관처럼 지도를 몸에 지니고 다녔다. 아버지가 하는 일은 지도를 보며 죽은 생물의 흔적을 찾는 일인 데 반해 어머니는 아직 살아 있는, 멸종 직전의 동물을 찾아 그 동물이 살아남은 기적과도 같은 생태를 기록하고 보호하는 일이었기 때문에 긴박감이 있었다. 아서의 기억으로 그것 때문에 두 사람이 다투었던 것 같진 않다. 다음 해에 있었던 부모님의 이혼 사유에는 그보다 더 근본적인 문제가 끼어 있었다. 사랑과 미움, 질투와 허영. 대자연에 비하면 더없이 구차하기 짝이 없는 하찮은 문제들이었지만 현실의 문제—특히 어른들의 문제—는 어떻게든 해결을 필요로 했다.

여덟 살이 되면서 아서는 키가 많이 자랐다. 몸은 대나무처럼 말랐으면서 팔다리는 길고 다부졌다. 거침없이 뛰어다니는 모습은 누가 봐도 건강해 보였다. 얼굴에 주근깨가 많이 생겼고 한참 동안 자르지 않은 머리는 덥수룩하게 길어서 어깨에 닿을 듯 말 듯했다. 갓 입양되었을 때만 해도 밝은 갈색이었던 머리칼은 서서히 밤색으로 변했지만, 눈동자는 변함 없이 파랗고 투명한 하늘빛이었다. 아서는 시간 가는 줄 모르고 곤충을 채집했다. 지루한 날은 없었다. 어른들도 견디기 힘든 날씨에 잘 적응해서 마치 천성이 숲에서 살아야 하는 아이처럼 보였다. 무슨 이유인지 어머니가 연구팀을 철수하고 미국으로 돌아가기로 결정했을 때 아버지가 새를 찾겠다고 결심을 굳혔다. 어머니는 반대하지 않았다. 다만 아서를 맡아야 한다는 조건이 붙었다.

트리버즈 씨가 동행한 아버지의 탐사는 목적 없는 야영에 가까웠다. 텐트, 침낭, 램프, 난로, 그런 짐이 꾸려졌다. 아침은 빵이나 옥수수 수프를 데워 먹었고 저녁엔 감자를 양껏 구워 먹었지만 점심은 콩이나 과일 통조림 같은 걸로 대충 때웠다. 물이 귀했고 커피나 술은 더 귀해서 아버지는 휴대용 술병에 물 탄 보드카를 넣어 다니면서 더는 참을 수 없을 때만 한 모금씩 아껴 마셨다. 아버지가 혼자 다니고 싶어 한다는 것을 알았으므로 아서는 트리버즈 씨와 근처 호숫가에서 대부분의 시간을 보냈다.

그러던 어느 날, 호숫가에 새로운 일행이 왔다. 그들은 익숙한 동작으로 나무에 해먹을 걸고 시끄러운 음악을 크게 틀어놓았으며 대낮부터 모닥불을 피웠다. 겁도 없이 냄새를 풍기며 고기를 구웠고 구운 고기를 순식간에 먹어치웠다. 트리버즈 씨는 그들과 인사도 나누지 않았지만 아버지는 스스럼

없이 다가가 인사를 건넸다. 자신을 '화석 수집가'라고 소개하고 당연히 화석을 찾으러 왔으며 특히 새에 관련된 흔적을 찾는다고 밝혔다. 국적이 다른 세 명의 남자들은 미지근한 맥주를 던져주며 아버지를 환영했다. 그들은 아서에게도 인사를 건넸는데 그중 한 남자는 아서의 앞으로 참새구이를 쑥 들이밀기도 했다.

"꼬마야, 이런 거 먹어본 적 있니?"

남자는 껄껄 웃으며 고기를 덩어리째 입으로 집어넣었다. 남자들은 맥주를 돌려 마시며 서로의 고향을 물었고, 가보진 못했지만 풍문으로 들은 지역적 특성에 대해 이야기했다. 트리버즈 씨가 사냥의 비겁함에 대해 말했을 때 분위기가 싸늘해졌지만 그건 아주 잠깐이었다. 트리버즈 씨는 음식에 손도 대지 않고 텐트로 돌아갔다. 아서는 당연히 아버지도 따라 일어날 거라고 생각했는데 술자리가 파할 때까지 사냥꾼들 사이에 남아 있었다.

"혹시, 근처에서 이렇게 생긴 새를 본 적 있습니까."

모닥불이 꺼지고 자리가 정리되던 시점에 아버지가 주머니에서 사진 한 장을 꺼냈다. 어머니가 지니고 다니던 유리금강앵무 사진으로, 밀렵꾼에게 잡혀 시장에 팔려 나왔다가 찍힌 것이었다. 남자들은 사진을 건성으로 돌려본 다음 별다른 대꾸 없이 자리를 치웠다.

"그깟 새는 관심 없습니다. 사슴이라면 모를까."

누군가 그렇게 말했지만 아서는 그 말이 거짓이라고 생각했다. 착각일 수도 있지만 그들은 염소 울타리에서 낄낄거리던 사냥꾼 무리와 다르지 않았고, 새 사진을 보는 순간 얼굴이 굳었기 때문이다.

"총으로 동물을 쏴 죽이는 게 불법은 아닙니다. 뭐 좀 비겁해 보일 순 있겠죠."

제일 끝까지 남아 있던 남자가 말했다. 술자리 내내 표정 없이 앉아 있던 사람이었다.

"그럼요. 저도 잘 압니다."

아버지는 사진을 도로 집어넣었다.

"안 그러면, 이런 걸 가지고 다닐 수나 있겠습니까? 사냥이 불법이라면 말이지요."

남자는 옷에 묻은 흙을 탁탁 털고 일어나더니 텐트 옆에 놓인 총을 가리켰다. 네 개의 사냥총이 땅에 박힌 커다란 돌 위에 나란히 세워져 있었다. 남자는 내일 사냥을 위해 일찍 자야 한다며 안으로 들어갔고 아버지 역시 텐트로 발길을 돌렸다. 그들이 앉았던 자리는 밤이슬로 축축해졌고 보금자리를 빼앗겼던 개미와 달팽이들이 젖은 흙을 고르며 집으로 기어들었다.

"그 사진, 어디서 났습니까?"

오 분쯤 걸었을 때 한 남자가 뒤따라와 물었다. 술자리에서 말이 없던, 일행 중 마지막까지 남아 있던 남자였다. 아버지는 걸음을 늦추고 직접 찍은 건 아니지만 이 년 전 카팅카에서 찍은 사진은 분명하다고 말했다.

"관광하던 친구가 버리고 간 사진입니다."

아버지는 거짓말을 했다. 사진은 어머니가 프로젝트를 시작할 때 이전 팀에서 받은 것이었다. 남자가 아버지에게 얘기 좀 하지 않겠냐고 물었을 때 아버지는 대꾸하지 않았다. 그렇게 십 미터쯤 말없이 걷다가 아서의 손에 랜턴을 들려주었다.

"먼저 들어가거라."

그날 밤 아버지는 돌아오지 않았다.

아침에 일어나보니 샘 트리버즈가 아침을 준비하고 있었다. 그는 멍한 표정으로 미지근한 콩 요리와 마른 건포도를 내밀었다. 아서는 별로 먹고 싶지 않아 우유만 조금 마셨다.

그날은 호숫가에서 하루를 보냈다. 트리버즈 씨는 그림을 그렸고 아서는 트리버즈 씨의 기분이 안 좋아 보여 일부러 쾌활하게 떠들었다. 아저씨는 어디서 태어났어요? 공부 많이 했어요? 가족은 몇 명이에요? 어떤 새가 젤 좋아요? 그는 웃기만 하고 대답을 건너뛸 때가 많았는데 그래도 드문드문 입을 열었다. 사막 한가운데에서 태어났고 브라질에는 오 년 전에 왔으며 가족은 한 명도 없다고. 가장 좋아하는 새는 큰뒷부리도요라고 했다. 그 새가 왜 좋아요? 그 질문에 트리버즈 씨가 특별한 대답을 하진 않았지만 나중에 그 새가 엄청난 에너지를 소진하며 긴 거리를 비행한다는 것을 알게 된 뒤로 아서도 그 새가 좋아졌다.

호숫가에는 새가 많았다. 깃털이 아름다운 새도 흔했고 겁도 없이 가까이 날아와 콩을 쪼아 먹는 새도 있었지만 호숫가에서 그 새를 본 건 처음이었다. 파란 깃털에 하늘빛이 감도는 신비로운 새. 아서는 첫눈에 알아보았다. 하늘색 깃털을 가진 유리금강앵무. 새는 호수의 가장자리에 내려앉아 물을 마셨다. 주변을 극도로 경계하느라 몇 모금 먹지도 못하고 날아올랐다가 내려오길 반복하고 있었다. 아서는 두 손에 물을 받아 새가 있는 쪽으로 팔을 뻗었다. 인내심을 가지고 새가 가까이 오기를 기다렸지만 새는 멀리 날아가버렸다.

"오늘 신기한 일이 있었어요."

그날 밤 아서는 새를 보았다고 말했다. 아버지는 지도를 보는 중이었고 트리버즈 씨는 밖에서 짐 정리를 하고 있었다. 숲에 온 지 일주일 째 되는 날이었다. 준비해 온 식량과 옷가지, 랜턴에 넣을 건전지마저 떨어져 숙소로 돌아가야 했다.

"새를 봤거든요."

"새라니?"

아버지는 지도에서 눈을 떼지 않고 물었다.

"어머니가 찾던 새요."

아서는 눈을 감고 중얼거렸다.

"뭐?"

아버지는 지도를 내려놓고 아서의 옆으로 다가와 앉았다.

그러고는 밀렵꾼 남자가 그랬던 것처럼 깃털이 무슨 색인지, 부리가 어떻게 생겼는지, 정확히 어디에서 봤는지 물었다. 아서는 트리버즈 씨와 낚시를 하면서 보았다고, 호숫가에서 물을 마시더라고 대답했다. 깜깜한 숲에서 새와 단둘이 있었다고, 새가 자신을 지켜주었다고, 지난번에 있었던 일까지 전부 얘기 했다.

"그랬군. 결국 이 근처란 말이지."

아버지는 지도를 접어 가방 안에 넣고 아서의 이불을 여며 주었다. 그때 누군가 텐트를 톡톡 건드렸다. 사냥꾼 일행 중 한 명이 휘파람을 불며 서 있었다. 그는 술에 취한 것 같은 붉은 얼굴로 눈을 끔뻑거리며 아버지의 이름을 불렀다. 그를 쫓아버릴 줄 알았던 아버지는 잠깐 기다리라고 말한 뒤 가방을 들고 밖으로 나갔다. 그럴 줄 알았다, 있을 줄 알았다, 기다린 보람이 있다, 두 사람이 나누는 대화가 텐트 안까지 들렸다. 그들은 가까운 항구의 이름을 속닥거리며 텐트에서 멀어졌다. 트리버즈 씨가 짐을 다 챙기고 텐트 안으로 들어왔을 때, 아서는 잠든 척 눈을 감았다. 밤은 캄캄했고 숲은 조용했다.

다음 날 아버지는 후미에서의 마지막 채집을 하겠다며 짐을 꾸렸다. 깊은 숲으로 들어갈 일정이 생겼기 때문에 이틀은 더 필요하다고 했다. 아서는 트리버즈 씨를 따라 숙소로 먼저 돌아가기로 했다. 트리버즈 씨는 멀찍이 떨어져 낚싯대와 거추장스러운 화구들을 배낭에 꾸역꾸역 챙겨 넣고 있었다.

"이제 곧 엄마를 만나겠구나."

다소 흥분된 목소리로 아버지가 말했다.

"새를 잡으면요?"

아서가 물었다.

"새? 무슨 새?"

아버지는 가방을 챙기는 트리버즈 씨를 돌아보았다가 흙바닥에 무릎을 꿇고 앉아 아서의 양쪽 어깨를 잡았다.

"누가 새를 잡는다고 했니?"

아서는 아버지의 눈을 피했다.

"총을 챙기셨잖아요."

아버지는 싱긋 웃으면서 아서의 얇은 머리카락을 귀 뒤로 넘겼다. 어깨까지 내려온 머리카락은 며칠 동안 감지 못해 뻣뻣했다.

"집에 가거든 머리부터 자르자. 이제 탐험은 끝이니까."

그날 아침, 아서는 나무들 사이로 비쳐드는 햇살을 눈이 아플 때까지 쳐다보았다. 일렁이는 빛이 나뭇잎 사이에서 불규칙적으로 반짝이는 걸 보면서 탐험은 끝이라는 아버지의 말을 곱씹었다. 탐험은 끝이다. 이제 탐험은 끝……

나뭇잎 사이로 빛이 새어 들었다. 어둠 아니고 빛. 분명한 빛이었다. 아서는 팔을 뻗었다. 몸에 힘을 주어도 더 이상 고통이 느껴지지 않았다. 손에 힘이 들어갔고, 다리도 마찬가지였다. 목구멍은 여전히 꽉 막혀 있었지만 몸은 더없이 가벼웠다. 머릿속으로 어머니와 아버지, 수완과 휘영의 얼굴이 지나갔다. 어머니가 찾던 새와 아버지가 찾은 나뭇잎 화석, 트리버즈 씨가 그려준 통통한 도요새 스케치도 기억났다. 지금까지 분류했던 멸종된 새의 생김새도 모두 기억났다. 어떤 흔적도 남기지 못한 채 사라진 종도 있었지만 그 또한 많은 개체수를 번식시킨 다른 종과 똑같이 중요했다. 그걸 찾아서 분류하는 게 어떤 의미가 있냐고? 종이 수천 가지로 분류되든 그렇지 않든, 뭐가 달라지냐고? 뭐가 달라질까. 달라질 건 없었다. 설령 그런 게 있다고 해도 인간은 알 수 없었다.

6

휘영은 숲이 끝나는 지점에서 정비소와 비슷한 곳을 찾았다. 지도를 아무리 봐도 찾을 수 없던 곳이 숲을 통과하자마자 나온 것이다. 마치 새가 이 길로 자신을 인도해준 것처럼.

밤이 늦었음에도 정비소의 불은 켜져 있었다. 제대로 영업을 하는 곳이라고 보기에는 지나치게 낡고 지저분했지만, 이런 외진 곳이라면 사람들이 찾아오기보다 출장을 갈 일이 더 잦을 터였다. 휘영은 이런 곳이 익숙했다. 어렸을 때 버려진 창고 같은 곳에서 살았기 때문일 수도 있고, 촬영을 다니며 곧 사라질 것 같은 공간을 자주 봐서 그럴 수도 있었다. 정비소 역시 말 그대로 버려진 장소였고, 스러져가는 건물이었다. 아서는 오늘 이곳에 왔을 것이다. 자동차에 필요한 부품을 구했을까? 지금은 어디에 있을까?

휘영은 불이 켜진 곳으로 갔다. 사람들이 둥근 테이블에 둘러앉아 카드 게임을 하고 있었다. 게임 중이던 남자 한 명이 휘영을 보고 눈이 휘둥그레져서는 테이블 아래 놓인 총을 들었다. 엽총의 기다란 총구가 휘영의 가슴으로 향했다.

"왜 그래. 그냥 여자애잖아. 자긴 너무 겁이 많아."

옆에 있던 여자가 총을 빼앗으며 말했다. 낮에 식당에서 보았던 여자였다.

"여긴 무슨 일이에요? 이 시간에?"

여자가 물었다. 두려운 마음이 엄습했지만 휘영은 또박또박 친구를 찾으러 왔다고 말했다.

"낮에 어떤 아저씨랑 정비소에 갔거든요. 아직 돌아오지 않아서요."

"조니?"

그렇게 묻는 사람은 갈색 턱수염이 있는 남자였다. 그는 조니가 왔다 간 것은 맞지만 차를 고치는 데 필요한 부품은 사지 않았다고 말했다.

"그럼요? 그럼 어디로 갔는데요?"

휘영이 물었다. 남자는 한참 뜸을 들이다가 여자의 성화에 못 이겨 마그마 호텔에 있는 카지노에 갔을 거라고 대답했다.

"새를 다시 잡았다면 경매에 가져갈 테니깐."

그는 말했다.

"상태가 별로 안 좋아 보이던데."

"누구? 조니?"

"아니, 같이 있던 남자애……"

테이블에 앉은 사람들이 이야기를 주고받자 턱수염이 그들의 말을 딱 잘랐다.

"딱 보니까 더위를 먹은 것 같더라고."

"누가?"

여자가 묻자, 턱수염은 대답 대신 "풀하우스!"라고 외치며 지금 남의 일에 신경 쓸 정신이 있냐며 조니를 찾으려거든 빨리 가라고 일러주었다. 술에 절어 아무도 못 알아보기 전에. 휘영은 가지고 있던 지도를 보이며 카지노가 어디인지 물었고, 턱수염은 의외로 친절하게 붉은색 펜으로 표시까지 해주었다.

7

휘영은 호텔로 차를 몰았다. 삼십 분쯤, 사막과 더 가까워지는 느낌이었다. 차 안에 있는데도 열기의 잔해가 고스란히 전해졌다.

　카지노에서 조니를 찾아내는 건 어렵지 않았다. 어려운 일은 게임에 정신이 팔린 조니에게서 대답을 듣는 일이었다. 지금 조니는 아무도 막을 수 없는 '뜨거운 자리'에 앉아 있었다.

　"뜨거운 자리야! 지금껏 이런 행운은 없었어! 난 지금 뜨거운 자리에 앉아 있다고!"

　휘영이 옆자리에 앉았지만, 조니는 눈길도 주지 않았다. 휘영은 조니가 술에 취해 중얼거리는 말을 알아들으려고 신경을 곤두세웠다. 왜 여기까지 찾아와서 나를 못살게 굴어? 빚이 있다는 말 못 알아들어? 그가 그런 말을 중얼거렸다고 생각했지만 과연 조니가 그런 말을 내뱉었을까, 알 수 없었다.

　"난 아는 게 없어. 그러니 저리 꺼져."

　정작 조니가 큰 소리로 말을 걸어왔을 때 휘영은 깜짝 놀랐다.

　"난 도와주려고 했어. 이젠 모른다고."

　조니가 말했다.

　"어디로 갔는지 말해."

　휘영은 그의 얼굴을 똑바로 쳐다보았다.

　"당신이 데리고 갔잖아."

　"모른다고!"

　"알잖아. 분명 당신이랑 같이 갔어."

휘영이 당황하지 않고 차분하게 대답했는데도 조니는 점점 흥분했고, 주변 사람들은 두 사람을 힐끔거리기 시작했다.

"내 새를 건드렸잖아! 멍청한 새끼! 그건 내 새야! 내가 잡은 거라고!"

조니는 카지노 경비원의 제지를 받고서야 조용해졌다. 카드를 꼭 쥐고서 혼잣말을 내뱉는 조니는 낮에 봤을 때보다 훨씬 나이 들어 보였다.

게임은 조니의 승리로 끝났다. 조니는 중앙에 모여 있던 칩을 자신의 앞으로 끌어당기면서 낄낄 웃었다.

"나는 몰라."

조니에게 승리를 안겨준 '미라이'이라는 이름의 딜러가 물러나고, 새로운 딜러가 앉았다. 조니는 딜러에게 어느 나라 사람이냐고 물었다. 딜러가 나라 이름을 대자 불쾌한 표정을 지어 보였다. 새로운 게임이 시작되었지만 조니는 게임에 열중하지 못하고 받는 카드마다 신경질적으로 휙휙 던져버렸다. 그러고는 뭔가 생각났다는 듯 휘영에게 묻는 것이었다.

"네가 찾는 게 남자애란 말이지? 새가 아니라."

조니는 스낵을 파는 남자에게서 맥주 한 병을 샀다.

휘영이 보기에, 조니는 이미 취했지만 첫 모금을 마시는 사람처럼 맥주를 들이부었다.

"젠장. 걔를 왜 여기서 찾아? 가서 내 새나 찾아와!"

조니가 테이블을 쾅! 하고 내리쳤다.

"거 좀, 조용히 좀 하쇼."

건너편에 앉은 남자가 조니를 향해 말했다. 조니는 계속 술을 마셨다.

"멍청한 놈."

조니는 게임을 하지도 않으면서 남자를 비아냥거렸고, 남자는 그런 조니에게 주의를 주었다.

"취했으면 올라가서 잠이나 자던가."

딜러가 칩 더미를 남자의 앞으로 밀어주었다. 칩이 워낙 많아서 두 손으로 끌어모아도 한 번에 가져갈 수 없었다. 조니는 물끄러미 칩 더미가 남자의 자리로 옮겨지는 광경을 지켜보다가 남자가 칩을 가지런히 정리했을 때, 갑자기 맥주병을 내동댕이치고 테이블 위로 뛰어올랐다.

"우라질!"

조니는 남자가 쌓아놓은 칩을 발로 걷어차면서 소리를 질렀다. 발을 휘두를 때마다 칩들이 팝콘처럼 튀었고 구경하려는 사람들이 몰려들었다. 조니는 깨끗한 테이블 융단에 더러운 발자국을 내고, 시끄럽게 욕을 내뱉고, 침을 튀겼다. 사람들은 팔짱을 끼고 이 황당한 장면을 지켜보다가 경비원들이 달려오자 뒤로 물러났다.

덩치 큰 경비원은 조니를 간단하게 제압하여 끌어내렸다. 휘영은 경비원들이 총과 곤봉, 수갑까지 지니고 있다는 사실이 내심 놀라웠다. 필요하면 총도 쐈을까? 휘영이 어렸을 때,

백인 경찰이 흑인 소년을 총으로 쏘는 사건이 있었다. 그땐 그 사건이 어떤 사건인지 자세하게 알지 못했다. 다만 미시시피에서 보았던 이웃 남자가 진짜로 총을—휘영이 동양인이라는 이유로—쏠 수도 있었다는 것을 뒤늦게 깨달았을 뿐이다. 자신이 혼혈이라는 점에 대해 진지하게 생각해본 적이 없었으므로 엄마의 친구들처럼 화가 나진 않았다. 그때 휘영이 궁금해했던 것은 총을 어떻게 쏘았을까 하는 것이었다. 어떻게 사람한테 총을 쏠 수 있지? 고민되지 않았을까. 바지춤에 있던 총을 꺼내고 소년을 겨냥하고 방아쇠를 당기기까지? 만약 휘영에게 총이 있었다면. 미시시피에서 훔친 물건이 가위가 아닌 총이었다면, 훗날 문학을 쏠 수도 있었을까. 아마도 휘영은 총을 쏘지 못했을 것이다. 혹시 쏘았더라도 문학은 죽지 않았을 것이다. 그냥 그런 생각이 들었다. 침대에 누워서라도 숨을 쉬었겠지. 문학은 끈질기니까.

휘영은 호텔 밖으로 나왔다. 다른 방법을 찾아야 했다. 바깥 공기는 맑았다. 하늘에 구름이 빠르게 흩어졌고 먼 하늘에는 주황빛과 보랏빛이 섞인 미류운이 보였다. 사막의 하늘은 역동적이면서 평화로웠고 그런 까닭에 더 아름다웠다. 서로 다른 것들이 공존하는 넓은 공간. 새는 하늘을 날아야 한다는 당연한 생각이 들었다. 시력이 뛰어난 독수리나 사람을 잘 따르는 앵무새, 자신의 종이 아닌 새와 짝을 이룬 카나리아, 무엇이라도 좋았다. 하늘은 그런 것들이 자유롭게 다닐 수 있는 열린 길이었고 누구에게나 뚫려 있는 대지였다.

　호텔 주차장에는 동물 조각상이 여러 개 있었다. 화산 형상
으로 지어진 호텔 지붕에서 마그마가 뿜어져 나오고 있었기
때문에, 동물들은 어딘가로 도망치는 중이었다. 코뿔소와 공
룡 같은 거대한 동물이나 다람쥐나 토끼처럼 조그만 동물, 모
두 뛰고 있었다. 휘영은 코뿔소 옆에 있는 공중전화로 수완에
게 전화를 걸었다. 수완이 전화를 받았다. 그러나 이번에는
휘영이 무슨 말을 해야 할지 알지 못했다.

　—어디야? 왜 안 들어왔어?

　—지금 좀 멀리 있어. 마그마 호텔이라고.

　—마그마? 거긴 왜?

　휘영은 아서와 오스틴에 왔고, 아서가 사라졌고, 트리버스
씨는 아서를 찾을 생각이 없어서 혼자 찾으러 왔다는 말을
어떻게 하면 좋을지 알지 못했다. 도움을 청하는 건 늘 어려
웠다.

　—오늘 너희 엄마한테 전화가 왔어. 아침에 아줌마랑 닮
은 여자가 가게에 왔는데 전화가 오려고 그랬었나 봐. 그리
고……

　—뭐래?

　휘영은 수화기를 귀에 바짝 가져다 댔다.

　—문학이 죽었대.

　수완이 말했다.

—이 말을 꼭 전해달래. 침대에 누워 있다가 죽은 게 아니라 문학의 아내가 호흡기를 뺐다고.

수완은 문학을 죽인 건 휘영의 가위가 아니라 문학의 아내가 내린 결정이라고 말하려는 것 같았다. 그게 휘영의 기분을 조금이라도 낫게 해준다고 생각했을까. 문학은 죽었다. 영원히 사라졌다.

—이리로 샌드위치 좀 싸와. 네 도움이 필요해.

휘영은 그렇게 말하고 전화를 끊었다.

전화를 끊은 후에는 한 가지 생각에 사로잡혔는데 그건 말할 것도 없이 문학의 생명이 끝났다는 사실이었다. 그 사실이 휘영의 마음을 사로잡으면서 강렬하게 내부를 휘저었다. 수완이 빈 샐러드 볼에 대고 거품기를 휘저었던 것처럼. 휘영은 숨을 크게 들이쉬었다. 도무지 어떤 종류의 기분인지 알 수 없었다. 묘한 감정이 슬픔인 것도 같았는데 그런 기분에 빠지고 싶지 않았다.

휘영은 공중전화 앞 벤치에 앉았다. 그 자리에서는 맞은편에 있는 커다란 돌에 새겨진 호텔 소개가 잘 보였다. 소개문에는 1966년에 설립된 이래, 청동으로 만든 '달리는 동물' 덕분에 인지도가 높아졌다고 적혀 있었다. 카지노와 버드쇼, 한 달에 한 번씩 열리는 새 경매도 인기가 높았는데 정말 그런지, 코뿔소와 코끼리 조각상 앞에 유난히 많은 사람들이 모여 있었다. 그들은 웃긴 포즈로 사진을 찍었다. 휘영이 앉아 있

는 쪽은 주차장의 끝이었기 때문에 차가 많이 없었다. 그래서
인지 네 개의 차 문을 모두 열어놓고 대대적인 짐 정리를 하
는 여자 둘이 단번에 눈에 띄었다. 그들의 차는 휘영이 세워
둔 아서의 폭스바겐 옆에 바싹 붙어 세워져 있었는데 그들이
문을 너무 활짝 열어놓아서 폭스바겐 옆구리에 닿을 정도였
다. 한 명은 노랑 모자를 쓰고 있었고 다른 한 명은 긴 머리를
틀어 올려 묶었다. 그들 옆에는 몸이 얼룩덜룩하고 귀가 쫑긋
한 보스턴 테리어 한 마리가 코를 킁킁거리고 있었다. 여자들
은 비슷한 계열의 색으로 옷을 맞춰 입고 있었는데 단체복이
나 유니폼은 아니었다.

"이리 와, 요다!"

그때 보스턴 테리어가 휘영이 있는 쪽으로 달려왔다. 모자
쓴 여자가 재빠르게 개의 뒤를 쫓아왔지만 개는 이미 휘영의
운동화를 핥고 있었다.

"괜찮아요."

휘영은 개의 머리를 한번 쓰다듬었다. 여자는 개의 몸에 리
드 줄을 묶으며 "이 말썽꾸러기! 지금 신나서 그래요" 하고
말했다. 그 모습이 활기차 보였다. 여자는 휘영에게 고맙다는
인사를 하고 개와 함께 산책로를 한 바퀴 돌았다.

"넣어?"

차에서 짐 정리를 하던 머리 묶은 여자가 큰 소리로 물었다.

"개 오줌을 내 마음대로 할 수 없잖아!"

모자 쓴 여자가 산책로에 서서 대답했다.

"좀 뛰어!"

머리 묶은 여자가 다시 외치자 모자 쓴 여자는 개를 데리고 코뿔소 조각상 앞까지 뛰었다. 사람들이 개한테 관심을 보여서인지 여자는 조각상 앞에 한참이나 머물러 있었다.

"줄 좀 잡아줄래요?"

모자 쓴 여자가 개를 데리고 오더니 핑크색 리드 줄을 내밀었다.

"저기서 사진을 좀 찍어달래서요. 잠깐이면 돼요."

휘영은 줄을 잡았다. 개는 약간 힘을 주었지만 떼를 쓰지는 않았다. 모자 쓴 여자는 투숙객들에게 이쪽으로 서봐라, 저쪽에 가서 앉아봐라, 요구하면서 열정적으로 사진을 찍었다. 휘영은 여자를 보면서 엄마를 떠올렸다. 엄마가 보고 싶었다. 리도 보고 싶었다. 뉴욕에서 휘영을 기다리고 있을 리는, 문학이 죽었다는 소식을 듣고 울었을지도 모른다. 눈물이 많은 사람이니까. 적어도 엄마나 휘영에 비하면 훨씬 많았다. 휘영이 소년원에서 나와 방에만 틀어박혀 있을 때 피팅 모델 일을 다시 시작하라고 참을성 있게 설득한 사람도 리였다.

"넌 아무것도 안 해도 돼. 옷이랑 카메라가 다 할 테니까. 옷을 갈아입을 때마다 다른 사람이 된 기분일 거야."

휘영은 카메라 앞에서 그런 기분을 느껴본 적이 한 번도 없었지만 리가 하라는 대로 했다. 리가 아빠였으면 어땠을까 생각했던 것 같기도 하다. 만약 리가 아빠였다면, 가족과 함께 사진을 찍고 같은 순간을 공유하고 그 순간을 액자에 담아 벽에 줄줄이 걸어놓고…… 아니 그렇게 하지 않아도 함께 존재하는 것에 의미를 두는 것이 어떤 기분인지 알 수 있었을 것이다. 휘영은 미시시피에서 봤던 가족사진을 떠올렸다가 아버지를 버린 당돌한 딸에 대하여 생각했다.

엄마는 스무 살에 유럽으로 배낭여행을 떠났다가 휘영을 임신하는 바람에 두 달 만에 돌아왔다.

"지울까도 생각했지."

크리스마스였고 엄마는 와인을 병째 마시고 완전히 취했다.

"지울까도 생각했어. 방법을 알려줬으니까. 약도 받아 왔지. 페인 킬러도 잔뜩 챙기고."

엄마는 눈을 거의 감다시피 하고 입만 겨우 벌려 중얼거렸다.

"근데, 도저히 안 되겠더라."

엄마는 소파에 누운 채로 잠이 들었다. 집에서 촬영을 끝낸 날 하는 것처럼 방을 하나도 치우지 않고 각자 누울 자리를 만들고 알아서 잤다. 크리스마스의 아침이 밝아 오고 있었다. 그 기억이 아주 오래된 것처럼 느껴졌다.

개가 낑낑거려서 휘영은 조금 걸었다. 잡풀이 자란 쪽으로 좁은 흙길이 나 있었다. 길에는 마른 옥수수 알갱이나 해바라기 씨 같은 딱딱하고 작은 음식이 떨어져 있었다. 개는 킁킁거리면서 땅을 파헤치다가 수풀 속으로 들어가 엉거주춤 앉더니 힘을 주었다. 배변이었다. 휘영은 산책로 끝에 쌓여 있는 커다란 나무 상자 더미로 눈길을 돌렸다. 상자 더미 뒤로 '버드쇼'라고 적힌 간판이 보였다. 저기가 새 경매장인가? 흰 외벽에 둥근 지붕이 볼록하게 솟은 건물은 강당처럼 보였다. 개가 상자 더미 쪽으로 휘영을 잡아끌었다. 휘영은 개가 힘을 주는 방향으로 걸었다. 공연장 건물에서 사람 하나가 걸어 나오는 것이 보였다. 남자였고 키가 컸다. 그는 빠른 걸음으로 건물을 돌아 아래쪽으로 내려갔다.

아서?

휘영은 자기도 모르게 남자의 뒤를 따라갔다. 개도 따라 뛰었다. 어디선가 개를 찾는 소리가 들렸지만 개는 휘영보다 더 빨리 뛰었다. 리드 줄을 끝까지 풀었는데도 줄이 팽팽하게 당겨졌다. 휘영과 개는 무언가로부터 도망치는 것처럼 열심히 뛰었다. 좁은 산책로가 끝나자 큰 도로로 이어지는 작은 길이 나왔다. 개는 냄새를 킁킁거리며 그 길로 들어섰다. 휘영은 뒤를 돌아보았다. 호텔 건물은 보이지 않았지만 호텔 지붕에서 분출되는 마그마 모형은 한눈에 들어왔다. 저게 진짜 마그마라면…… 우린 다 같이 죽겠지. 휘영이 생각하는 순간 개가 갑자기 힘을 주는 바람에 중심을 잃고 넘어졌다. 리드 줄은 놓쳐버렸다. 개는 혼자서 맹렬하게 짖으며 쌓여 있는 상자

위로 뛰어올랐다. 잔뜩 흥분하여 코를 벌름거리며 상자를 긁어댔다.

"괜찮아요?"

넘어져 있는 휘영에게 모자 쓴 여자가 걸어왔다.

"요다, 저 말썽꾸러기."

머리를 묶은 여자도 함께 있었다.

"안 다쳤어요?"

머리 묶은 여자가 개의 이름을 여러 번 불렀는데도 개는 오지 않았다. 상자에 머리를 박고 냄새를 킁킁거리는 데 여념이 없었다. 개가 자꾸 짖는 바람에 머리 묶은 여자가 상자가 있는 곳까지 걸어가 개를 데리고 와야 했다.

"이 말썽쟁이! 진짜."

머리 묶은 여자가 개의 머리에 꿀밤을 주는 시늉을 했다.

"냄새 맡는 게 그렇게 좋은가 봐. 요즘도 가끔 내 신발 다 물어뜯어놓잖아."

두 여자는 개의 못된 버릇에 대해 얼마간 이야기하다가 휘영에게 물었다.

"괜찮아요? 정말 다친 곳 없어요?"

휘영이 몸을 일으키려는데 갑자기 어지럼증이 들어 도로 주저앉았다.

"머리 아파요? 현기증? 잠깐 그대로 있어요."

모자 쓴 여자가 말했다.

"죄송해요. 개를 여기까지 데리고 와서."

휘영은 머리가 지끈거렸지만 되도록 차분하게 말하려고 노력했다. 모자 쓴 여자가 괜찮다고 하며 "이 호텔에 묵어요?" 하고 물었다.

"저흰 일주일이나 있었어요. 돈도 좀 땄어요."

머리 묶은 여자가 개를 쓰다듬으며 말했다.

"가만있어."

그때까지도 흥분을 가라앉히지 못한 개가 뛰고 싶어서 낑낑댔다. 머리 묶은 여자는 허락하지 않았다.

"담배 있어?"

모자 쓴 여자가 물었다.

"가면서 사자."

그들은 휘영이 괜찮아질 때까지 기다려주겠다고 했다.

"저희는 내일 떠나요."

머리 묶은 여자가 말했다. 휘영은 가방에 있는 담배를 꺼내주었다. 받지 않아도 그만이라고 생각했는데 여자들은 기뻐하며 담배를 나눠 피웠다.

"오늘 밤엔 스프링데일로 가서 캠핑을 할 계획이에요. 미친 것 같죠? 거기가 캠핑할 만한 장소는 아닌데."

"재밌을 것 같네요."

휘영은 스프링데일이 어딘지도 모르면서 그렇게 대답하고, 몸을 일으켰다. 이제 정말 괜찮은 것 같았다.

"괜찮아요? 머리 안 아파요?"

모자 쓴 여자가 휘영의 팔을 잡아주었다. 친절한 백인 여자 두 명과 말썽꾸러기 개 한 마리. 적어도 그들은 피부색 때문에 술집에서 총에 맞는 일은 없을 것이다. 세 사람은 천천히 걸어서 호텔로 올라왔다. 개가 자꾸 뒤를 돌아보며 짖는 바람에 걸음이 늦어졌지만 머리 묶은 여자는 개를 잘 다루었다. 휘영은 고맙다는 인사를 건네고 호텔 로비로 돌아왔다.

로비는 아까보다 북적거렸다. 카지노도 마찬가지였다. 조니가 앉아 있던 자리에는 다른 관광객이 앉아 있었다. 이제 포커 테이블에는 빈자리가 없었고, 블랙잭과 룰렛 앞에도 사람들이 북적였다. 조니는 보이지 않았다. 휘영은 아무도 관심 없는 페니 머신 앞에 멍하니 앉아 있다가 버드쇼가 시작된다는 안내 방송을 듣고서 밖으로 나왔다.

산책로를 따라 가족 단위의 투숙객들이 걸어가고 있는 것이 보였다. 강당처럼 생긴 건물이 버드쇼가 열리는 건물인 것 같았다. 휘영도 생각 없이 그들의 뒤를 따라 걸어갔다. 그러나 공연장 안까지는 들어가지 못했다. 쇼를 보기 위해선 티켓이 필요했는데 돈이 없는데다 티켓이 이미 다 팔린 뒤라서 사정을 해도 소용없었기 때문이다. 몰래 들어가려고 시도를 해보았지만 출입문은 안쪽에서 잠겨 있었고 붉은 커튼까지 꼼꼼하게 쳐 있어 내부를 보는 것은 불가능했다. 하는 수 없이 공연장 앞쪽에 쌓여 있는 상자 위에 앉았다. 요다가 흥분하여 킁

쿵거렸던 그 상자 더미였다. 나무 합판을 못으로 박아서 튼튼하게 만든 상자는 사람이 들어갈 정도로 크고 단단해 보였다.

이제 어떻게 해야 할까.

결정을 내리기가 어려웠다. 날이 저물기까지 얼마 남지 않았고 호텔에 묵을 돈은 부족했다. 해가 완전히 떨어지면 이런 곳은 위험할 것이다. 그럴듯한 대책이 떠오를 리 없는데도 휘영은 먼 하늘을 보며 마냥 앉아 있었다. 수완이 올까. 이런저런 경우의 수를 생각해보는 것이 휘영이 할 수 있는 유일한 일이었다.

휘영은 가방에서 하나 남은 담배를 꺼냈다. 심하게 구겨지긴 했지만 부러지진 않아서 다행이었다. 라이터를 찾는데 새 사진이 비죽 튀어나왔다. 아서가 찢어준 도감의 한 장이었다. 야생에 최후로 살아남은 유리금강앵무와 초록색 마라카나. 몸집이 훨씬 작은데도 유리금강앵무와 함께 있는 게 신기해서 눈에 띄었다. 아서의 말에 의하면 사진 속의 스픽스유리금강앵무는 야생에 남아 있다고 알려진 마지막 새였다. 인간들에게 짝을 빼앗기고 외롭게 홀로 살아남은 새. 그 새가 어렵게 찾은 짝이 바로 이 초록색 마라카나였다. 서로 다른 종이었지만 두 새는 짝짓기를 하고 둥지를 틀고 그 안에 알도 두 개나 낳았다. 위험한 절벽에 살짝 벌어진 틈을 찾아 어렵게 낳은 알이었다. 인간들은 그 둥지를 찾아냈고, 거침없이 손을 뻗어 둥지를 헤집다가 알을 깨뜨렸다. 세상에 하나밖에 남지 않은 종을 순식간에 박살낸 것이다. 얇은 껍질 속에서 조금씩 크고 있던 생명은, 태어나지도 못하고 죽었다. 만약 알이 무사히 부화했다면 이제껏 볼 수 없었던 새로운 종이 탄생했을지도 모르는 일이라고 아서는 말했다. 휘영은 그 어린 새들의 죽음이 진심으로 안타까웠다.

새로운 종이 탄생하는 건 축복받을 일이었다. 질서를 망가뜨리는 것은 뭐든 없어져야 한다고 믿는 문학 같은 사람들은 아니라고 하겠지만 새로운 종이 생겨나는 건 좋건 싫건 당연한 일이었다. 기존의 질서가 뒤섞이고 우위가 사라지고 모든 것이 다시 시작하는 상태. 휘영은 그것을 자유라고 생각했다. 스스로 존재하는 그 무엇. 새는 존재하기 위해서 둥지를 틀었다. 종이 다른 새를 선택한 것은 어쩔 수 없는 상황에서 비롯된 것이지만 존중 받아 마땅한 고유의 선택이었다.

그런데, 문학이 죽었다고?

불현듯 그 사실이 되살아났다. 문학이 죽었다. 스스로 힘이 떨어져 죽은 것이 아니라 아내가 산소호흡기를 떼겠다는 결정을 내렸기 때문에 죽은 것이다.

"다 끝났어."

수완의 목소리가 홀가분했던가. 잘 모르겠다.

만약 수완이 온다면 함께 아서를 찾으러 갈 것이고, 아서를 찾으면 빅터빌로 돌아갈 것이다. 스프링데일에서의 캠핑도 생각해볼 수 있지만 그보다는 아서에게 무슨 일이 있었는지 들어봐야 할 테니까. 그런 다음엔 여행을 떠날 수도 있을 것이다. 아서와 아서가 찾은 새를 데리고 숲 한가운데 텐트를 치고 차가운 새벽 공기를 마시면서 서로의 존재에 안도감을 느끼는…… 휘영이 바라는 새로운 삶을 찾을 수도 있지 않을까. 휘영은 되도록 멀리 가고 싶었다.

공연이 끝나고 사람들이 몰려나왔다. 가족 단위의 관람객들은 삼삼오오 모여서 가벼운 대화를 나누며 호텔 쪽으로 걸어갔다. 아이들의 손에는 기념품으로 보이는 노랑 카나리아 인형이 들려 있었고 몇몇 어른들은 진짜 새가 들어 있는 새장을 들고 있기도 했다. 산책로를 따라 걷는 사람들의 뒷모습과 따뜻한 웃음소리가 멀지 않은 곳에서 어우러지고 있었다. 당혹스럽게도 휘영은 눈물이 쏟아질 것처럼 쓸쓸한 기분에 휩싸였다. 그럴 리가 없는데도, 휘영은 누군가 말을 걸어오길 기다렸다. 단 한 명이라도.

그러나 말을 걸어오는 사람은 없었다.

자유는 평화로운 장면으로부터 시작한다. 단란한 가족 여행과 기념품, 특별한 추억. 정말 그런 게 자유일까. 자유로움을 가진 사람은 매 순간 새롭게 시작할 수 있다는 리의 말에 대하여 깊게 생각해본 적은 없지만, 낯선 가족의 단란함에서 평화로움과 자유로움이 뒤섞여 있음을 느꼈다. 수완이 열심히 휘저었던 것도 그런 게 아니었을까. 눈에 보이지 않지만 언젠가는 존재할 무언가, 자유를 위해서.

그때 앞서 걷던 사람들 무리에서 짧게 비명소리가 터져 나왔다. 새장을 들고 가던 아이가 새장을 놓친 것이다. 새는 휘영이 있는 곳에서도 잘 보였다. 아이는 새장 안쪽에 널브러져 있는 새를 두려운 듯이 쳐다보다가 손으로 새를 만지려고 했다. 새는 죽은 것처럼 누워 있다가 아이의 손이 닿기가 무섭게 새장 밖으로 날아가버렸다. 아이가 다시 한 번 꺅! 하는 소리를 냈다. 주변에 있던 사람들이 아이 일행을 돌아보았다. 아이는 울음을 터뜨렸지만 아이의 부모님은 웃고 있었다. 새는 멀리 가지 않았다. 나무 위에 앉아 있다가 다른 새가 한 마리 더 날아오자 기다렸다는 하늘을 빙빙 돌았다.

"스픽스유리금강앵무."

휘영은 사람들이 찾아다니는 여름새의 이름을 되뇌어보았다. 그때 휘영이 앉아 있는 나무 상자에서 이상한 소리가 들렸다. 손으로 뭔가를 긁는 소리였다. 휘영은 상자 가까이에 귀를 가져다 댔다. 사람의 신음 소리가 분명하게 들렸다. 휘영은 나무 상자에서 폴짝 뛰어내려 멀어지는 사람들 쪽으로 달렸다.

"도와주세요! 저 안에 사람이 있어요!"

아무도 돌아보지 않을 거라고 생각하면서도 휘영은 큰 소리로 외쳤다.

"도와주세요!"

사람들이 하나둘 돌아보았고 무슨 일이냐고 물었다.

"저 안에, 사람이 있어요!"

몇몇 사람은 휘영이 앉아 있던 상자로 걸어갔다. 상자 안에 정말 사람이 있을까. 사람들이 상자를 두드리고, 안에서 무슨 소리가 나는지 살피는 동안 휘영은 멍하니 서 있었다. 나중에서야 새를 잃어버린 아이가 휘영의 손에 자신의 손을 살포시 대고 있었다는 사실을 깨달았다.

잠시 후, 한 사람이 호텔 로비에 도움을 청했다. 남은 사람들은 상자를 두드리면서 몇 번이고 외쳤다.

"괜찮아요?"

"대답해봐요!"

"조금만 기다려요!"

어떻게든 상자를 열려고 해봤지만, 도구 없이 상자를 열 방법은 없었다. 곧 호텔 쪽에서 사람들이 내려왔다. 그들은 상자를 해체할 수 있는 도구들을 들고 있었고, 매우 조심스러웠다.

이윽고, 상자가 분해되기 시작했다. 휘영은 직접 나서고 싶었지만 꾹 참고 한발 물러났다. 곧 펼쳐질 운명을 생각해도 두려운 마음은 들지 않았다. 오히려 가뿐했다. 조금만 기다리면 오늘 일어난 모든 일에 대해 이야기할 수 있을 것이다. 방을 하나 잡고 안락하게 앉아서, 수완이 싸 온 샌드위치를 먹으면서. 이제 휘영의 눈에 분해된 상자 조각이 보이기 시작했다. 휘영은 가까이 다가섰다. 생은 참 끈질긴 거야, 그치? 어디선가 엄마의 목소리가 들렸고, 그 말은 전에 들었을 때와 달리 마음속에 따듯한 파문을 남겼다. 그것은 아주 가끔씩 휘영의 삶으로 파고드는 경이로운 감각이었다.

잃어버린 시간을 찾아서

의혹으로 가득 찬 환상적인 순간들에 부쳐

박혜진(문학평론가)

1. 순간의 발견

소설은 쓰지 않고 다시 쓴다. 소설은 발견하지 않고 재발견한다. 소설가가 만들어낸 세계에서 활약하는 인물을 규정하는 단어들은 사전에 정의된 개념을 넘어서는 새로운 차원의 개념을 형성하며 의미 목록을 추가해왔다. 밀란 쿤데라는 「법정과 소송」이라는 에세이에서 도스토예프스키의 '굴욕', 스탕달의 '허영', 카프카의 '법정'과 '소송' 등을 차례로 언급하며 이러한 점만은 소설가가 철학자보다 앞서는 측면이라고 말한 적 있다. 쿤데라 자신도 재발견의 주체였음은 물론이다. 역사와 개인의 관계를 탐구해온 쿤데라가 소설적 성찰의 테마로

삼았던 것은 망각이었고 망각을 위해 다시 쓴 단어는 안개였다. 망각과 안개는 밀란 쿤데라에 의해 재발견되었다.

같은 책에 수록된 에세이 「안개 속의 길들」에서 쿤데라는 인간을 "안개 속을 나아가는 자"라고 정의한다. 그는 어둠 속과 비교하며 안개 속을 설명한다. 어둠 속에서 인간은 아무것도 보지 못한다. 눈먼 상태가 된다. 반면 안개 속에서 인간은 자유롭다. 오십 미터 전방을 볼 수 있고 대화 상대의 모습도 구분할 수 있다. 길가에 선 나무들이 아름다운 줄도 알고 근처에서 일어나는 일들을 관찰하며 적절히 반응할 수도 있다. 그러나 그로부터 시간이 흘러 미래가 현재가 되었을 때, 과거를 돌아보는 인간은 자신이 걸어온 길 위에 있었던 안개를 보지 못한다. 누군가의 지난 삶을 판단할 때 역시 그들을 둘러싸고 있었을 안개를 보지 못한다. 과거만 못 보는 게 아니다. 시차를 두고 떨어진 미래도 마찬가지다. 닥친 미래, 쿤데라 식으로 말하면 오십 미터 앞의 미래만 볼 수 있고 과거는 잊어버린 인간에게 '안개'는 인간의 시간을 의미한다.* 눈앞의 시간만이 인간이 경험할 수 있는 실제적 시간인 것이다.

많은 소설가들이 시간이라는 테마에 도전했다. 시간을 탐구하는 작가가 많은 데에는 소설이 '시간의 예술'이라는 언어적 특성도 작용했을 테지만 보다 근본적인 이유는 우리 모

---

* 밀란 쿤데라, 「안개 속의 길들」, 『배신당한 유언들』, 김병욱 옮김, 민음사, 2013, 354쪽.

두가 시간 속에서 살아가고 있음에도 불구하고 스스로 자각할 수 있는 시간이 '오십 미터'에 불과하다는 데에서 비롯되는 아이러니에 있을 것이다. 시간이 하나의 연속체인지 여부는 차치하고, 앞선 '안개론'에 따르면 인간은 자신이 통과해 온 흐름으로서의 시간 전체를 인식할 수 없는 존재다. 그렇다면 과거는 망각하고 미래는 당장에 보이는 것만 인식할 수 있을 따름인 부분적 존재로서의 인간에게 의미 있는 시간이란 '순간'일 수밖에 없겠다. '오십 미터'가 밀란 쿤데라가 인간에게 허락한 최소 시간이라면 '순간'은 정빛그림이 인간에게서 발견한 최소 시간이자 유일한 시간이다. 요컨대 『빛의 시간』이 유구한 문학 사전에 새로이 기입한 단어는 '순간'이다. 그의 소설은 순간을 찰나적 시간으로만 인식하는 사람들에게 일종의 혁명적 전환을 선사한다. 순간은 진실이 출현하는 시작이자 영원을 완성하는 끝이다. 순간의 발견은 우리에게 잃어버린 시간을 되찾아준다. 작가의 표현을 빌리자면 "의혹으로 가득 찬 환상적인 순간"들을 발견함으로써 말이다.

순간을 포착하기 위해 작가가 주목하는 것은 인생에 남겨진 '실패'의 흔적들이다. 실패란 철저하게 시간의 지배 아래에서만 사용될 수 있는 개념이다. '실패'는 결과에 대해 이루어지는 평가이므로 끝이라는 시간성이 전제될 때에만 적용할 수 있는 탓이다. 시간이 지나봐야 좋은 일이었는지 나쁜 일이었는지 알 수 있다는 말은 시간의 경과가 없다면 실패 여부를 판단할 수 없다는 말이기도 하다. 『빛의 시간』은 불연속적인 침묵의 순간과 언어가 끊어진 곳에서 발생하는 전환의 순간을 통해 실패로 규정된 다양한 국면들을 해체하고 재구성한다. 삶의 행로에 변화가 예견되는 순간은 인생이 끝내 다 보여주지 않는 신비한 비밀이다. 이때 발견된 순간들은 사라진 시간을 불러와 인간 실존의 새로운 시간을 확보한다. 이 책에 수록된 여덟 편의 소설은 평가가 완료된 순간으로서의 실패를 뒤적여 이전에는 알아차릴 수 없었거나 일찍이 망각해버린 시간을 불러낸다.

2. '순간'이라는 통로

표제작인 「빛의 시간」은 이러한 정빛그림 고유의 주제를 집약적으로 보여주는 소설로, 기억 저편에 체증처럼 머물러 있던 어느 여름날을 회상한다. 한때 그림 그리는 사람이 되고자 했으나 친구 해주의 어시스턴트로서 더 충실한 나날을 보내고 있던 '나'는 해주와 함께 한 커피 회사가 주관하는 레지던시 프로그램에 합격한다. 스튜디오 입주 기간이 끝나면 떠날 여행을 위해 레지던시 건물 옆에 있는 전시관의 안내 데스크에서 오디오 대여 일도 하고 있던 '나'에게 어느 날 의아한 일이 벌어진다. 오디오를 반납하러 온 여자가 자신을 나영이라 소개하며 뜻 모를 질문을 던진 것이다. "정연이가 너 때문에 죽었어?" 나영이라는 사람이 누구인지도 알지 못하는 '나'는 그가 던진 질문 앞에서 아연해지지만 그게 무슨 말이냐고 묻는 대신 이상한 대화의 흐름 속에 스스로를 내버려둔다.

과거는 잊히지만 사라지지 않는다. 사라지지 않고 끊임없이 현재로 돌출되며 현재에 개입한다. 망각 너머에 묻혀 있던 정연의 존재가 떠오른 것은 정연을 망각 속에 묻어 두었던 상황과 유사한 사건이 현재의 시점에서 벌어졌기 때문이다. 학창 시절, 정연이 학교에 고양이를 데리고 온다는 사실을 눈치채고 있던 '나'는 정연에게 그 사실을 확인받기 위해 짓궂다 할 만큼의 압박을 가하고, 그러던 중 가방에서 튀어나온 고양이가 창틀을 건너다 아래로 떨어지는 사건이 발생한다. 의도한 것은 아니지만 '나'의 행동이 고양이를 죽게 만들었다는 것을 부정할 수도 없는 상황이다. 한편 현재 시점에서 '나'와 해주가 함께 키우던 고양이 뮤가 사라지는 일이 발생한다. 사라진 뮤 때문에 힘들어하는 해주와 달리 '나'는 해야 할 일들을 차질 없이 해나가는 편이다. 사실 두 사람 사이에는 보이지 않는 간극이 더 있다.

'나'는 해주의 어시스턴트로서 그의 작품에 참여하고 있지만 작품 의도와 주제 의식에 공감하지 못한다. 두 사람 사이에는 모종의 어긋남이 있다. 해주는 종종 한갓진 오후의 시간을 '빛의 시간'이라 불렀다. 해주의 작품 세계를 관통하는 모티프와도 같은 빛의 시간은 하루 중 특정 시간을 가리키지 않는다. 해주가 구현하고자 하는 빛의 시간이란 과거와 현재와 미래가 공존하는 총체적 세계다. 그것은 "존재하지 않았을 시간"인 동시에 무언가가 "어긋나면서 생겨난 우연의 순간"을 말하기도 한다. "아무도 모르는 순간 지나가고 아무도 모르기 때문에 부질없지만 그 순간에 운명이 변화를 일으"킨다는 사실은 빛의 시간이 인간의 시간을 넘어서고 싶은 마음이 만들어낸 상상의 시간이라는 사실을 보여준다. 빛의 시간을 이해하지 못하던 '나'에게 나영, 뮤, 정연의 고양이, 해주로 연결되는 일련의 사태들은 망각의 시간을, 침묵하던 공백을 살려내는 계기가 된다. 정연이 '나' 때문에 죽었을까? 이 질문은 그날 그때의 사건에만 제한되지 않는다. 해주의 어시스턴트로 지내다 결국 자신의 예술에 대한 도전도 모험도 하지 못한 채 그림 그리는 일을 포기한 스스로에 대한 질문이기도 하다. 자신을 향해 묻지 않은 채 외면하고 침묵했던 진실은 사라지지 않는다. 어딘가 숨어 있다 드러나야 할 순간이 되면 한층 날 선 형태로 우리를 공격한다. 누구도 이 공격으로부터 자유로울 수 없다는 점에서 인생은 가혹하고 시간은 무자비하다. 그리고 예술은 자신에 대한 침묵과 외면을 허락하지 않는다. 그 여름날의 질문은 '나'로 하여금 빛의 시간을 이해하게 하는 생의 질문이었던 것이다.

독립된 단편이지만 「빛의 시간」과 연결해 읽을 수도 있는 소설 「눈 속의 늑대들」은 한순간의 침묵을 통해 예술의 긴 시간을 상상하게 한다. "이렇다 할 성과도 없이 삼십대가 되었다며 속상해하는" 해주는 많이 조급해 보이는 예술가다. 여느 젊은 예술가들이 그런 것처럼 해주 역시 원하는 만큼의 성과를 내지 못한 것에 대해, 대학원 졸업을 포기한 것에 대해 습관처럼 후회와 반성의 말을 내뱉는 나날을 보낸다. 연인 관계인 해주와 정우는 사랑과 함께 그들 각자의 불안도 공유한다. 그러던 중 갤러리에서 운영하는 세미나에 참석하게 된 두 사람은 올리브라는 사진작가에 대해 알게 되는데, 풍문에 따르면 작업 과정에서 피사체인 여성들을 추행한다는 혐의가 따라다닌다. 수면 아래에서 존재하던 소문은 피해자인 임주미에 의해 널리 알려지고, 당사자인 임주미가 그 사실을 무리에 알린 이후 해주와 정우 사이에도 미묘한 입장 차이가 드러난다. 임주미에게 심정적으로 공감하는 정우는 한때 불법 촬영 시위에 동참하던 해주가 지금은 임주미를 가리켜 "올리브한테 당한 척하고 다닌다"더라는 소문을 덧붙이는 데 대해 모종의 실망감을 느끼는 한편 난해한 주제를 즐기는 무리에 대해서도 이질감을 느낀다. 불법을 내면화한 예술과 그런 예술 세계로부터 인정받고자 하는 또 다른 예술 속에는 현실을 전복하지 못한 채 현실에 굴복하고 현실의 승인을 기다리는 서글픈 예술가의 초상이 자리한다. 정우와 해주 사이에 침묵과 어긋남의 순간이 발생할 때, 그 한순간의 침묵 속에서 떠

오르는 것은 타락한 예술의 기나긴 그림자다. 이때의 침묵은
정우와 해주 사이의 침묵인 동시에 올리브를 향한 동료들의
침묵도 포함한다.

3. 순간주의자의 꿈

앞의 두 작품이 잠복된 진실을 출현시키는 시작점으로서의
'순간'에 집중하고 있다면 「기억하는 마음」과 「오해의 주변」
은 완료되었거나 진행 중인 '순간'을 통해 내용으로서의 '순
간'에 좀 더 몰두한다. 어떤 이에게 이 두 편의 소설은 거두절
미하고 실패한 사랑에 대한 소설일 수 있지만 다른 누군가에
게 이 소설은 끝나버린 사랑과 시작하지도 못한 사랑을 소재
삼아 그리워하는 순간과 태동하는 순간을 통해 사랑에 대해
정의하는 소설이기도 할 것이다. 「기억하는 마음」의 주인공
국주는 사랑하는 남자가 갑자기 떠나버린 상황을 받아들이지
도 이해하지도 못한 채 슬픔의 정체 구간에 갇혀 있다. 그녀
를 지켜보는 주변 사람들의 걱정 혹은 오지랖에 의해 국주는
한 남자를 소개받고 두 사람은 함께 공연을 보며 시간을 보낸
다. 소개받은 남자는 여러 면에서 국주에게 별다른 인상을 주
지 않지만 웬일인지 그가 쓰고 있는 이상한 모자만큼은 국주
의 마음에 잔상을 남긴다. 배우인 남자가 연기할 때 썼다는

그 모자는 극중 죽은 사람의 소품으로, 그 모자를 쓰고 있으면 마치 죽어 있는 것 같은 기분을 느낄 수 있다는 남자의 이야기가 국주의 마음을 사로잡은 것이다. 국주는 순간순간 다른 사람이 될 수 있는 가능성을 실천으로 옮길 수 있는 남자의 말에서 자신이 사랑했던 사람을 떠올린다. 사진을 찍었던 그 역시 순간만이 전부인 사람이었기 때문이다.

　세상에 고유하지 않은 순간은 없고 고유한 순간에 존재하는 모든 것은 소중합니다. 그래서 사진이 특별하지요. 사진은 한 존재의 한순간을 영원히 붙들고 있으니까. 남자는 슬픔을 간직한 채로 살아야 하는 사람을 위해 사진을 찍는다고 했다. 잊을 수 없는 마음들을 위해. 국주는 그런 사진이 어떤 사진인지 알지 못했다. 먹먹함을 느끼면서도 그냥 그런 게 있으려니, 남자는 그런 것에 의미를 두는 사람이려니 생각했다.(79쪽)

　순간주의자는 영원을 꿈꾸는 데에서 나아가 유한한 삶 속에서 영원을 이행하는 사람이기도 하다. 순간을 정지시킨 장면을 통해 지나가고 말 시간을 기억에 영원히 박제할 수 있는 사진은 불멸을 꿈꾸는 인간에게 불가능한 꿈을 허락해주는 실질적인 도구이기 때문이다. 남자는 순간을 사는 사람이었다. 영속하는 것은 우리 기억에 존재하는 것일 뿐 어떤 것도 계속되거나 이어질 수 없다고 생각하는 남자에겐 기억만

이 실재하는 것이었으며 그런 세계에서 이별의 의미란 헤어짐이 아니었을 것이다. 지속성에서 관계의 의미를 찾지 않았으므로 순간에서 불완전함을 느끼지도 않았을 테니. 그러나 순간에 부여된 의미들이 남자를 잃은 뒤 국주가 보내는 슬픈 시간을 위로해주는 것은 아니다. 다만 이따금 죽은 사람이 되고 싶을 때 극중 인물의 모자를 쓰는 사람처럼 "결국 인생이란 옷을 갈아입는 것과 마찬가지로 매 순간 새로운 존재로 다른 역할을 하며 사는 것이라는 유치한" 생각을 받아들일 수 있는 마음의 공간을 가질 수 있게 되었을 뿐. 그 공간 안에서 순간들은 무력하게 퇴색되거나 소멸하지 않고 기억으로 생존할 것이다.

그런가 하면 「오해의 주변」은 순간이 발생하는 상태에 주목한다. 우정과 질투를 공유하는 세 친구 '나'와 여름, 세영을 중심으로 그들 사이에 등장한 한 명의 남자 이자비가 있다. 학창 시절부터 친구였던 셋은 서로를 밀어내면서도 끌어당기며 '셋'이기에 가능한 우정을 공유해왔다. 한동안 소원하게 살던 그들이 서로의 인생에 다시 존재감을 드러낸 것은 미국에서 살고 있던 세영이 한국에 들어오면서부터다. 어느 날 갑자기 연락해 에어비앤비를 이용할 수 있는지 묻는 세영에게 '나'는 정식으로 운영하고 있는 상태도 아니면서 흔쾌히 도움을 주겠다고 나선다. 늘 친구들에게 다양한 보상을 베풀었던 세영이라면 '나'의 이런 도움에 대해서도 무언가 대가를 지불

할 거라는 기대감이 없었다고는 할 수 없는 친절이었다. 그렇게 만난 세영의 곁에는 정체를 알 수 없는 남성이 있고, 세영은 그를 사업 파트너라고 소개한다. 나이 많은 남편과 결혼한 세영에게 정자를 제공해줄 사람이라는 것이다. 어쩐 일인지 그에게 관심이 가는 '나'는 자신이 제공한 아파트에서 지내는 그를 찾아가 그가 만들어준 스파게티를 먹으며 흡사 연인과도 같은 시간을 보낸다.

사랑의 고통을 폭탄처럼 끌어안고 사는 삶이란 어떤 걸까. 나는 문득 요리하는 이자비의 뒷모습을 보았다. 지금 이 마음이 그런 리듬과 뭐가 다른가. 사랑이 원래 이렇게 터무니없이, 함정에 빠지듯이 불쑥 찾아오는 거라면. 나는 갑자기 그런 모험을 단 한 번도 경험하지 못한, 그게 축복인지조차 몰랐던 과거의 나에게 동정이 일었다.(112쪽)

지방의 한 문화단체에서 인턴으로 일하고 있던 '나'는 얼마 전 로비에 새롭게 설치된 작품을 보고 강렬한 인상을 받는다. '내가 질투하는 것'이라는 제목의 그 작품은 아무것도 없는 흰 벽에 불룩하게 솟은 곡선으로 이루어져 있었다. "무기물과 생명체의 결합. 생성의 상태(state of becoming)"라는 간단한 문구 옆에는 흰 벽면 위의 흰 형상이 임산부의 배를 상징한다는 설명이 더해져 있다. 사랑이 생성되려는 순간, '나'

는 누구에게도 그 무엇도 물어보거나 확인할 수 없는 상태를 경험한다. 미국에서 한 번 만난 적 있을 뿐인 여름과 이자비가 함께 떠났다는 세영의 말에 놀랐을 때에도 질문하고 싶은 것이 너무 많지만 아무것도 묻지 않는다. "물어보는 순간, 우정이 끝장나는 것은 물론이고 그날 밤의 기억이 아무것도 아닌 게 되어버린 것만 같"은 기분이 들기 때문이다. 규정되는 순간 사랑은 사랑에서 멀어진다. 사랑은 규정할 수 없는 순간으로 이루어진 에너지다. 그것은 언제나 생성 중이거나 소멸 중이며, 따라서 불안정하다. 세 사람 사이의 우정이 그랬던 것처럼. 불안정을 속성으로 하기에 사랑은 규정될 수 없다. 규정되지 못하고 규정할 수 없는 '순간'이라는 속성이 사랑을 두려워하게 하면서도 사랑을 잊지 못하게 한다.

4. 순간 이후, 이후의 순간

이해되지 못한 실패는 반복된다. 실패는 반복됨으로써 비로소 실패가 된다. 과거의 실패로부터 벗어나지 못한 채 과거의 실패가 현재를 간섭하는 것을 통제하지 못하는 상황은 일상에서 우리가 경험할 수 있는 가장 공포스러운 순간일 것이다. 과거에 대한 몰이해는 현재에 대한 오해를 부르고 오해로 얼룩진 현재는 미래를 통째 앗아간다. 실패의 자리에 순간을 넣어보면 어떨까. 이해되지 못한 순간은 반복된다. 이해되지 못한 채 반복됨으로써 짧은 시간에 불과한 순간은 여전히 짧은 순간에 그친다. 순간에 대한 몰이해는 현재에 대한 오해와 미래의 상실을 부른다. 순간은 그 자체로는 아무런 의미가 없다. 이전과 이후를 통해 재규정되고 재구성될 때 순간은 다른 차원으로 거듭난다.

「벨롱에서」는 과거로부터 벗어나지 못한 자가 현재를 살아가지 못하는 비극을 보여주는 소설이다. '벨롱의 집'에서 일하는 어린이집 교사인 '나'는 이전에 일하던 곳에서 발생한 영유아 사망사건에 연루되어 실형을 선고받은 과거가 있다. 후진하던 유치원 버스에 아이가 깔려 죽은 사건에서 '나'는 보다 주의를 기울여 사고를 예방하지 못한 죄로 실형을 선고받았다. 자신의 유죄에 대해 일말의 억울함을 품고 있는 '나'는 여전히 과거의 실패에서 벗어나지 못한 채 과거가 현재를 압도하는 삶을 살고 있다. 다행히 '벨롱의 집'에서 다시 일을 시작할 기회를 얻은 '나'는 별별 잡다한 일을 맡아 하며 일상을 꾸린다. 평일 오전에는 주로 식당 일을 도왔다. 식당 일이 끝나면 세탁 업무를 했고 저녁에는 교실 청소와 복도 청소를 했다. 아이들이 깨끗하게 생활할 수 있도록 시설을 관리하는 것도 그의 일이었다. 그러나 '벨롱의 집'에 와서 처음 만난 아이 경수에게서 사망한 동연을 본다든가 새로 찾은 일자리 역시 어린이집이라는 사실은 그의 현재가 여전히 과거에 붙들려 있음을 보여준다. 그의 현재는 과거로부터 분리되지 못했다. 과거가 현재를 끌고 다니므로 현재의 과거화가 계속된다. 과거화란, 과거가 영원히 반복될 것이며 결정된 과거를 인식한다 해도 달라질 것이 없을 거라는 절망이다. 현재와 미래가 과거에 잠식되었다.

나는 푸른빛의 공포를 가만히 바라보았다. 죽을 때까지 알 수도, 이해할 수도 없는 공포의 순간에 대해 중요한 뭔가를 깨달은 사람처럼.(172쪽)

과거에 붙들려 현재를 살지 못하기로는 「여름새」의 휘영도 마찬가지다. 열여덟 살에 학교 선생을 가위로 찌른 뒤 경찰서와 소년원, 법원과 병원, 면담과 상담으로 일 년을 보낸 휘영이 사라진 아서를 찾기 위해 떠난 길에서 만나는 것은 소화하지 못한 과거다. 소화되지 못한 과거는 정신적 성숙의 재료가 되지 못하고 오히려 탈을 일으킨다. 미래를 잃어버린 사람의 순간은 어떨까. 역할을 잃어버림으로써 현재적 존재가 흐려진 사람도 있다. 「자유 연기」에서 배우인 '나'는 이혼 후 일 년에 한 번, 아이를 만난다. 양육권을 가진 남편이 연중 가장 바쁜 시기에 '나'에게 에스쁘아를 보내는 것이 그들의 루틴이다. 그에 따르면 에스쁘아의 요즘 심리 상태는 좋지 않다. 그러나 공교롭게도 '나' 역시 2차 오디션을 준비해야 하는 바쁜 상황에 처해 에스쁘아에게 섬세한 마음을 쓰지 못한다. 대신 '나'는 에스쁘아를 돌보기 위해 보모를 채용하고, 다행인지 불행인지 에스쁘아는 보모를 잘 따른다. 문제는 너무 잘 따른다는 것이다. 급기야 보모는 '나'를 향해 도를 넘어선 지적을 하며 엄마로서의 자격을 운운하기에 이른다. 에스쁘아보다 중요한 건 없어야 한다거나 엄마는 희생이며 희생이 곧 모성이기도 하다는 생각으로 '나'에게 있을지 모를 엄마로서의 죄책감과 열등감을 자극하는 식으로. 이혼 이후 아들과의 관계에 변화가 생긴 '나'는 사실상 엄마로서의 역할을 잃은 상태다. 자신의 인생보다는 배우라는 타인의 인생에 더 몰두한 '나'에게 보모는 불편한 진실을 상기시키는 존재다. 과거와 단절되었을 뿐만 아니라 미래와도 단절된 '나'는 사라진 시간 앞에서 엄마라는 역할을 수행하지 못하고 방황한다. 어떤 사람과의 관계에도 정착하지 못하는 '나'의 부식된 현재는 과거를 이해하며 받아들이고 미래를 살려내는 일에서 시작될 것이다.

한편 「올드 픽처스」는 실패한 살해에 대한 이야기다. 한때 막역하게 지냈던 늙은 사진 수집가 돌턴이 병에 걸려 누워 있다. 요양원이 아닌 집에서 죽고 싶어하는 남편의 뜻을 따라 그를 죽여달라는 부탁을 받은 한스가 한국에 있는 친구 진우와 반야에게 살해를 부탁한다. 한스의 연락을 받은 진우와 반야는 미국으로 간다. 부탁받은 살해를 이행하기 위해서다. 그러나 돌턴 씨의 집으로 온 반야는 돌턴 씨의 부인으로부터 어떤 살인의 사인도 받지 못하고 모든 것이 석연치 않게 돌아가고 있다는 사실만이 분명해진다. 사실 반야는 살해 그 자체보다는 찍고 싶은 사진이 있던 터였다. 전환의 순간이다. 다음 장면으로 인생이 전환되는 순간. 그는 "평범한 사물들이 기존의 이미지를 버리고 의미심장하게 바뀌는 순간. 의혹으로 가득 찬 환상적인 순간을 카메라에 담고 싶었다". 이들이 처해 있는 상황이야말로 풀리지 않는 의혹만 가득한 환상적인 순간이다. 반야가 찍고 싶은 건 상태가 변하는 바로 그 순간, 즉 순간의 이후이자 이후의 순간이 만나는 접점 지대다. 서로 다른 목적과 의도가 착종되어 있는 이들의 살해 공모는 순간이 지닌 속성으로서의 의혹을 극대화해 보여준다. 파악되지 못한 채 의문에 부쳐진 것이 순간이다. 순간에 변화가 생기는 전환의 지점은 캄캄한 어둠에 가해지는 한 줄기 빛의 단서다. 그러나 기다리는 순간은 오지 않는다. 순간의 시간은 순간 그 자신이 결정하기 때문이다.

5. 순간을 기록하는 작가 정빛그림

"의혹으로 가득 찬 환상적인 순간"을 기록하는 이 신예 작가는 이른바 실패라고 분류되는 일련의 사건들, 불가해하거나 아직 의미를 다 파악할 수 있는 불완전한 단면에서 순간에 내포된 다양한 시간성을 인식한다. 이때의 순간은 돌출하고 출현하는 모습으로, 생성되고 태동하는 모습으로, 기억되거나 혼돈 그 자체인 모습으로 드러난다. 다양한 순간은 우리가 망각하고 있던 인간에 대한 진실을 알려준다. 순간이라는 유한한 시간에서 그것을 이루고 있는 이전과 이후의 시간을 상상함으로써 순간의 의미는 바뀐다는 점이다. 순간의 의미가 바뀌는 순간 과거와 미래도 바뀐다. 인간은 순간을 통해 과거와 미래를 끊임없이 재발견하고 재정의해 나가는 존재다. 불안정하지만 불안정하기 때문에 새로워질 수 있다. 오십 미터 앞만 볼 수 있지만 바로 그 근시안적 조건으로 인해 무한한 시간을 상상할 수 있다. 주어졌거나 주어질 시간을 뒤로하고 스스로에게 시간을 줄 수 있는 존재. 인간은 시간 속에서 살지 않는다. 오히려 인간이 시간을 살게 한다. 쿤데라 식으로 말하면 순간이라는 개념을 정의하는 데 있어 소설가 정빛그림은 어느 철학자보다 앞서 있다고 할 수 있다. 그의 문학을 통과한 우리는 이제 '순간'이라는 말에서 찰나를 넘어서는 유장한 시간을, 숙명을 넘어서는 인간의 의지를 먼저 떠올리게 되어버렸기 때문이다.

당신이 바름을 말하는 방식은 바른가?

글쓰기 작업에 앞서 내가 늘 생각하는 질문이다. 하나의 이야기는 고정된 가치를 보존하는 것이 아니라 상황의 움직임을 포착하는 것이라고 생각하기에 나에게는 단호한 시선이 없다. 옳다고 말해지는 것들 앞에서는 머뭇거림이 앞서고, 무엇이 바른가에 대해서는 의심이 먼저 든다. 그래서인지 내 소설에는 '세상에는 각기 다른 시선만 있을 뿐'이라는 다소 허무한 관점이 곳곳에 묻어있다. 누군가에게 잘 보이는 어떤 세상이 누군가에게는 아예 없을 수도 있다는 생각에.

나에게 있어 소설 쓰는 일은 매 순간 용기를 필요로 한다. 그런 와중에 이렇게 책이 나오게 되니 기쁘면서도 두려운 마음이 든다. 그래도 지금껏 해왔던 것처럼 용감한 마음으로 계속 쓸 수 있었으면 좋겠다. 코로나 이전에 쓴 소설들을 읽으며 여행에 대한 그리움이 더욱 커졌다. 모두가 보내고 있는 이 힘든 시기가 어서 지나가기를.

해설과 추천사를 써주신 박혜진 평론가와 박서련 작가에게 고맙다는 인사를 전하고 싶다. 표지 그림을 허락해준 정규옥 작가에게도 애정 어린 마음으로 감사하고, 항상 따뜻한 언어로 소통해준 고운 편집자와 강출판사에도 감사 인사를 드린다. 아직은 없지만 언젠가 만나게 될 독자에게도 조심스럽게 인사를 전해본다.

2021년 8월
정빛그림

빛의 시간

© 정빛그림

1판 1쇄 발행　|　2021년 8월 10일

지은이　|　정빛그림
펴낸이　|　정홍수
편집　|　김현숙 이명주 임고운
펴낸곳　|　(주)도서출판 강
출판등록　|　2000년 8월 9일(제2000-185호)

주소　|　서울시 마포구 동교로 17안길 21(우 04002)
전화　|　02-325-9566
팩시밀리　|　02-325-8486
전자우편　|　gangpub@hanmail.net

값 14,000원
ISBN 978-89-8218-280-8　　03810

* 이 책은 충청북도, 충북문화재단의 후원으로, 청년예술가창작지원사업의 일환으로 지원
받아 발간되었습니다.